浅生鴨短篇小説集
三万年後に朝食を

浅生鴨

左右社

浅生鴨短篇小説集
三万年後に朝食を

目次

三万年後に朝食を

漆黒がどこまでも続いている。遥か百数十光年の後方にある太陽は、すでに数多《あまた》ある星の一つに過ぎず、星図モニタがなければその位置を把握することができなかった。もっとも位置がわかっても肉眼で確認することは不可能だ。

あれほど強烈な光と莫大なエネルギーを放つ母なる恒星でさえも、無限に広がる宇宙空間に於いては、都会を飛ぶ蛍の輝きさえも届けることはできなかった。

宇宙の基本は漆黒である。ここでは光など存在しないに等しい。

地球上から銀河を見上げる目には、あたかも大量の星が一カ所に集中し、光あふれる世界のように映るが、実際の星たちは気の遠くなる距離の中に点在し、ゆっくりと離れ続けている。拡大する宇宙の両端にある星々は永久に互いの光を届け合うこともない。

その闇と闇の隙間、重力と重力の狭間を、銀色の球体がゆっくりと移動していた。恒星間宇宙船である。準光速で航行する船は進行方向に引き延ばされ本来の完全な球形よりはかなり歪んでいる。

放射素粒子エンジンによる推力はフランジ・ギュローの理論値には達していないが、それでも光速の〇・九一倍はこれまで人類が体験したことのない速度だった。

漆黒の中、エンジンの放射光が船体の輪郭をぼんやりと浮かび上がらせる。

静かだった。

船内では最新の推進機関が生み出すうなり声にも似た微かな振動が続いているが、そのほかには、ときおりリレースイッチの切り替わる音と計器パネルから流れる電子音が聞こえるだけで、殆《ほとん》ど何の音もしない。

　闇と静寂が支配する世界。

　地球を離れてからすでに二百年以上、宇宙船は一定の速度を保ちながら航行を続けていた。


　二十三世紀末、地球環境は悪化する一方だった。一度坂を転げ落ち始めた巨石は、もはやどんな手段を講じても止めることはできない。

「早ければ数千年以内、遅くとも数万年以内に、地球は生物のまったく生存できない死の星になるだろう」

　さまざまな研究データから、科学者たちはそう確信するに至った。

　利便性を優先するあまり環境汚染に目を瞑り、ただ放置してきた人類の自業自得である。

「どうせ自分たちが生きている間は何も起こらないのだ。このまま人類は滅びればいい」

　中にはそう割り切る者たちもいたが、多くはただ座して滅亡の時を待っているわけにはいかないと考えた。

　地球連合政府《UEG》は、人類を移住させるための惑星探査プロジェクト、セトラー計画を立ち上げた。僅かな可能性も捨てずに考慮すると、探査対象となる星の数は数百に上るが、その一つ一つを順に探査している時間など残されていない。そこでUEGは百数十機の恒星間宇宙船を急造し、同時に別の目標へ向かわせたのだった。

　それから二百年、異なる星を目指す宇宙船が今それぞれ宇宙のどの位置にいるかはわからない。むろん航跡シミュレーターを使えば座標は把握できるものの、だからといって互いに交信することはなかった。


　地球へ向けてビーコンを送り続けてはいるが、

地球から返信が来ることもない。

この球体宇宙船が目指すのは三万光年先にある巨大な恒星である。

それは孤独なミッションだった。


「この恒星が持つ二十一の惑星のうち、地球に近い環境だと考えられる惑星が三つある」

天文物理学者の推定では惑星それぞれの居住可能性ランクは特AからAだという。

「この恒星の探査は何としても成功させたい」

UEGは多くの優秀な候補者の中から、さらに選抜した超一流のクルーをこの星を探査する宇宙船に乗せることを決めた。

だが、目標の恒星まで光の速さでも三万年だ。

準光速への加速にも、通常航行速度への減速にも数年を要するため、理論上は三万四千年ほどかかることになる。たとえ目的地に移住に適した惑星があったとしても、その時点でまだ人類が存在しているかどうかはわからない。

それでも宇宙船は設定された目標を目指し、銀色の球体から素粒子の輝きを放出しながら前へ進み続けていた。


直径三百メートルにも満たない超小型の宇宙船は、七層の同心円構造になっていて、全体の半分近くを放射素粒子エンジンとその推進剤が占めている。残りの大部分は貯蔵倉庫だ。

中心近くにある人間用の居住空間がそれほど広くないのは、目標座標に到着するまで乗員たちは冷凍睡眠によって眠り続けるためである。

船は目的地に向かって完全な自動制御で運行されており、小惑星の近接や重力場の異変などに遭遇した場合も、人間を起こさず回避できるよう、予《あらかじ》め想定されるあらゆる事態が量子コンピュータにインプットされていた。

　もちろんコンピュータの不具合が発生する可能性も考慮し、各ブロックごとに個別の人工知能が配備されている。それぞれの人工知能は担当するブロックを完全に管理することだけがプログラムされ、対応不能な問題が生じた場合にだけ上位の人工知能へ接続される仕組みになっていた。

　最終的に人間のクルーを起こすべきかどうかは、異なる設計でつくられた三種類の人工知能の多数決によって判定が行われる。いわゆるマレータスの基本原理による判定方法だ。

　だが、地球を出発してからの二百年間で、人工知能が人間のクルーを冷凍睡眠から目覚めさせたことは一度もなかった。

　突然、無人の管制室に甲高いアラート音が鳴り響いた。赤色に変わった室内照明が点滅を繰り返す。半径七億二千万キロメートル以内に重力波を検出したのだ。人間の感覚では遥か彼方で起きている現象のように思えるが、光の速度なら四十分で到達する近距離である。

　万が一の事態に備えて、各ブロックの人工知能がそれぞれの準備を始めた。通信回線を大量のデータが飛び交い、モニタ上では濁流のようにログがスクロールしていく。

　冷凍保存カプセルの設置されている保護ブロックの人工知能も、カプセルの異変をすぐに察知できるようセンサーの感度を高めた。

　――保存温度、異常ナシ――

　――保存湿度、異常ナシ――

　――供給酸素濃度、異常ナシ――

　保護ブロックには冷凍保存カプセルが五つあり、一番奥のカプセルの中では一人の若い男がリラックスした表情で眠っていた。体にぴったりと合ったグレーの制服は鍛えられた筋肉に沿って均整のとれた体のラインを形取っている。彼の名はサバク。人類の未来を託された研究者の一人である。彼のように卓越した頭脳と強靭な肉体を持つ人材が選抜され、宇宙へ送り出されているのだ。

だが、そのほかのカプセルはなぜか蓋が開かれ、空になっていた。あきらかに誰かが眠っていた痕跡は残されているが居住空間に人の姿はない。

――冷凍保存カプセル四ツニ異常ヲ検出――

人工知能は過去の映像データを素早くリロードし、同軸複合検索を行ったが、そこにいたはずの四人がいつカプセルから消えたのかはどこにも記録されていなかった。

アラート音の間隔が短くなった。半径三億キロメートル以内に何らかの質量を持った物体が存在しているのだ。

船体が微かに揺れ、放射素粒子エンジンの発する振動音が変化した。不明な物体を避けるために転針が行われたのだ。

しばらくアラートが繰り返し鳴り響いたが、やがてその間隔が長くなった。おそらく小惑星が警告範囲内を通り過ぎたのだろう。警告音が鳴り続けているとしだいに鳴っている状態に慣れてくるが、鳴り止むとそれまで激しい音が鳴っていたことに気づく。

ついにアラームが鳴り止み、また圧倒的な静けさが戻った。

自動的に進路が再設定され、船は推力を戻した。三万年先にある可能性に向かって再び漆黒の中を進み始める。

保護ブロックで眠り続ける男は、近接アラートが鳴ったことも、周りのカプセルからクルーの姿が消えたことも知らなかった。何も知らずにただ眠っている。

あいかわらずリラックスした表情のまま、永遠に近い三万年の旅を続けるのであった。

彼の名はサバク。人類の未来を希望を担い、いつの日か目覚めるために、今はただ眠り続けている。その日まで、ずっと眠り続けるのだ。


（了）


「えっ？」

濃茶の革張りソファに深く腰を掛け、熱心に原稿を読んでいた青谷凪《あおやなぎ》亮子《りようこ》が目を丸くしながら顔を上げた。右往左往社の編集者である。

「これで終わりなんですぅ？」

隣に座って同じように原稿を読んでいた部下の上野山《うえのやま》樹乃《みきの》も驚いた声を出す。

もう一人の担当、中村河《なかむらがわ》たかねはオヤツの買い出しに出かけたまま戻ってきていないが、この場に入れば二人と同じように疑問の声を上げたに違いなかった。

「な、何がだね」

「だって先生、これ何も起きていないじゃないですか」

「そんなことはないだろう。いろいろ起きてるじゃないか」

丸古《まるこ》三千男《みちお》は驚きと怒りの混ざった奇妙な顔つきになった。丸古ほどのベテラン作家になると、原稿を読んだ編集者が称賛以外の声を上げることなど思いも寄らないのである。

「いいえ、起きてません」

青谷凪は原稿用紙をテーブルの上にそっと置き、グラスを手に取った。テーブルの上に水滴が丸い輪の形になって残る。

広めの応接室には窓から柔らかな光が差し込み、壁と床を明るく照らしていた。秘書の渡師《わたし》菱代《ひしよ》がすっと立ち上がって窓に近づき、カーテンを開けると、瀟洒な造りの出窓から青々とした初夏の山並みが視界いっぱいに広がる。床に置かれた扇風機はゆっくりと首を左右に動かしていた。

「何を言うか。アラートが鳴ったり、蓋が開いていたりするじゃないか」

二人の向かいに座っている丸古は自信たっぷりにぐいと胸を反らせた。小わっぱの言うことなど取るに足らない。

「ダメダメ。そんなのぜんぜんダメです」

「ですよぉ。もっとドラマチックな何かが起きないと」

二人は口を尖らせて言う。

「君たちは何もわかっとらん！」

丸古の顔がカッと赤くなった。ソファから腰を浮かせる。

「いいかね、人生のほとんどは何でもない日々の繰り返しなんだ。ドラマチックな出来事などそうそう起こるもんじゃない」

「だけどぉ、これフィクションですよね？」

「たとえフィクションであっても、何も起こらなくていいんだッ！」

丸古は立ち上がって天井を指差した。釣られて二人も天井を見る。

「何も起こらない。それこそが人生の本質じゃないか」

顔を真っ赤にしたまま大きな声を出す。窓の外でバサバサと音を立てて鳥が飛び立った。

「先生、どうして天井を指差したんですか？」

「いや、特に理由はない」

丸古は急に我に返ったように、頭を掻きながらソファに腰を下ろし直す。

「ほとんどのものごとには理由などないのだ」

小声でぽつりと言う。

「いいですか、先生」

青谷凪が居住まいを正してまっすぐ丸古を見ると、丸古は狼狽えたようにキョロキョロと視線を泳がせ青谷凪から顔を背けようとした。渡師が片手を伸ばして丸古の頭を掴み、青谷凪の方へ無理やり顔を向けさせる。

「痛たたた。わかった、わかったからやめてくれ」

渡師に頭を掴まれたまま、目をパタパタと何度かしばたかせた。

「これがどういう世界なのか、主人公の目的は何なのかがわかったところで話が終わっちゃうんですよ。もったいないじゃないですか」

青谷凪が静かに言った。

「そうですよぉ。せっかくドキドキしてたのに」

「だからそれがいいのだよ」

丸古は口をギュッと横に引いて頬を膨らませた。

「世界は存在し、人間も存在する。だが何も起こらない。どうだ、すばらしいじゃないか。画期的じゃないか。わははははは。ストーリーテリングだの人間ドラマだのと小うるさいヤツらの度肝を抜いてやるのだ。わはははははは」

再び得意げにぐいと胸を反らせて高らかに笑い声を上げる。

「何も起こらないのに、ドキドキした感覚だけがあとに残るのだ！　どうだ！　天才的な実験小説じゃないか！」

「ダメです。何も起きない小説なんて昔からよくある手法ですし、それじゃ売れません」

青谷凪が首を振った。

「ちゃんと起こしてください」

「だから、いろいろと起きているだろう」

「そうじゃなくて、主人公をです」

「ん？」

丸古がきょとんとした顔になった。

「そうですよぉ。サバクさん、ずっと寝ているだけじゃないですかぁ」

上野山が不満げに言う。

「ねー」

「ねー」

いったい何に意気投合しているのかはわからないが、二人の編集者は互いに顔を見合わせて頷き合う。

「ちょっと待ちなさい。三万年だぞ。三万年も宇宙を飛んで行かなきゃならんのだから、寝るしかないだろう」

「そんなの嫌ですぅ」

上野山が座ったまま腰に手を当てる。

彼女はいつも穴の空いた服を着ているのが丸古としてはどうも気になっていた。君は貧乏なのかと聞きたくなるのだが、たぶんこれはファッションなのだ。うっかり間の抜けたことを尋ねてファッション音痴だと思われたくないのでいつもぐっと堪えて何も言わずにいた。

「そうですよ。早く起こしてください」

青谷凪もきっぱりとした口調になる。青谷凪はいつも青い色のヒラヒラとした服を着ていて、まるで金魚のようだと丸古は内心でそう思っているのだが、やはり口にしたことはなかった。

「主人公を起こすのか？」

「はい。起こしてください」

「そうですよぉ。著者なんだから起こせますよ？」

「いやいや、そういう問題じゃないだろう」

「じゃあどういう問題なんですか？」

丸古はゆっくりと腕を組んだ。

「だから、彼はずっと寝ているのが仕事なんだ」

そう言って隣に座る秘書の渡師に顔を向けるが、渡師は完璧な笑みを浮かべたまま三人のやりとりを聞いているだけだった。

「ずっと寝ているなんて怠け者です。私、そんな人とはつきあいたくありませんよぉ」

上野山は呆れたように首を左右に振ってから、手にしていたグラスの麦茶を飲んだ。

「そうそう。私もそんな人は嫌です。就職はしていなくてもいいけど、家にいるのならせめて家事はしてくれないと」

そう言って青谷凪は上野山に顔を向けた。

「ねー」

「だよねー」

またしても意気投合である。

「待ちなさい。いったい何の話をしているんだ、君たちは?」

「とにかくサバクを起こしてください」

コトンと音を立てて青谷凪がグラスをテーブルに置いた。

「ダメだ断る。この男は寝たままでいいんだ」

「せっかくのエリートなのにもったいないですぅ」

そう言いながら上野山は青谷凪の耳元にそっと口を近づけた。

「まさか先生、もしかして登場人物を起こせないとかぁ?」

丸古には聞こえないよう小声で言ってから疑うような上目遣いでじっと丸古を見る。

「そんなことないって、大丈夫」

慌てたように青谷凪が上野山の耳元に手を当ててささやいた。

「ちゃんと起こせるから」

「でもぉ」

上野山も囁《ささや》き声で応える。

「起こすのをそこまで嫌がるのって、おかしくないですか?」

「たぶんサバクがエリートだから嫉妬しているんだと思う」

「ええっ。著者なのにぃ？」

「先生はそういう人なの。自分の書いている話と現実がときどき混ざっちゃうの」

　こそこそと会話をしていた二人はやがて互いに頷き合った。

「君たち、全部聞こえているぞ」

　丸古は憤然とした表情でテーブルの上に置かれた原稿用紙の束を手に取った。最初から一枚ずつ舐めるように捲っていく。

「何かね？　私には寝ている登場人物を起こせないというのかね？」

「あ、いえ、そうは言ってません」

　慌てて青谷凪が両手を振った。まるで青い金魚がひれをパタパタと動かしているように見える。

「私は著者だぞ。なんだってできるんだぞ。わははははは」

「でも、これじゃハリウッドは無理です」

　丸古の笑い声がピタリと止まった。ゴクリと唾を飲む音が聞こえる。

「ハリウッド？」

「ええ、今回の作品はハリウッドへ売り込もうと思っていたんです」

「それをどうして先に言わんのだ！」

　鼻から息を吐いた丸古は原稿用紙をテーブルに投げ出し、真ん中あたりを指差した。

「この男が人類のエリートだか未来を担う若者だかは知らんが、私のほうが偉いんだ。いいか、私がペンをさらさらっと走らせるだけで、こんな若造の一人や二人、簡単にひねりつぶせるのだああ」

「先生、違います！　起こすだけでいいんです！」

「ふん。そこまで言うなら起こそう。この男を起こそうじゃないか。私の力を思い知るがいい。私は著者だぞ。著者は何だってできるのだ。わははははははは」

丸古はゆっくりと立ち上がり、棚から新しい原稿用紙の綴りを引き出すと電話台の上に転がっているい小さなペンを持ってテーブルに戻ってくる。

「見ていなさい」

首を静かに動かして二人の編集者をぐるりと見やったあと、ペン先を原稿用紙に当てた。


漆黒がどこまでも続いている。遥か百数十光年の後方にある太陽は、すでに数多ある星の一つに過ぎず、星図モニタがなければその位置を把握することができなかった。もっとも位置がわかっても肉眼で確認することは不可能だ。

あれほど強烈な光と莫大なエネルギーを放つ母なる恒星でさえも、無限に広がる宇宙空間に於いては、都会を飛ぶ蛍の輝きさえも届けることはできなかった。


「あのう、先生」

青谷凪が戸惑い気味に声を掛けた。

「なんだ?」

「そこから書かれるんですか? さっきと同じですけど」

「ダメなのか?」

丸古の眉間に皺が寄る。

「そこはもういいですぅ。サバクさんのところからでいいです」

上野山が肩をすくめる。

丸古の目が大きく見開かれた。白目がやや血走っている。ぐぬぬぬ。小娘どもに書き方まで指示されるとは。

「き、き、き、いったい君たちは何なのだ。あれこれうるさいぞ!」

「私はぁ、サバクさんを起こして欲しいだけですから」

「こんな男のどこがいいんだ」

「だって卓越した頭脳と強靭な肉体を持つ人類のエリートなんですよぉ」

「それに若いんですよね？」

青谷凪はテーブルの上にぐっと体を乗り出すように腰を浮かせた。

「エリートだから何だと言うんだ。若いから何だと言うんだ。いいか、人間の価値は若さじゃないっ！」

ゴツンと音が鳴ってテーブルが大きく揺れた。グラスの麦茶が跳ねる。

「ああっ、膝ッ！　膝がぁあ」

丸古が苦悶の表情を見せながら上半身を丸めてテーブルに両手をついた。肩が小刻みに震えている。

「先生、大丈夫ですか」

「君たちが、あれこれうるさく言うのが悪いんだ」

「すみません」

青谷凪がぺこりと頭を下げる。

「ほら先生、ブツブツ言ってないで早く書いてください」

痛みに顔をしかめている丸子の目の前に、秘書の渡師が機械的に原稿用紙を置き直す。

「うむ、わかった。サバクが起きるところを書けばいいんだな」

「そうですぅ」

上野山の顔がパッと明るくなった。

「私はそこだけでいいんです。カッコよくお願いします」

両手を胸の前でしっかりと組み合わせる。

「まったく最近の若い娘はなっとらんな」

丸古はモゴモゴと口の中で独り言ちながら原稿

用紙にペン先を当てた。

鳴り続けていたアラームが鳴り止むと、宇宙船の中は再び静寂で満たされた。

自動的に進路が再設定され、船は推力を戻した。三万年の未来にある可能性に向かって再び漆黒の中を進み始める。数十分前と何も変わらない状態に戻ったのである。

だが、保護ブロックでは僅かながら異変が起こっていた。五番カプセルの中で冷凍睡眠に入っていた男の瞼が微かに動き始めたのだ。

——循環液ノ温度ガ上昇——

——カプセル内気圧ニ変動ヲ検出——

——探査員五番ガ緊急覚醒中——

保護ブロックを担当する人工知能が上位の人工知能へ状況を伝達する。

——安全ヲ確保セヨ。安全ニ覚醒サセヨ——

瞬時に指令が届き、保護ブロック担当の人工知能は冷凍保存カプセルを覚醒モードへ切り替えた。

そのまま数分が経った。

コポ。コポ。液体の中を気泡が上昇していくような音がした。カプセルから伸びる透明チューブの中の液体が動き始める。

やがてサバクはゆっくりと目を開けた。何かを思い出そうとするように、しばらく天井をじっと見つめている。

知恵を湛えた深い藍色の瞳には、周囲の計器ランプが映り込み、まるで小さな銀河のように見えた。上体を捻るようにして横を向き、両腕を大きく伸ばす。一般人であれば長期間に亘る冷凍睡眠から目覚めたあと、すぐに体を動かすことなどままならないが、さすがは選び抜かれた超一流のクルーである。二百年の眠りなど彼にとっては一晩の休息に過ぎないようだった。

「むう」

腹の奥から響くようなうなり声を上げ、サバクは横になったまま軽く首を回した。もう意識ははっきりしている。目だけをそっと動かして、船の壁に埋め込まれた計器と、空中に浮かび上がったホログラフィック・モニタのデータを素早く確認した。

「小惑星を避けたのか」

掠れた声を出すときに喉にやや痛みが走った。長く使っていなかった声帯を動かしたのだ。痛みがあるのは当然だった。

「ふう。まだあと三万四千年か」

しばらくデータに目を凝らしていたサバクは、やがて一人納得するように頷くと、再び目を閉じた。世界がゆっくりと動きを止め、深く沈んでいく感覚にとらわれる。二百年を超える長い眠りから目覚めた男は、二度寝に入ったのだった。

彼の名はサバク。人類の未来を希望を担い、いつの日か本当に目覚めるために、今はただ眠り続けるのだ。

「いやああ！　やめてええ！」

上野山が絶叫した。

「せっかく起きたのに、何でまた寝かせちゃうんですかぁぁ！」

涙声になっている。

「何を言うか。君たちが彼を起こしてくれと言うから起こしたんだぞ」

「だったらそのまま起こしておいてください」

青谷凪がソファから立ち上がって腕を組んだ。

「だ、だが、起きていたら三万光年先まで行けないじゃないかッ！」

丸古も負けじと立ち上がったが、まだ膝に痛みがあるらしく、すぐにどさりと腰を落とした。

「そこをなんとかするのが先生の技でしょ！」

「そうですよぉ」

「ねー」

「ねー」

二人は手を取り合って力強く頷き合う。

「無理を言うな。人間は三万年も起きていられないんだ」

丸古はやってられないと言わんばかりに大きく首を左右に振った。

「君たちにはまだわからんだろうが、五十を超えたら一晩の徹夜だってきつくなるのだぞ」

「何か考えてくださいよぉ」

「そうです。若いエリート男性がただ寝ているだけなんてダメです！　もったいなさすぎます！」

「先生は一流作家じゃないですか。きっとできるはずです」

「うむ、まあ確かに私は一流だが」

丸古は満更でもない表情のままゆっくりと腕を組み天井を見上げた。

「それじゃあ、起きたあと、しばらく活躍したらまた寝てもいいか？」

「いいです！」

「それでいいです！」

「じゃあ、そうするか」

サバクはゆっくりと目を開け、両腕を大きく伸ばした。選び抜かれた超一流のクルーにとっては、二百年の眠りなど彼にとっては一晩の休息と変わらない。

横になったままモニタのデータを素早く確認した。

「小惑星を避けたのか」

掠れた声を出すときに喉にやや痛みが走った。長く使っていなかった声帯を動かしたのだ。痛みがあるのは当然だった。

「ふう。まだあと三万四千年か」

サバクは静かに上半身を起こした。半球状になっているカプセルの蓋がゆっくりと左右へ分かれるようにして開く。

カプセルから足を降ろして床に立つと、ぐらりと体が揺れたが何とかその場に踏みとどまった。壁伝いにゆっくりと歩き始めたが、しだいに足取りがしっかりとしてくる。細身だが鍛え抜かれた俊敏な肉体は、すぐに保護ブロックの低重力環境に順応したらしい。

サバクはしばらくそうやって自分の体の動きを確認していたが、突然ハッとした顔になった。五つある冷凍保存カプセルがすべて開かれていることに気づいたのだ。一つはサバクが入っていたカプセルだが、ほかのカプセルに入っていたクルーたちはどこにいるのか。

怪訝な顔つきで周囲に視線を配ったが、特に気になるものはない。

サバクは壁に手を当てた。四角形をした白い光のラインが金属壁に浮かび上がり、シュンと蒸気が噴き出すような音がしてスタッシュパネルが口を開けた。中にはハンドガンタイプの量子銃が五挺、ホルスターと共に収められている。

サバクは銃を腰に装着すると、保護ブロックのエアロックから外層通路を抜けて管制室に入った。人感センサーが感応して室内が明るくなる。

予想はしていたが、やはり誰もいなかった。

中央のモニタには宇宙船から半径二十一億六千キロ以内の重力波が、ポリゴン処理されたコンピュータ・グラフィックとして映し出されている。

すっと手を上げると空中にホログラフィック・モニタが出現した。指先でモニタに触れて宇宙船内の熱源を赤外探査したが、どこにも人間はいなかった。サバク以外の四人は二百年の間に、どこかへ消えていた。

「それで？」

サバクはすっと姿勢を正したあと、睨むような視線を丸古に向けた。

「俺は何をすればいいいんだ？」


「え？」

丸古は書きかけの原稿用紙を前に大きく仰け反った。青谷凪と上野山も口をぽかんと開けている。まさか物語の中から登場人物が話しかけてくるとは誰も思っていなかったのだ。

「いや、それは特にまだ何も」

狼狽えながらそう答えてから、丸古は二人の編集者に顔を向けたが、二人ともわからないというように首と手をバタバタと左右に振っている。

「なんだ。決まっていないのか。だったらいったい何のために俺を起こしたんだ？」

もう声は掠れていなかった。淡々とした口調は丸古を責めるのではなく、ただ状況を確認しようとしているようだった。どんな場合でも冷静さを保てることが宇宙探索のクルーとして選抜される条件の一つなのだ。

「いや、その、それはだな」

「この先の俺の任務を知っているんだろ？　少なくともあと三万四千年は眠っておかなきゃならない。その重要さを」

サバクはそこで言葉を切り、静かな知性を湛えた目で丸古をじっと見つめた。

「いや、俺にしかわからないいか」

ふっと笑ったように見えた。

「そうですよねぇ」

上野山が大きく首を縦に何度も振りながら物語に向かって言った。

「サバクさんが担当されているのは、たいへんな任務ですよぉ」

「君は？」

サバクは目をキュッと細くするようにして上野山を見た。

「私ですか。編集者の上野山樹乃ですぅ」

「編集者さんか」

そう言ってにっこりと笑った。藍色の瞳の奥に優しげな気配が浮かぶ。

「私は青谷凪亮子です！」

横から青谷凪が身を乗り出してきた。

「私も編集者です。丸古先生の、この作品の、ですからサバクさんの担当です！」

「俺の担当？」

驚いて目を丸くした表情は、これまでの真剣なものとは打って変わり、どこか少年のようだった。

「はいっ！　サバクさんの担当です！」

「私も担当ですからぁ！」

二人は場所を奪い合うように物語を覗き込む。

「よくはわからないが、嬉しいね。ありがとう」

サバクは二人に笑いかけながら、片手をすっと上げる。一分の無駄もない洗練された動作だった。

「あああ」

フラッとその場でよろけた青谷凪は上野山に支えられてテーブルの上に手をついた。

「待て待て待て。彼女たちは私の担当だぞ」

急に二人の編集者を押しのけるようにして丸古が割って入った。

「ちょっと、先生やめてくださいよぉ」

「いいから退きなさい」

目を丸くして口を尖らせた上野山の服の穴から、じんわりと黒い煙が立ち上り始めた。真っ黒な煙がそっと丸古を背後から包み始める。

「樹乃ちゃん、ダメ！　著者を殺しちゃダメ!!」

慌てて青谷凪が上野山の肩に手を置くと、強い力で吸い込まれるように黒煙は一気に穴の中へ戻った。

「だってこの人ぉ」

「ダメダメ。今先生を殺《や》っちゃったら、サバクさんも消えちゃうでしょ」

「あっ、それは困りますぅ」

上野山がハッとした顔になった。

背後に迫っていた煙に丸古は気づかなかったようで、じっと物語を覗き込んでいたが、やがてきゅっと口を歪め、顎の先でサバクを指した。

「あー、そもそも、君はどういうつもりでいるのだね」

「何のことだ？」

サバクは管制室の中央にある司令席に腰を下ろした。丸古に答えながらいくつかのスイッチやフェーダーを操作すると、次々に青や緑色のホログラフィックデータが宙に浮かび上がる。サバクはそのうちの一つに手を伸ばし指先で拡大した。

「やはりいないか」

大きく肩を上下に動かして長い溜息を吐く。

「みんなはいったいどこへ行ったんだ」

サバクの顔に暗い影が落ちた。

「さっき君は任務の重要さは自分しかわかっていないと言ったな？」

物語の外から丸古が大声を出した。

「ん？」

サバクはゆっくりとモニタから視線を外し、面倒くさそうな眼差しを丸古に向けた。どうやら丸古の存在を忘れていたらしい。

「君のことは君よりよくわかっておる」

丸古は腰に両手を強く押し当て、得意げな表情で言った。あきらかに相手を馬鹿にするような口調だった。

「何せ私が決めたんだからな。私は著者だぞ。わはははは。わははははは」

「決めた？　本当に決めたのか？」

サバクは両手を頭の後ろに組むとコンソールパネルの上にどさりと足を投げ出した。そのまま首を背後にぐいっと倒してストレッチを始める。

「な、どういう意味だ？」

丸古の高笑いがピタリと止まった。

「書きながら、何かあったら辻褄を合わせているだけじゃないのか？」

ゴクリと音を立てて丸古は唾を飲み込んだ。

「いくら著者でも、この世界の全てを最初から決められるはずがない。そうだろ？」

サバクは後ろに反らしていた顔を正面に向け直してニヤリと唇を歪めた。片頬がひょいと持ち上がると、まるで鼻先で笑ったように見えた。

「ば、ば、バカもの。この無礼者め」

よほどサバクの態度が気に入らなかったのだろう。丸古は手腕を激しく振って叫んだ。

「いいか、著者が一番偉いんだ。三万光年先の恒星へ行くのも、君が眠らねばならんのも、ぜんぶ私が決めたのだ。ぜーんぶ、だ。エリートだか選ばれし者だか何だか知らんが、それだってぜーんぶ私が決めたんだもんねー」

だんだん子供じみた口調になる。

「君が腰につけている銃だって私が考えたんだぞ。食べ物だって飲み物だって、私が書かなきゃ君は何も飲み食いできんのだ。私が何も書かなきゃ宇宙船だって飛べないんだからな。ざまーみろ、バーカバーカバーカ。うああっ」

今にもテーブルに上がりそうな勢いで威張っていた丸古は、いきなりぐいっと頭を掴まれ強引にソファに座らされた。

「先生、やめなさい」

秘書の渡師が丸古の顔を覗き込んで睨む。

「う、うむう」

丸古は頭を押さえつけられたまま、手足をばたばたを動かした。

「サバクさん、すみませぇん」

それまで丸古とサバクのやりとりをおろおろしながら見ていた上野山がようやく戸惑いがちに頭を下げた。

「丸古先生って、ああいう人なので」

青谷凪も一緒になって頭を下げる。

「俺は気にしないよ」

サバクは口元を引き締めるとコンソールパネルから足を降ろした。おもむろに立ち上がり、壁際へ進むと片方の手のひらを壁にピタリと当てた。

ピン。

甲高い金属的な電子音が響き、認証パネルが光る。壁の中央部から金属製の球体がゆっくりとせり出し、宙に浮いて止まった。

「なあ、丸古先生」

サバクが明るい声を出した。球体を指差している。

「なんだね」

おとなしくソファに座った丸古の眉間に皺が寄った。

「この中に何が入っているか、先生ならわかるんだろ?」

「うぐぐ」

しだいに顰めっ面になった丸古は喉の奥で唸り声を上げた。

「ほらな。著者だからといって、ぜんぶわかっているわけじゃないのさ」

「何を言うか」

丸古の口から唾が飛ぶ。

「私は著者だぞ。なんだってできるんだ。いいか、その中にはな」

　そう言って丸古は原稿用紙に向かってペンを握りしめた。

　壁からせり出した直径四十センチほどの球体は、宙に浮いたまま照明の光を受けて鈍い銀色の輝きを放っている。サバクが球体に近づき片手をそっとその上に差し伸べると空気の漏れるような音が微かに聞こえた。球体の上半分が陽炎のように一瞬揺らめき、そして消えた。宙に浮かんだままの半球をサバクは胸元に引き寄せて、そっと中を覗き込んだ。

　顔が奇妙に歪み、何かに驚いたように目が大きく見開かれる。

　球体のちょうど中央部には小さな金属製の容器が固定され、その中にはタコとキュウリの酢和えが盛られていた。

「おいおいおい、ちょっと待てよ」

　困惑したようにそう呟いたあと、サバクは憮然とした表情で球体から丸子へ視線を移した。

「いくらなんでも、この流れでタコとキュウリはないだろ」

　呆れた声を出す。

「ふはははは。どうだ。これが著者の力だ。まさかの展開だろ？」

　得意げにぐるりと首を回して編集者と秘書を見回した。鼻の穴が大きく膨らんでいる。登場人物は著者の言いなりになるべき存在で、著者に対して意見を言うなど許されることではないのだ。

「まさかすぎますよ。もう世界設定がめちゃくちゃです」

　青谷凪も唖然としている。

「丸古先生、あんた、どうせ自分が食いたいものを書いただけだろ。小説に私情を持ち込むのはやめろよ」

「そ、そんなことはないぞ」

丸古はキッと目を細め、サバクを睨み付けた。

「君は長い間眠っていたからさっぱりした酢の物がいいだろうと思ったのだ」

「ああ、そうなんですね！」

上野山が感心したような声を出す。

「そうだとも。私はぜんぶわかっているのだ。わははははははは」

「いいですか、先生」

青谷凪がすっくと仁王立ちになった。青い服の裾がヒラヒラと揺れる。

「サバクさんは二十三世紀末に人類の未来を担って宇宙を旅しているんですよ。主人公なんですよ」

「それがどうした？」

丸古の顔にはまだニヤニヤとした笑いが残っている。

「そろそろ何か事件を起こしてください」

「イヤだ」

丸古は首を振った。

「活躍させようと思っていたが、やっぱりやめた。たいして何も起きないまま、この男はまた眠るんだ。何もしないまま眠ればいいんだ。やーい、ざまあみろ」

どうやらサバクに対してかなりの対抗心があるらしい。

「俺も断る」

そう言ってサバクは軽く肩をすくめると、仲間を見るような眼差しを丸古に向けた。

意外な展開に丸古は目をぱちくりとさせる。

青谷凪と上野山も不思議そうに互いに顔を見合わせた。

「でもそれじゃ、サバクさんが活躍できませんよぉ」

「なあ、上野山さん」

壁にもたれたサバクは片方の膝を曲げて靴底を壁につける。

「はい」

上野山は胸の前でギュッと手を組み直し、体を物語のほうへ乗り出す。

「活躍って何だと思う？」

「え？　だからそのぉ」

いったい何を想像したのかはわからないが、なぜか急に上野山の頬が赤くなった。慌てたように目だけで天井を見る。

「ピンチからの復帰。それが活躍だよ」

サバクは壁に後頭部を預けた。

「俺たち登場人物は、まず何かしらのピンチに陥るんだ。それに何とか対処できたら、また次のピンチがやってくる。しかも最近の物語だとピンチだって一つや二つじゃない。敵と戦いながら恋やら家庭問題なんかにも対処しなくちゃならない。ラストまでその繰り返しだ」

そう言って静かに首をこちらに向けた。

「見せ場をつくるためにわざわざピンチに陥らされるんだ。そうだろ？」

「はい」

青谷凪が神妙な顔で頷く。

「別に活躍なんかしたくないんだよ。だから、このまま静かに眠らせてほしい」

サバクは壁から離れると、柔らかな足取りでゆっくり歩き始めた。低重力環境の中を静かに移動するその姿は、長く伸びた秋の影を思わせた。

突然アラート音が鳴り響いた。室内の照明が赤く変わって点滅を始める。

「何ごとだ？」

サバクは司令席に駆け戻り、コンソールパネルの計器を操作した。次々に浮かび上がるデータを指先でスクロールさせていく。

支援人工知能が、船外センサーからの情報を分別しながら膨大なログを何枚ものウインドウに流し込んでくる。分野ごとに異なる色がつけられた情報は虹の激流となってサバクの目の前を埋め尽くした。

やがてサバクの目が一枚のウインドウに釘付けになった。

「まさかこれは」

振り返って丸古を睨み付ける。

「あんた、どういうつもりだ。何も起こさないと言ったじゃないか」

「いや、私は何も書いていないぞ」

「それじゃ、これはいったい？」

タッチスクリーンを素早く操作しながら、サバクは舌打ちをした。

「何が起きているんですか？」

青谷凪が聞く。

「私にもわからん」

丸古が首を左右に振る。

「著者なのにわからないんですかぁ？」

「わからんのだよ！」

ドンッ。

宇宙船に強い衝撃が走った。巨大な重力波が干渉したのだ。クルクルと回転を始めた銀色の球体に強烈な横向きの重力加速度が発生する。サバクの体が弾かれたように宙を舞い、壁に叩きつけられた。

「うっ」

背中を激しく打ち、サバクは体を丸めたまま床に落ちて、うずくまった。その横で丸古が同じようにうずくまっている。

「痛たたた」

「先生！」

青谷凪が大声を出す。

「どうしてそっちにいるんですか」

「わからん。気がついたらこっちにいた」

丸古は片手で反対側の肘をさすりながら、おずおずと立ち上がった。再び船体が大きく揺れて足がもつれる。

「うわっ」

ぐらりと倒れかけた丸古の上着を横からぬっと伸びた腕がしっかりと掴んだ。サバクだ。

「大丈夫か」

ぐっと腕を引き寄せるようにして立たせると、丸古は呆然とした顔つきで室内を見回した。

次々に浮かび上がるホログラフィック・モニタには数字や幾何学模様がめまぐるしい勢いで表示され続けている。


アラート音が消え、室内の照明が通常モードに戻った。丸古はさっきと同じようにぽかんと口を開けたまま、室内を眺め続けている。

サバクは素早くいくつかの計器を確認して不要なウインドウを消し去った。自己診断プロトコルを起動し、宇宙船の損傷箇所を調べるよう命じた。もちろん長期間にわたる恒星間航行のために、さまざまなバックアップ機構が用意されてはいるものの、できればバックアップは使いたくなかった。

丸古はコンソールパネル伝いに管制室の中を歩き始めた。オートパイロットシステムの計器を覗き込み、星図モニタの端に映し出されている恒星の画像に感心する。宙に浮かぶウインドウに手を伸ばしたが、手は何にも触れることなくウインドウを通過した。

「すごいな。こんなふうになってるのか」

丸古は唸るような声を上げた。

「何言ってんだ。あんたが書いたんだろ」

ウインドウの向こうでサバクが笑う。

「うむ。我ながらたいしたもんだ」

ひと通り管制室を見て回った丸古は腕を組み、何かに納得したように大げさに頷いた。

「先生ぇ」

「なんだ」

「何があったんですかぁ？」

上野山が物語の外側から困惑した口調で尋ねる。

「だから私にもわからんのだ」

「別にそっちにいらっしゃっても構いませんけど、締め切りは明後日ですからね」

青谷凪は首を軽く傾けながら、何かを確認するような上目遣いで丸古を見た。

「まったくうるさいな、君は。私はベテランだぞ。どこにいたって書けるんだ」

ほら見ろと、上着の胸ポケットから小さなメモ帳を取り出し、青谷凪に向けた。

「これに書けばいいのだ」

「お願いします」

ふいにアラート音が消え、室内の照明が通常モードに戻った。あれほどの衝撃があったにもかかわらず、丸古三千男は一切動揺していなかった。一流のベテラン作家らしく凛々しく雄々しい態度で室内の様子を確認している。さすがである。

「サバク君」

丸古が厳かに言った。誰をも魅了するような低く張りのあるバリトン声だった。おそらくオペラ歌手になっても成功していただろう。余談だが丸古はすらりとしている。体脂肪率はたったの四パーセントである。あと、視力もいい。

「さあ、サバク君。自己診断プロトコルを起動して、宇宙船の損傷箇所を調べなさい」

難しいセリフも難なくこなす。さすがは丸古三千男である。

「かしこまりました、丸古先生。すぐに自己診断プロトコルを起動して、宇宙船の損傷箇所を調べます。先生の仰ることに間違いはありませんから」

サバクは深々と頭を下げた。

「頼んだぞ、サバク君」

丸古は片手を上げ、春の柔らかな日差しのような優しい笑みを浮かべて、サバクに頷いた。この素晴らしい微笑みを見れば、どんな女性だって丸古のことが好きになってしまうに違いなかった。ベテラン一流作家の丸古三千男さんは地球でも宇宙でもモテモテなのである。

「先生！　ちょっと先生ッ！」

青谷凪がパンッと手を大きく叩き鳴らした。

「なんだ。せっかくいいところなのに」

「ぜんぜんダメです！　話がむちゃくちゃになってますッ！　なんで先生が主人公になってるんですか！　やめてくださいッ！」

つい興奮した青谷凪はなんとか落ち着きを取り戻そうと、目を瞑って深呼吸を始めた。

「そうですぅ。それに、先生はそんなにカッコよくないですぅ」

「な、何を言うか！　無礼者ッ！」

バンッ。

丸古はコンソールパネルを手で激しく叩いた。その瞬間、再びアラート音が鳴り出し、室内の照明が赤く変わった。

「わ、私じゃないぞ。私は何もやっていないぞ」

慌ててパネルから手を放し、サバクに向かって大げさにアピールする。

「わかっている」

サバクはすでにいくつかのホログラフィック・

モニタを立ち上げ、状況を確認しようとしていた。

「これだ」

ウインドウの一点を指差す。緑色のラインで描かれた幾何学模様の中を、小さな青い光点が点滅しながらゆっくりと移動していた。

「いったい何だね？」

「この船の中に俺たち以外の生命体がいる」

「えっ？」

「正体はわからないが、こっちへ向かっているようだ」

「そ、それは、危険なのか」

丸古の額にじっとりした汗の玉が浮き上がった。両手はぐっと握りしめられている。

「わからないが、先生は俺の後ろに隠れてくれ」

サバクはホルスターから量子銃を抜き出し、セーフティロックを外した。ダイヤルを最大出力に設定し、エアロックに向けて照準を合わせた。

ウインドウ内の青い光点がしだいに画面の中央に近づいてくる。

「先生ぇ、なんでそんなの書いたんですかぁ」

「そうですよ。なにもご自分をピンチに陥れなくてもいいのに」

「いや、私は書いておらんぞ。自分がここにいるのに、そんな展開を書くはずがないだろう。危ないじゃないか」

丸古の顎から汗がぽたりと床に落ちる。慌てて丸古は袖で額と頬の汗を拭った。

「先生、何があっても俺から離れるなよ」

サバクはエアロックにしっかりと視線を向けたまま、背後の丸古に小声で言った。

「気をつけて」

上野山が掠れた声を出した。

青い光がウインドウの中央に達した。エアロックの上部にある開閉ランプが点灯する。

「何があっても先生だけは守るさ。先生さえ無事なら、俺は何度でも書き直してもらえるんだろ?」

サバクはそう言ってウインクをした。

「ああ、サバクさんカッコいい」

「やっぱり超カッコいい!」

「ねー」

「ねー」

二人の編集者はまたしても顔を見合わせて意気投合である。

プシュ。

ドアの枠が白く輝き、厚い金属板が上下に分かれてゆっくりと開く。エアロックの内側にふわふわとした白い物が浮かんでいるように見えた。サバクは量子銃を握り直しトリガーに指を掛ける。警戒モードの赤い照明の中では見づらいが、明らかに人影だった。

ゆっくりと管制室に入ってきた白い影を見てサバクの顔に驚きの色が浮かんだ。トリガーから指を外し、銃口を下に向ける。

「君は?」

入って来たのは人間の女性だった。ふわふわした白い無地のワンピースを着て、手には大きな紙袋を持っている。

「え? あ、私は右往左往社の中村河たかねと申します」

困惑した顔で言う。

どうやら危険はないと人工知能が判断したらしく、アラートが鳴り止み通常の照明に戻った。明るい光の中で見ると、無地に思えた白いワンピースには小さな花の柄が細かくプリントされていた。

「中村河だと?」

サバクの背後から、口をだらしなく開けたまま丸古が顔を覗かせた。目が大きく見開かれる。

「たかねちゃん?」

「あ、上野山さん。オヤツ買ってきましたよ。水ようかんです」

中村河は手にした紙袋を軽く持ち上げて上野山に見せた。

「そうじゃなくて、どうして物語の中にいるの?」

青谷凪が聞く。

「わかりません。私はふつうに先生のお宅のドアを開けただけなんです。そうしたらこの部屋に入って来ちゃって」

そう言って何かを探すように管制室を見回した。

「あのう、冷蔵庫ってありますか?」

「もちろんあるとも。任せなさい」

丸古がメモ帳に何かを書き込んだ。

床の一部がゆっくりと上昇した。埋め込み式の貯蔵庫だ。ダークマターの一種、アクシオンの性質を応用したこの装置は、収納されたもの一つ一つに対して自動的に適切な温度を放射管理することができた。

「便利ですね」

中村河が水ようかんを入れると、貯蔵庫は静かに下がり、やがてまったく隙間のない床に戻った。知らなければそこに貯蔵庫があるとは誰も気づかないだろう。

ピンポーン。

いきなりどこからかチャイムの音が鳴った。編集者たちのいる応接室と宇宙船の管制室で同時に鳴ったようだ。

「何だ今の音は?」

初めて聞く音に首を捻ったサバクがモニタを確認する前にエアロックが開いた。

「あのう、宅配なんですけど」

段ボール箱を抱えた青年が不思議そうな顔をして立っている。青年は金属の壁で覆われた管制室の中をキョロキョロと見回した。

「あれ？　ここって丸古さんのお宅ですよね」

「ああ、ここでいい。構わんよ」

丸古はひょこひょことエアロックに近づき青年から段ボール箱を受けとる。

「先生の家と宇宙船がつながってますねぇ」

上野山は楽しげに言うと、すっかり温くなってしまった麦茶に口をつけた。

「そうみたいですね」

空になったグラスを手元に引き寄せながら渡師も同意した。

「ああもう、むちゃくちゃじゃないッ！」

青谷凪はソファから立ち上がり叫び声を上げた。

「どうするんですか！」

ギュッと丸古を睨み付ける。

「ふん」

丸古は鼻から大きく息を吐いた。

「大丈夫だ」

「何が大丈夫なんですか」

「私は著者だぞ。何でもできるのが著者だ。わははははは」

丸古はメモ帳を青谷凪に見せる。

「見ていなさい。すべてを元に戻して見せよう」

漆黒がどこまでも続いている。遥か百数十光年の後方にある太陽は、すでに数多ある星の一つに過ぎず、星図モニタがなければその位置を把握することができなかった。もっとも位置がわかっても肉眼で確認することは不可能だ。

「先生、またそこから書かれるんですか？」

テーブルの上の原稿用紙を覗き込んでいた青谷凪が呆れた声を出した。

「そりゃそうだろう。すべてを元に戻すには最初から書かなきゃならん」

「途中から書き直していただければそれでいいんですけど」

「サバクさんがカッコよく起きて、軽く活躍してからまた寝ればいいですぅ。あ、ありがとうございます」

渡師が麦茶を入れた新しいグラスを上野山に渡す。

「わかってる、わかっているから黙っていなさい」

丸古は原稿用紙を手元に引き寄せた。

「ところで、俺は途中で起きるのか？」

物語の中からサバクが聞く。

「一度起きてからまた寝ることにしようかと思っているのだが、もしかしたら寝たままにしておくかもしれん」

「わかった。そのへんは著者に任せるが、あまり面倒に巻き込ませないでくれよ」


サバクは冷凍保存カプセルの中に入り、ゆっくりと体を横たえた。頭上にある計器のランプが次々に点灯し、カプセルから伸びるチューブの液体が泡立ち始める。

「そういえば、ほかの四人はどうなったんだ？」

サバクが顔を横に向けて聞いた。保護ブロックに五つ設置されている冷凍保存カプセルの内、四つは未だに空のままだった。

「あっ！」

丸古は思わず大声を出した。すっかり忘れていたのだ。

「しまった。すぐに直そう」

保護ブロックには冷凍保存カプセルが五つあり、一番奥のカプセルの中では一人の若い男がリラックスした表情で眠っていた。体にぴったりと合ったグレーの制服は鍛えられた筋肉に沿って均整のとれた体のラインを形取っている。彼の名はサバク。人類の未来を託された研究者の一人である。彼のように卓越した頭脳と強靭な肉体を持つ人材が選抜され、宇宙へ送り出されているのだ。

そのほかの四つのカプセルにもそれぞれクルーたちが眠っていた。彼らは人類の未来を希望を担い、今はただ眠り続けている。三万年後のその日まで、ずっと眠り続けるのだ。


「これでどうだ?」

「えええっ。いくらなんでもちょっと雑じゃありませんか。ちゃんと伏線は回収してくださいよ!」

青谷凪が両手で机を強く叩いた。

「ば、バカ者。伏線などどうでもいいのだ」

「何言ってんですか。鮮やかなどんでん返しと見事な伏線回収。エンタメの読者はそれを求めているんですよ」

「だから君はバカだと言ったんだ。いいかね。伏線回収が見事なのは当たり前なんだ」

「どうしてですか?」

「そりゃそうだろう。フィクションなんだぞ。自分で伏線を書いているんだから回収できるに決まっているじゃないか。現実にそういうことが起きればそりゃ驚くが、フィクションで伏線が回収できたからって何の驚きがあるというんだ」

「あ、そうかも」

青谷凪はハッとした顔になった。

「現実じゃないですもんね」

「そもそも人生に伏線の回収などないんだぞ。ドラマチックなことは何も起こらない、伏線の回収もない。それが人生の本質なのだ。わははははは」

丸古は得意げに顔を上げると、二人の編集者と秘書を見回した。もう一人の編集者、中村河はオヤツの買い出しに出かけており、まだ戻ってきていない。

「まあ、何だっていいさ」

二人のやりとりを聞いていたサバクは大きな溜息をついた。

「それにしても三万年か。ずいぶん先だな」

「どうしたんですぅ？」

上野山が首を傾げた。

「俺が目的地に着くころ、あんたたちはどうなっているんだ？」

サバクはどこか寂しげな口調で言った。まるで急に己の孤独を知ったかのようだった。

「その点は心配いらん。三万年後も私たちはちゃんといるぞ」

「そうなんですか？」

青谷凪が目を丸くする。

「当たり前だろ。小説の時間と現実の時間は違うんだぞ。いくらでも操作できるわ」

そんなことも知らないのかと、丸古は呆れたように首を振った。

「わかった、よろしく頼むぜ」

半分眠りに落ちながら、サバクは拳を軽く突き出し、親指を立てた。

「それじゃおやすみなさい」

「ゆっくり眠ってくださいね」

サバクは目を閉じた。カプセルの蓋が音もなくゆっくりと閉じ始める。やがて蓋が完全に閉まりきると内部がしだいに曇り出し、中に眠る男の顔はよく見て取れなくなった。

二人の編集者は寂しげに微笑み、互いに顔を見交わした。自然に手を握り合う。

そんな二人の様子を丸古は孫を見るかのような目で見つめていた。

「先生」

青谷凪は丸子に顔を向けると、それだけ言って黙り込んだ。

丸古も黙ったまま頷く。渡師が丸古の肩に手を置いた。

しばらく誰もが黙っていた。あたかも宇宙の静寂がこの応接室に染みだし、世界を支配しているかのようだった。

ピン。

冷凍保存を開始する電子音が鳴った。何もなければサバクが目覚めるのは三万年後の未来である。

青谷凪がふっと微笑んだ。上野山の目は赤くなっている。

「ふむ。それじゃ私たちも三万年後に行くとするか」

丸古は原稿用紙の束を手繰り寄せページをめくった。新しい一枚にペン先を置き、すらすらと筆を走らせていく。

「先生、何を書かれているんですか?」

三人が原稿用紙を覗き込む。

「ちょっとしたプレゼントだ」

丸古はそう言ってニヤリと笑った。


そして三万年が経った。

冷凍保存カプセルのそばに置かれた卓には、懐かしい地球の朝食が並んでいる。淹れ立てのミルクティーからは湯気が立ち上っていた。これから目覚める一人の男は、三万年ぶりの朝食を目にしていったい何を思うだろう。

空から電子走査のビームが同時に何条も照射されると、ひっそりと闇に包まれていた深夜の森は、あたかも爆発したかのように白く目映い光を放った。眠っていた動物たちがガサと音を立てて一斉に首を起こす。

無人探索機はしばらくその場でホバリングを続け、登録外の生命体がエリア内に存在しないことを確認したあと、高速で回転するローターのわずかな音だけを残して次のエリアへ向かって去っていった。

国家安全法の成立と、それに伴う領土法の改正が行われて以降、国境地帯にはこうした無人探索機が何百機も投入され、不法に越境する者がいないかを二十四時間体制で監視している。法律上、領土内への不法侵入者は一切の警告なしに即時対処して構わないことになっているが、今のところそのような事態に陥ったことはなかった。

無人探索機が縦横無尽に空を飛び回る国境から五百キロほど離れた都市部の地下では、壁一面を埋めるモニター群の前で、三人の男が顰め面をして黙ったまま腕を組み、中央の巨大なモニターを見つめていた。探索機から送られてくる映像は、そのほとんどが森林地帯のもので、画面の隅に表示されている地図情報がなければ、どこの映像なのか区別がつかないほどどれも似通っていた。

　画面に映し出される映像は刻々と切り替わっていくが、三人の気を引くようなものは特にないようで、ときおり画面上に赤いアラート表示が現れても誰一人反応しようとはしなかった。

「まだまだ監視できる範囲が狭いようじゃな」

　一人が嗄《しわが》れた声を出した。かなり年老いた声だ。

「お言葉ですが、国境の九十七％は対象になっているのですから、けっして狭くはありません。ただ同時に把握ができないだけです」

「いいか、それが問題なのじゃ、大佐」

「確かに将軍の仰るとおりです」

　男は体を硬直させ頭を下げた。

　将軍と呼ばれた嗄れ声の男は、首を捻るようにして斜め後ろにいるもう一人の男に目を向ける。

「君はどう思うかね？」

「はい。すべてを同時に監視できなくとも、一定の間隔で走査すれば問題はないかと」

　ほかの二人と同じように軍服を身につけているが、彼には軍人らしさがなかった。おそらく学者なのだろう。

「ふん、今の間隔でいいと言うんじゃな？」
「いいえ。完璧な監視をするには、理論的にはおそらく無人探索機の数を今の三倍にしなければならないかと」
「そうじゃろう、そうじゃろう」
将軍は満足そうに頷いた。

もともと国家安全法も領土法の改正による無人国境警備も将軍の発案によるもので、当時の国会は軍部からの法案提出を認めるかどうかで大いに荒れたが、隣国が長距離弾道ミサイルの発射実験を度々行ったことで脅威論が高まり、やがて不安に覆われた世論に押し流されるようにして一気に可決されたのだった。

漠然とした不安を解消するには、力による自信を持つしかない。

かねてより毎年のように軍事費は少しずつ増額されていたが、この法案成立をきっかけにさらに多額の軍事費が予算に計上され、たちまちのうちに無人探索機だけでなく、さまざまな兵器や装備が取り揃えられた。

だが、力は持てば持つほど、さらに不安が増すものなのである。考え得る限りの防衛力と攻撃力を備えても、一度頭の上を覆った不安の雲が取り払われることはない。

やがて国家予算の大半が軍事費に当てられるようになった。増税が繰り返され、国債が際限なく発行された結果、国民生活は破綻し、人々の多くが路頭に迷うことになったが、それでも政府は軍備の増強をやめようとはしなかった。

「国民の生活を守るべきだ」

ついにそんな声を上げる人々も現れたが、不安と恐怖に支配された世論に対抗する論理を彼らは持ち得なかった。

「その通り、まさに仰る通りです。そして、これこそが国民の生活、生命、財産を守る唯一の方法なのです。隣国に攻め込まれたら国民を守れません」

誰もが日々の暮らしに困窮しながらも、首長の声に納得し、大きく頷いたのだった。

社会や経済といった国内の話題よりも、隣国の動向や国際的な危機ばかりが大きく報道された結果、人々は攻め込まれることへの恐怖にばかり苛まされ、自分たちの将来や生活の不安を忘れた。

すべては国民を守るため。すべては国境を死守するため。大いなるスローガンと共に立案者の将軍たちは、ますます軍備を増強し続けた。

そして、十五年の月日が流れた。

「まだまだじゃ」

将軍は首を振った。

「監視体制が完全になってこそ、防衛力と攻撃力は活きるのじゃよ」

「それではやはり無人探索機を三倍に？」

「うむ、そのつもりじゃ」

「ですが、将軍。おそらく我々には財源がもう……」

学者がポツリと言った。

「なあに、増税すれば良いだけのことじゃろ」

そう言って将軍は膝をポンと叩く。

「ですが、これ以上はもう無理でしょう。おそらく富裕層でさえ困窮し始めているでしょうから、さすがに全国民から反対されるのではないかと」

「バカを言うな！」

将軍の顔が真っ赤になった。

「隣国に攻め込まれたらどうなると思っておるのじゃ。生活が破綻するどころではすまんのだぞ。貴様ら、それくらいのこともわからんのか」

周囲を見回しながら怒鳴り散らしたが、室内には大佐と学者しかいない。

「将軍の仰る通りです」

大佐はパンと音を立てて踵を揃え、直立不動の姿勢になった。

「けしからん話です。こうして日夜休むことなく監視を続けている我々の苦労も知らず、国民は勝手なことばかり言うのです」

大佐は難しい顔つきで首を左右にゆっくりと振って見せた。

「そうじゃろう。十五年もここでがんばっているわしらのことを、誰も知ろうともしないのじゃからな」

「はい。まったく失礼な話です」

ドサと音を立てて大佐が椅子に座るのを待っていたかのように、いきなりポーンと高い音が鳴って、再びモニタに赤いアラートが表示された。画面の端に映し出されたデータは国境の近くで何者かが動いていることを示している。

大佐は腰を掛けたまま画面前のパネルへ手を伸ばし、いくつかのスイッチを操作した。複数の無人探索機から送られた映像を結合して一つの映像に変換し、中央のモニタに映し出す。

「エリア八〇七のB、中北部の国境です」

地図情報を読み取った学者が画面に近づき、映像の一部を指差した。画面の映像には国境がコンピュータグラフィックスの白い線で重ねられている。

「ちょうどこの国境周辺に人々が集まっていますね」

「内側に入ろうとしているのか？」

大佐は思わず椅子から腰を浮かせた。声が上ずっている。ついに不法に越境する者が現れたか。いよいよ無人攻撃機の出番か。

「いえ、国境のすぐ外にいます」

拡大された映像には数百人ほどの人影がぼんやりと白く浮かび上がっている。

学者は素早く画面の数カ所に触れ、いくつかの情報を取り出した。

「ここに映っている全員が、登録されている生命体です」

「つまり？」

「我が国の国民ということじゃな？」

「はい、そういうことになります」

「なぜ国民が国境の外に出ているんだ？　いったいどういうつもりだ？」

映像に映し出された人影は走り回ったり、数人でゆっくり歩いたりと、まるで遊んでいるかのようだった。中にはテニスラケットを振っているように見える者もいる。

ポーン。大佐が首を傾げるのと同時にまたしてもアラーム音が鳴った。

「エリア九一四五の西側です」

学者がいくつかのスイッチを操作すると中央のモニタに新しい映像が映し出された。

「ああ、ここは最近、新たに監視対象になった地域ですね」

「ふむ」

大佐は鼻を鳴らし、モニタに目を凝らした。

「なんだこれは？」

呻くような声を上げる。

画面に描かれた国境の外側にぴったり沿うようにして建物が並んでいる。

「これは、その……街のようです」

「街だと？」

大佐の顔が曇る。

「ええ」

「ふうむ、かなり大きな街のようじゃが、はて、いつの間にこんな街がつくられたのか。いや、何のためにつくられたのか」

将軍が怪訝な顔で大佐を見る。

「おそらくこれは隣国が我が国へ攻め入る準備として、国境付近に街をつくったのです。いわば前線基地です。これはすぐにでも対処しなければ。攻撃される前に攻撃しましょう」

大佐がすっくと立ち上がった。

「いいえ、それがですね」

学者が躊躇いがちに声を出した。

「何だ。言ってみろ」

「この建物の中にいる生命体も、すべて登録済みでして。つまりは」

「我が国民だというのじゃな？」

「ええ」

「我が国民が国境の外に街をつくったというのじゃな？」

「はい。しかも解析データによれば、どうやら十年ほど前からこの街の建設は始まっていたようです」

そう答えたところで学者は急に何かを思いついたらしく、部屋の隅に置かれたコンピュータ端末に駆け寄り、夢中でキーボードを叩き始めた。

「ええい、わけがわからん。こんなにも安全な国の内側から、わざわざ国境の外へ移るとは。国民たちはいったい何を考えているのか」

大佐は困惑した顔を将軍に向けた。

「我々がこれほどまでして守ってやっているのに、なぜ彼らは国境を越えるのでしょうか」

「わしにもわからん。まったく愚かな国民どもだ。生活が破綻したくらいで何を甘えたことを言うのか。そんなことだから隣国に舐められるのだ。我慢が足りぬわ」

「これほど苦労して国民を守っているのに、恩知らずもいいところです」

ひとしきり悪態をついたところで、二人は大きな溜息をついて椅子に深く掛け直した。

そう、すべては国民を守るため。すべては国境を死守するため。

「それでは次のエリアを確認しましょう」
気を取り直した大佐がパネルから指示を出すと、遥か国境地帯の空に浮かぶ数機の無人探索機がすっと向きを変え、地上に向けて新たに電子走査のビームを照射した。エリア内に登録外の生命体はいない。だがその国境のすぐ向こう側には登録済みの生命体たちが暮らしている。

しばらくコンピュータ端末を操作していた学者は黙ったまま、中央で腕を組む二人にそっと目をやった。頬がピクピクと小刻みに震えている。

いつ二人に知らせるべきか。学者の額に奇妙な汗がポツポツと浮かびあがった。だが、まだ知らせるわけにはいかない。知られたら、いったいどうなるのか予想もつかない。

十五年の間に、この国からは国民がいなくなっていた。正確に言えばこの地下にいる三人だけがまだ国民だった。かつてこの国の国民だった人々は今、国境の向こう側で破綻した生活を立て直し、平和に暮らしている。

すでに国民のいなくなった空っぽの国を守るために、地下の三人は今日も数百の無人探索機を操り、国境の警戒を二十四時間体制で行っている。

なだらかな丘陵に続く高原は、青々とした夏草にどこまでも覆われていた。丘の向こう側には山脈の尾根が連なり、赤紫色に染まった空には銀色に輝き始めた第一の月が、草原を見下ろすようにぽっかりと浮かんでいる。

山合いに角笛の音が幾度も響き渡ると、それまで牛舎の側で干し草を積み上げていた大人たちは草鋤《すき》を木塀のフックに掛け、二つある柵の戸を次々に開けた。うずうずしていた犬たちが草原に向かって一斉に走り出し、草を食んでいた牛の群れに飛び込んでいった。

そのあとを大人たちはゆったりとした足取りで歩いて行く。犬が連れ帰る牛たちの健康状態を確認しながら舎へ入れたら今日の仕事は終わりだ。

牛舎の前の大机に並んで宿題をやっていた子供たちも、ノートや鉛筆をそれぞれの革袋に投げ込み、ベンチからひょいと飛び降りた。

サバクは東の空を見た。ぼんやりと薄い黄色の光を放つ第二の月が、半月になって山の向こうから姿を現そうとしているところだった。第一の月に比べれば大きさは半分ほどだし、輝きも弱かったが、サバクは第二の月のほうが好きだった。月は三つあるが、第三の月はかなり遠くにあるせいか、サバクにはほかの星とあまり違いがあるようには思えなかった。

　群れの向こう側に回り込んだ犬たちが、牛を誘導して牛舎へ向かわせる。黒白の牛たちは、なぜこの小さな生き物が自分たちを追うのか、まるでわからないとでも言いたげな顔つきをしていたが、それでも小さな生き物に従った。

　サバクは柵にもたれたまま牛たちが戻ってくるのを待った。草原を渡ってくる風は、そろそろ夏の終わりを告げていて、まもなく訪れる厳しい寒期のことを考えるとなんだか憂鬱な気分になった。西の空はいよいよ赤みが増して山脈が真っ黒なシルエットになっている。寒期の間はドームを閉じるので、あの山々の連なりを見ることができない。

　山を見ながらサバクは大きなため息をついた。ぐるりと見回すとほかの子供たちも似たようなことを考えているようだった。

「夏が終わる前に山に登ろうよ」

　サバクが言うと子供たちは一斉に頷いた。山から見下ろすと世界は無限に広がっているように思えた。どこまでも続く平野はやがて反対側の山脈に遮られるが、その向こう側の空には海が浮かんで見えるのだった。

　サバクは第一の月を見やった。あそこから見たら世界はどんなふうに目に映るのだろう。いつだったか父親と街へ出かけたときに見た遠視函で紹介されていた人の話をふと思い出した。月へ行ったまま還らない人たち。あの人たちは月から世界を見下ろしたのだろうか。

ウモー。

大きな鳴き声がサバクの空想を遮った。見るともう柵のすぐ近くまで牛の群れが近づいている。サバクは慌てて体を起こし、柵の下から自分の乳樽を引きずり出した。

大人たちは柵の外で一頭ずつ牛の大きさを測り、角や蹄を調べ、口の中を覗き込み、体調を確認してから中へ入れた。柵の中に入った牛に子供たちが駆け寄る。

サバクも自分の牛に近づいた。白黒の牛はキラキラとした丸い目で懐かしそうにこちらを見ている。今朝、草原へ放す前に会っているのに、なぜかずいぶん長く会っていないかのような目つきだった。

「よしよし」

声を掛けながらサバクは牛の首筋に手を当てた。白い部分に指先を引っかけて力を込める。キュッとした抵抗があるが、そのまま一気に引っ張ると白い体表はずるりと抜けてすぐに液化した。手を足元の乳樽に差し込むと液化した体表はすべて中へ流れ込んだ。

樽の中でちゃぷんと音が鳴る。牛乳だ。

ほかの子供たちと同様、サバクも慣れないうちは半分ほどの牛乳を地面にこぼしてしまっていたが、もうすっかり上手くなって、今では一滴もこぼさずに乳樽へ流し込むことができるようになっていた。

牛乳を剥がされて真っ黒になった牛は、あいかわらずきょとんとした顔をしてサバクを見ている。

「いいよ、行っていいよ」

そう言って尻をポンと叩くと牛は小さなうなり声を上げてから、牛舎に向かってのっそりと歩み始めた。

そうやって何十頭もの牛から牛乳を回収しているうちに、もうすっかり日は沈み、柔らかな銀色の月明かりが草原を照らしていた。サバクは六つの乳樽を一杯にした。

牛を追い終えた犬が足元へ寄ってきた。褒めて欲しいのだ。サバクが小さな椀に牛乳をすくって入れてやると、犬は嬉しそうに尾を振りながらピチャピチャと牛乳を舐め始めた。

作業を終えた子供たちは次々に乳樽を製乳所へ運び、大人と一緒にそれぞれの重さを量りながら大樽へ流し込んでいく。

「今日はけっこう増えたね」

子供の一人が言った。

「やっぱり天気がいいと増えるね」

別の子供が答えた。

朝、黒い牛に牛乳をかけて黒白の牛にし、夕方に白い部分を回収して牛乳に戻す。牛が一日のんびり草を食んでいる間に白い部分が増えるので、そうして増えたぶんを牛乳として飲んだり、バターやチーズの材料にしたりするのだ。

政府が牛乳の生産にあれこれ口を挟むようになって以来、ここではそうやって独自の方法で牛乳をつくるようになっている。

「さあ、お疲れさん。みんな帰っていいぞ」

空になった乳樽を並べ直してから、サバクは製乳所の低い木の戸をくぐった。

体を大きく伸ばし、首をぐるりと回した。まだ宿題が残っているのだ。

サバクはもう一度東の空を見た。暗い空に浮かぶ第二の月が、いつもよりもほんの少しだけ明るく輝いているように見えた。

乾いた風がどこからともなく甘い香りを運んでくる。ああ、これ。チキンスープの香りだ。サバクは急にお腹が空いたように感じた。

　売上税の税率が上がるという噂があるからなのか、新型機種がニュースで話題になったからなのか、今月に入ってから機種変更を希望する客がやけに増えたような気がする。忙しいのは別に構わないのだが、客によっては自分の契約している料金プランさえよくわかっていない者もいて、契約内容をあれこれ説明するところから始めなければならないので時間がかかってしまう。

「お客様。お待たせいたしました。それでは、こちらをご確認ください」

　キデラはタブレットに契約内容を表示させると画面の向きを変えて、カウンター越しに客へ提示した。

「本当に待たせるね」

「すみません」

　年配の男性客は、ずれた眼鏡をかけ直して画面をのぞき込んだ。

「字が細かくて見えないな、これじゃあ」

「申しわけございません」

「もういいよ。とにかくこれで新しい機種に変えられるんだろ？」

男性は画面を見るのを諦めたらしく、キデラに顔を向けた。

「はい。お選びいただいた機種に、現在のお客様の情報をすべて移します」

「そんなことはわかってるから、早くやってくれ」

男性は面倒くさそうに手を振った。

「ただ、こちらをご確認いただかないと機種変更ができませんので」

「そんなのは、そっちの都合だろ。いいから早くしろよ」

そう言って、手にした杖でコツコツとカウンターの足元を叩く。

「ああ最近の若い連中はトロいな」

わざと吐き捨てるように言ったのは、キデラに聞かせるためなのだろう。

キデラも相当ウンザリしているが、ここは我慢だ。ゴクリとつばを飲み込みゆっくりとタブレットの画面をスライドさせた。

「ここに右手の親指を当ててください」

「なんだ、今時まだ指紋認証を使ってるのか」

男性は小馬鹿にしたように口の端を歪めつつ、タブレットに指を触れる。

「ありがとうございます。それでは機種変更の際にデータが失われないよう、あらかじめバックアップを」

「いらない」

「え？」

「今まで何度もやってるんだ。初心者じゃあるまいし、そんなのはいらんよ」

「ですが、万が一ということも」

「ああ、ああ、そういうのは大丈夫だから。あのね、こっちはもう何十年もやっているんだ。キミなんかよりもずっとよく知っているんだよ」

この店に機種変更をしに来る年配の男性の多くは、現役時代に社会的な地位が高かったせいか、どうもキデラたち従業員に対して横柄な態度をとることが多かった。何かを説明しようとすると「それは知っている」「そんなことはわかっている」と繰り返し、挙句の果てに「オレが現役だったころはな」などと自慢話を始めるのだ。

「それでも一応ですね」

そう言いかけたキデラを男性は遮った。

「オレが構わないと言ってるんだから、キミはオレに言われたとおりにさっさと機種変更すればそれでいいんだ」

「はあ」

ああもうどうにでもなれ。キデラは男性から視線を外して自分の足元を見た。汚れた革靴の両端がすり減って靴底が薄くなっている。

「こちらの機種に変更でお間違いありませんね」

電子カタログの中から一枚の写真を指さす。

「なんだ？　オレが間違うとでも思っているのか？」

「いや、そういうことではなくて」

「だったら、さっさとやれ」

「はい。それでは念のためこちらの端末で登録パスワードの確認をお願いします」

キデラはタブレットにパスワード確認用の画面を表示させ、男性に向けた。

「いいよ、いちいち確認なんかしなくてもオレはちゃんと覚えてるから」

「ですが、もしも登録パスワードが違っていたらデータを正確に移すことができなくなる可能性もございますので」

「ああ、うるさいな。オレのパスワードはいつも同じだから間違ったりしないの。昔から登録パスワードだろうが何だろうが全部いっしょなんだよ。だいたいキミらはいちいち騒ぎすぎなんだ」

男性にそう捲し立てられ、キデラはグッと唇をかんだ。どうしてこの人たちはいちいち偉そうなのか。

「かしこまりました。それでは機種変更をいたします」

キデラは軽く頭を下げると、男性の腕に転送用のプラグをグイッと差し込み、タブレットを素早く操作した。男性の目がすっと閉じられるのと同時に、カウンターの横にあるストッカーの中で一人の若者がゆっくりと目を開いた。初期の起動モードだから機能しているのは頭部だけだ。

「パスワードをどうぞ」キデラが聞いた。

「ええっと」若者は困惑した顔つきのまま、数桁の数字を口にしたが、体には何も変化は起きない。

「どうやら違うようです」

「そんなはずはない。いつも同じなんだよ」

見た目は若いが態度は横柄なままだ。

「それでは、もう一度お願いします」

若者は再び数字を口にしたが、やはり体は動かないままだった。

「そっちが何か間違っているんじゃないのか」

そう言ってキデラをにらみつける。

「いいえ。登録パスワードに関しては、私どもは一切関与できませんので」

「あのな、オレのパスワードは全部同じなんだよ。だったら登録パスワードも同じはずだろ？」

「申しわけありませんが、私ではわかりかねます」

「ふん、まあいい」

若者が再び数桁の数字を口にしたとたん、顔から表情が消えた。そのまま目が静かに閉じられていく。

「どうしたの？」

隣のカウンターから同僚がこちらに顔を向けた。

「お客様が登録パスワードを三回、間違えたんだよ」

「ああ、ロックが掛かっちゃったのね。バックアップから復旧するの面倒よねえ」

「それがさあ」

キデラは肩をすくめた。

バックアップはとっていない。

お客様は、古い機種にはもういない。だからといって新しい機種でも動くことはない。

永久にどこかの電子空間に居続けることになる。

「だから言ったのになあ」

キデラは大きな溜息をついてから、カウンターの向こうへ顔を向けた。

「お待たせしました。五十三番でお待ちのお客様。どうぞ」

世界を救うもの

司令部にけたたましいアラート音が鳴り渡った。通常のアラートではない。異世界からの侵入者を知らせる緊急警報である。

「レベル四とは尋常じゃないぞ。いったい何ごとだ」

普段は冷静沈着な態度で知られる長官だが、今ばかりは険しい顔つきでメインモニターへ駆け寄り、思わず大きな声を出した。

「どうやら強力な侵入者が出現したようです」

大小様々な計器を確認しつつ振り返った分析官の顔も長官に負けず劣らず険しい。画面の光を受けて、顔が青く染まっている。

「これは何だ？」

長官はリアルタイム空撮映像を映し出すモニターを指した。映像の一部が黒い影のようになっている。

「どうやら超質量を持つ異世界生物のようです。周囲の物質をどんどん取り込んでいます」

「場所はどこだ？」

「第三合同省庁の南およそ一キロの地点をゆっくりと官邸方面へ向かっています。このままでは官邸どころか官庁街全体、いや、やがては全世界が、あの生物に取り込まれてしまうでしょう」

「全世界だと？」

分析官の報告に長官は絶句した。

「どうしましょう？　やっぱりまずは隊員を派遣しますか？」

赤ら顔の副長官が揉み手をしながら尋ねた。現場を指揮する管理官は副長官だ。もしも隊員に何かあれば責任を負わされるのは彼なのである。

「あのう、私のこれまでの経験から言いますとですね」

副長官はそう言って胸を張った。でっぷりと太った腹の肉が、金色のボタンを引き千切りそうなほど強く制服を左右に引っ張る。

副長官の思惑はわかっていた。面倒なことは省略して、さっさと次のステップへ進みたいのだろう。次のステップは隊員の活動ではないため、そうなればすべて長官の責任になるのだ。

「いや、ここは手順どおりに進めよう」

「はあ」副長官の顔が曇る。

「私としてもすぐに次のステップへ進みたいが、ここで我々が何もしなければ、この部署は不要と見做され、来年の予算がつかなくなるだろう」

「ああ、それはいけませんな。ではさっそく隊員を出しましょう」

副長官はパタパタとスリッパの音を立てながら、中央の指令ブースに腰を下ろした。卓上のマイクを手前にすっと引き寄せる。

「あー、あー、マイクテス、マイクテス。みなさん聞こえていますか？」

「はい」

「聞こえています」

無線の専用チャンネルを通じて外にいる隊員たちの声が入ってくる。

「えー、みなさんお疲れさまです。先ほど、異世界からの侵入がありまして、ただいまですね、えー、レベル四のアラートが発令されております」

モニターに映る影がジリジリと官邸へ近づいていた。長官は額に冷や汗が浮かんでいるのを感じた。もしもあそこをやられたら、国の機能が完全に麻痺するじゃないか。そうなればこの組織も私の地位もウヤムヤにされる。いや、そんな保身を考えている場合じゃない。全世界の危機なのだ。どうあっても侵入者を止めなければ。

「各方面と綿密な検討を行った結果、これは世界の危機だという結論に達しまして、我々としては、この侵入者を確保もしくは処分して、異世界へ送り込むことにいたしました」

ここで副長官は一度言葉を切る。

「つきましては、手の空いている秘密戦隊員のみなさんは」

副長官は急にあらたまった声になった。妙に芝居がかったアニメ風の口調になる。

「総員、すぐに現場へ向かい、異世界生物に対処せよッ！　世界を救うのだあッ！」

「ラジャー」

「えー、隊員のみなさんは、くれぐれも安全第一でお願いしますよ」

司令室のドアから数名の隊員が駆け出していくのを満足そうに見届けてから、副長官は再びマイクに顔を近づけた。

「えー、特殊車両と特殊航空機は出動できますか？」

「はい、いつでも大丈夫です」

「整備も問題ありませんね？」

「もちろんです。完璧に整備済みです」

「わかりました。では、両方とも出動をお願いします」

秘密基地の別館が隠されている海岸沿いの壁の一部がゆっくりと開き、特殊航空機が飛び立った。地上も一部が左右に分かれて開き、特殊車両がせり上がってくる。

「えー、十一時二十二分、秘密戦隊が全員出動しました。車両と航空機も同時に出動しました」

副長官がいちいち声に出すのは記録に残すためである。たとえ秘密戦隊とはいえ、今どきは透明性と法令遵守が厳しく求められるのである。特に莫大な費用のかかる特殊な乗り物の使用には最新の注意が必要なのだ。巨大ロボに至っては、あまりにも国会での追及が厳しいため、導入以来まだ一度も出動させていないほどである。

長官は現地から入ってきた映像の映るモニターを指差した。

「あれは？」

「形状と色彩からみて、どうやらあれが侵入者のようです」

大きさは人間の子供ほどだが、どうみても図鑑に載っている古代の恐竜そっくりである。

「大きなツノもあるし、尻尾にもトゲトゲがあるし、かなり強そうだな」

「はい。あれって、絶対にむちゃくちゃ強いヤツですよね」

分析官の中村河《なかむらがわ》が嬉しそうに言う。

「そうそう。ビームとか出しそう。マジで世界の危機ですね」

隣の上野山《うえのやま》分析官も話に加わってくる。

「ねー」

「ねー」

二人は互いに顔を見合わせてうなずいた。

異世界生物が一歩足を進めるたびに、すぐ後ろにできた巨大な黒い影が、周囲のものをどんどん取り込んでいく。どう考えても、秘密戦隊で対応できる相手ではなさそうだ。

「あれは、ヤバいです。ヤバい顔をしています！凶悪な顔です!!」

「車まで吸い込んでいます！」

「口から焔のようなものを吐いていますッ!!」

すでに現場近くにいる隊員たちからは、引っ切りなしに無線で連絡が入り続けていた。

「副長官」

長官は背後の指令ブースを振り返った。

「はい？」

「すぐに攻撃しよう」

「え？　もう攻撃します？」

「もちろん形だけで構わない。でないと次のステップに進めないだろう」

何ごとにも手順があるのだ。あとから追及されたときにも、我々はやるべきことをやりましたと言えるように、きちんと記録は残しておかなければならない。透明性と法令遵守である。中にはやったことをやっていない、やっていないことをやったと、あとから記録を改竄しようとする役人もいるが、本来それは許される行為ではない。

「まもなく国道に交差します」

コンピューターで進路解析をしていた隊員が報告した。

「現場のどなたか、聞こえますか？　ダイナミック光線銃で生物を止められませんかね？」

「こちら現場の渡師《わたし》です。ダイナミック光線銃を使うんですか？　あれに？」

「はい、お願いします。それと航空チーム」

「こちら航空チームの砂原《さはら》です」

ノイズまみれの声が聞こえる。

「砂原さん、ハイパーミサイルは射てそうですか？」

「いやあ、ちょっと無理ですね。巨大生物ならまだしも、あれだけ小さいと狙うのが難しいです。周囲の建物に当たる可能性もありますし」

砂原は冷静に答えた。

「そうですよねえ」

副長官は納得したように大きくうなずく。

「じゃあ、危険だからハイパーミサイルはなし」

長官も同意を示すように軽く首を縦に振る。

「こちら渡師です。できるだけ近くまで来たんですが、これ以上は難しいです。影に吸い込まれてしまいそうです」

「じゃあ、そこからダイナミック光線銃を撃ってください」

「えっ？　ここからですか？　届きませんよ？」

長官がそれでも構わないと手で合図を送る。

「はい、大丈夫です。そこから撃ってください」

部屋の奥から隊員が声を上げる。

「生物が進路を変えるようです。交差点で曲がって国道に入るようです」

「その先には何があるんだ？」

長官が聞く。

「まるこ食堂です」

「あああ、まるこ食堂！　それはいかん!!　それはダメだあッ!!」

副長官が悲鳴にも似た大声を出した。

「渡師君、早く、早く光線銃を撃って」

マイクに向かって怒鳴る。副長官にとっては、世界の危機よりも食堂の危機のほうが重大問題なのである。

「えっ？　もう撃ちましたけど？」

無線のスピーカーから戸惑った声が返ってきた。

「撃ったんですか？」

「はい。ぜんぜん届きませんでしたけど」

「わかりました。それじゃ全員撤退してください」

「了解です。全員撤退します」

副長官が指令ブースの椅子からすっくと立ち上がった。

「長官、秘密戦隊は手を尽くしました。スーパーヒーローの要請をお願いします」

「よし、わかった。すぐにスーパーヒーローの出動を要請する」

長官は足早に司令室を出て、七階から一階まで階段を一気に駆け下りると、そのまま隣のビルまで走り、エントランスに飛び込んでエレベーターのボタンを押す。

十九、十八、十七。エレベーターはゆっくりと降りてくる。十四。十四。
どうやら十四階で誰かが乗り降りしているのだろう。しばらく止まったままになる。

「ああ、時間がないのに！」

長官はエントランスの端にある非常階段の扉を引いた。一段飛ばしで四階まで駆け上がり、管理課と書かれた扉の前に立った。肩で息をして呼吸を整える。

「よし」

扉のノブに手をかけた。まだ息は切れているが一刻の猶予もない。世界の危機なのだ。

長官は異世界生物が出現した瞬間からスーパーヒーローを要請するつもりでいた。だが、すぐに要請すれば、今後もスーパーヒーローさえいればそれでいいと思われる可能性がある。それでは秘密戦隊の存続に関わる。解体されるおそれさえある。したがって、まずは自力で戦ってみせる必要があるのだ。ここまで我慢したのは、つまりは世論対策なのである。

「はい？」

パソコンに向かっていた男性が顔を上げてこちらを見た。

「お疲れさまです。秘密戦隊長官の木寺《きでら》です」

カウンターの前にすっと立ち、長官は静かに帽子を脱ぐ。

「スーパーヒーローの出動をお願いします」

のっそりと椅子から立ち上がった男性は、カウンターの上に乗っているノートを広げた。ノートには鉛筆で縦の線が書き足され、枡目ごとに時刻やら番号やらが書き込まれている。

「えーっと、いつですか？」

「今からなんですが」

「いやいやいや」男性は鼻で笑った。

「それは無理でしょう。スーパーヒーローだってスケジュールがあるんですよ。一週間前までに要請してもらわないと。基本のルールはご存じでしょう？」

「ですが、異世界生物が出現して、官庁街を移動しているんです」

「それはあなたたちで何とかしてくださいよ。そのために秘密戦隊があるわけでしょう」

そう言ってノートを閉じようとした彼の手を長官が掴んだ。

「ちょっと、何ですか！」

「このままだと、官庁街どころか全世界が消滅します」

長官の声が耳に入ったのか、ほかの職員たちも一斉にこちらへ顔を向ける。

「いいですか、木寺さん。異世界生物が何をしようとも、うちの責任じゃないんですよ。そういうのはぜんぶそっちの責任ですから」

「街が消えるんですよ？」

「いやあ、ほらね、下手にスーパーヒーローを出動させて、逆に何かあったら今度はうちの責任になるじゃないですか」

長官の顔が真っ赤になった。額に脈がプップッと浮かび上がる。

「うちはちゃんと手順を踏んでるんですよ。だったら、そちらが拒否したと記録してもいいんですね。えーっとお名前は？」

「はい？　名前とは？　私のですか？」

男性はとぼけた声を出しながら、慌てた仕草で胸の職員証を手で隠そうとする。

が、長官の目は一瞬のうちにフルネームを読み取っていた。

「丸古三千男《まるこみちお》さん。スーパーヒーロー管理課の丸古さんですね。丸古さんがスーパーヒーローの出動を拒否したと。これは公式の対応なんですね？」

「いやその、ちょっと待ってください」

「それでは、公式に拒否すると、あなたの名前で一筆お願いします。ちゃんとハンコも押してくださいよ」

淡々とした低い声だが微かに震えていた。硬く握った拳は真っ白になっている。

「こっちは手順を踏んで、要件を満たしてるんです。法的には何の問題もない。それをあなたが拒否するのなら一筆いただかないと。人命が失われたのは、あなたのせいだとわかるように」

「そんなの無理ですよ」

口を尖らせて男は小声で言った。そのまま視線を逸らして壁のカレンダーを見る。

長官の目がキュッと細くなった。

「待てよおい、どうして無理なんだよ？　え？」

口調がいきなり荒くなる。

「お前ぇが一週間前に要請しないと出せねぇって言ったんじゃねぇかよ。おい？　違うのかよ？　ああ？」

バンッ。怒鳴りながら両手で机を激しく叩く。

「いや、その」

「だったら、それを紙に書いてハンコ押せって言ってんだよ、このボケが！」

バンッ、バンッ、バンッ。

「街がッ！　人がッ！　世界がッ！」

バンッ、バンッ、バンッ、バンッ、バンッ。

「一刻を争うんだよォォォッ！」

机を叩き続ける掌が破れて、丸古の額に血が飛んだ。

「あのう、よろしいでしょうか」

不意に部屋の奥から声が聞こえた。

「あァッ？　何だッ？」

まだ長官の荒っぽい口調は収まらない。

「私、課長の青谷凪《あおやなぎ》です」

柔らかい雰囲気の女性がカウンターへ近づいてニッコリ笑った。

「あ、はい？」

虚を突かれて長官はきょとんとした顔になった。

「窓口の対応に失礼があったようです。申しわけありません。すぐにスーパーヒーローの申請を受けつけますから」

そう言いながら、すっと手を出して丸古をカウンターから遠ざける。

「え？　本当ですか？」

それまで血走っていた長官の目が丸くなった。

「ええ。今回、秘密戦隊では出動・攻撃・撤退の三要件は満たされているんですよね？」

「もちろんです」

「でしたら、手順通りに申請いただければ、すぐにスーパーヒーローを出動させます」

「ああ、ありがとうございます。これで世界が救えます。今すぐ申請します」

「では、こちらの用紙に必要事項を記入して、ここに署名と捺印をお願いします」

青谷凪課長がファイルから抜き出した紙をカウンターに置いた。

「あ、ハンコ？　ハンコいるんでしたっけ？」

長官は慌てて制服のポケットをまさぐる。

「ええ、ここと、そこに一カ所ずつ」

「うわっ。すみません。ちょっと今ハンコを忘れたので、先に書類を出しておいて、あとからハンコだけ押しに来てもいいですか？　すぐ取ってきますから」

「それは無理ですよ」

青谷凪が困った顔になる。

「私たちにも手順がありますし、透明性の確保と法令遵守が決まりですから」

「ですが時間が。戻っていたら、また時間が」

青谷凪は目をぱちくりさせたあと、真面目な顔になった。

「ここを出て、すぐ右に文具コーナーがありますから」

「そこに売ってます？　ハンコ？」

「ええ、それをお求めになるのが一番早いかと」

「わかりました。すぐに行ってきます」

長官は踵を返して扉を開け、部屋を出て行こうとしたところでぴたりと足を止めた。

「そこって電子マネーは使えますかね？」

「さあ、どうでしょう。私は現金しか使ったことがないので」

青谷凪はひょいと首を傾げた。

「すみません。でしたら念のためにちょっとだけ現金をお借りできませんか。世界を救うために」

長官は両手を合わせて軽く頭を下げた。

言語の選択

昼食時ということもあって、カウンター席だけの小さな店はそれなりに混んでいた。飯《めし》尾《お》は券売機で買った食券をカウンター台に乗せて、騒がしい店の中でも聞こえるように、やや大きな声を出す。

「チャーシュー麺をお願いします」

頭に黒いバンダナをきつめに巻きつけた大将らしき男性が、忙しなく手を動かしながら、チラリと目だけをこちらに向けて聞いた。

「麺の量は？」

「あ、普通で。硬さも普通で」

「トッピングは？」

「あ、なしで」

一瞬、大将の目が丸くなった。ネギだのメンマだのモヤシだのをこれでもかと言わんばかりに山盛りにして出すことで有名なチェーン店だから、トッピングを頼まない客はかなり珍しいのだろう。

「えっと、トッピングなしですね。はいよ。チャーシュー並み並みでぇ」

大将は奥に向かって声を張り上げた。

「はい、チャー、なみなみぃ～」

大きな声が返ってくる。カウンター席からは見えないが、厨房があるのだろう。

手持ち無沙汰になった飯尾はとりあえず水差しの水をグラスに注いだ。

「お客さん、すみません」大将がひょいとこちらを覗き込んだ。

「はい？」慌てて飯尾は顔を上げる。

「チャーシュー麺は、何語で？」

そう言いつつ大将は、若い店員が奥の厨房から運んできたラーメン丼《どんぶり》を両手でしっかりと受け取った。

「え？」

「チャーシュー麺、言語はどうされますか？」

手は丼を掴みながらも顔は飯尾に向けたままだ。

「え？」

戸惑って黙り込んだ飯尾を置き去りにして、大将はカウンターの端まで素早く移動した。半身を乗り出して、ほとんど音を立てずに大きな丼を客の前にすっと置く。

「はいネギラーメンの麺硬め大盛り。もやしとキクラゲのトッピング、デンマーク語ね」

「どうも」

野球帽を被ったその客は、カウンターに置かれた胡椒を丼めがけてたっぷり振りかけた。レンゲを丼に差し入れてスープをすくい上げると、ズズッと音を立てて一口飲む。

「あああ、レッガー」

満足そうに軽く目を閉じて、鼻から息を吐いた。

「タク」大将が頷く。

ゴトン。すぐ手前の男性客が丼と餃子皿をカウンター台に乗せ、楊枝入れから一本爪楊枝を抜き出して口にくわえた。

「プレディヴノ」男はそう言って入り口に向かう。

「フヴァラレーポ」

大将は戸を引いて出て行く男の後ろ姿に向かって大きな声を出したあと、台から丼と餃子皿を引き上げ、厨房まで運んで行った。

いったい何をどうすればいいのか。一連のやりとりを見た飯尾の眉間に皺が寄る。こういうチェーン店にはたいてい独自のルールがあって、常連以外は戸惑うことになるのだ。しかも、誰もルールを教えてはくれず、一見の客がまちがうのを見て楽しむようなところさえある。たかだかラーメンの注文一つでバカにされるのだから腹立たしい。

飯尾は目の前のメニューに手を伸ばした。表紙をめくったところに麺の硬さやら油の量やらトッピングについては、あれこれと細かく載っているし、裏表紙には、まずスープを飲めだの途中で調味油を足せだの、最後に小ライスを入れろだのと、食べ方についてもいちいち小うるさく書かれているが、言語についてはどこにも書かれていない。おそらくこの店独自のルールなのだろう。

飯尾はグラスの水をぐいと飲んだあと、隣にいたスーツ姿の客にそっと話しかけた。

「お食事中すみません。いま召し上がっているそれは何ですか？」

「え？　これですか？　普通のラーメンですよ」

おそらく近所に職場があるのだろう。社員証が首からぶら下がったままになっている。

「何語ですか？」

「はい？」スーツの男性が怪訝な顔つきになった。

「いや、大将にチャーシュー麺の言語は何語がいいかと聞かれまして」

「さあ？　私にはちょっとよくわかりませんが」

まるで飯尾がおかしなことでも言っているかのように、男性は肩をすくめつつ首を左右に振る。

「で、お客さん、言語は決まりましたか？」大将が再び尋ねてきた。

「えっと、その、ほら」

飯尾は助けを求めて隣のスーツ男性に目をやったが、彼はちょうど食べ終えたらしく、ふうと大きな息を吐いて立ち上がったところだった。

「チャルモゴッスムニダ」そう言って席を立つ。

「カムサハムニダ。トオセヨ」大将は男に向けて、よく通る声を出した。

「ハセヨ～」

飯尾は自分の胃がカッと熱くなるのを感じた。なんだよこいつ。何語かわからないと言っていたくせに。ぎゅっと拳を握りしめる。

「おい、ちょっとあんた」飯尾は男の後ろ姿に向かって声を荒らげたが、彼には飯尾の声などまるで聞こえていないようだった。

「ちょっと待てよ、おい」大声を上げる飯尾を無視して男は店を出て行く。

ふざけやがって。飯尾は再び水をグラスに注ぎ、一気に飲んだ。

気がつくと大将が腕を組んでこちらを見下ろしている。

「お客さん、どうされます？」

店の奥からはさっきの若い店員が顔を覗かせていた。飯尾が答えないと調理に取りかかれないのだろう。飯尾はカウンターに置かれたメニューを何気なく手に取った。すでに注文は終わっているので、いまさらメニューを見る必要はないのだが、それでもなぜかパラパラとめくってみる。

「えーっと、それじゃあ、フランス語で」

「はあ？」大将の口がぽかんと開いた。

「えっ、ダメなんですか？　フランス語は」

「あたりまえでしょう。なに言ってるんですか」大将はムッとした声になった。

「あっ、そ、それじゃ、英語は？」

「お客さん。うちの店をバカにしているんですか？」

「いや、そんなつもりはないんです。ただ、ちょっとルールがわからなくて。それじゃ、あの、デンマーク語で。デンマーク語」

「いや、お客さんには無理でしょう、デンマーク語なんて」

「いやでも、ほら、あのお客さんはデンマーク語でしょ」

飯尾はさっきの野球帽男を顎の先で差した。

「ふう」大将はカウンター台に手をつき、何かをガマンするように首を振りながらしばらく目を閉じる。やがてすっと目を開けて飯尾をまっすぐに見下ろした。

「いいですか。あの人はネギラーメンです。だからデンマーク語でもいいんです。お客さんはチャーシュー麺ですよ。チャーシュー麺でデンマーク語なんて、常識的に考えてありえないでしょう」

諭すような口ぶりだった。

ああ、めんどうくさい店だな。独自のルールだかなんだか知らないが。とにかくめんどうくさい。そう思った飯尾は、それ以上考えることをやめた。もうどうでもいい。さっさとチャーシュー麺を持ってきてくれ。

「じゃあ、日本語でいいよ。チャーシュー麺の量も硬さも普通のやつを、日本語で」

そう言い切って視線を下げた。グラスの周りには水滴がたっぷりとついている。

もはや飯尾には大将の返事を待つ気などなかった。もしもこれでもまだあれこれ言ってくるのなら、席を立ってそのまま店を出ようと思っていた。

「に、日本語ですか？」大将の声が裏返った。

それまでどことなくざわついていた店内がしんとした静けさに包まれる。有線放送の演歌が終わると、あとにはカツカツと何かを切る音と、湯の煮え立つ音だけが厨房から聞こえていた。

「日本語？」

客の一人がそう言って、ガタンと椅子を鳴らす。

「チャーシュー麺で日本語だと？」

その向こうから驚嘆の声が上がった。再び店内がざわつき出す。

パチ。パチ、パチパチ。

やがて客たちが飯尾に向かって拍手を始めた。

大将が頭から例の黒いバンダナをすっと外し、カウンター越しに飯尾へ渡そうと手を伸ばした。

「これを」

「これって？」

「チャーシュー麺で日本語ですからね。今からあなたが店長ですよ」

飯尾は大将の勢いに押されたかのようにバンダナを片手で受け取った。

「さあ、こっちへ」

言われるがままカウンターの端から内側へ入る。

「それじゃ、あとは任せましたよ」

大将が飯尾の手を両手で包むようにしてグッと握った。

「はい」

飯尾も大将の手を力強く握り返したあと、黒いバンダナを頭にしっかりと巻きつけた。最初からこうするべきだったのだ。そんな思いが胸の奥に広がっていく。

飯尾は口元をグッと引き締めながら、ゆっくりと腕を組んだ。ラーメン店の店主は腕を組むものなのだ。

そうしてカウンターの内側から店内をぐるりと見回す。客たちは満足そうな顔をしてそれぞれの丼に向かっていた。

ガラ。不意に入り口の戸が引かれて新しい客が入って来た。

「へいらっしゃい。そちらの券売機で食券をどうぞ」

自分でも驚くほど自然に声が出る。これなら大丈夫そうだ。飯尾は大将に向かってしっかりと頷いた。大将もまた大きく頷く。

飯尾は頭のバンダナに両手を当てて、ほんの少しだけ角度を修正した。これで完璧だ。

「あのう」

背後から声が聞こえて、飯尾は慌てて振り返った。

「チャーシュー並み並み、どうしましょうか？」

アルバイトの若者が困惑した表情のまま立っている。

「あとで賄いにしよう。麺が伸びる前にな」

そう言って飯尾は若者の肩をポンと叩いた。

「そう。言葉を選ぶとしたら日本語でな」

飯尾のその言葉を聞いた客たちは、何かに感心したように再び大きな拍手を始めたのだった。

寂しくないから

夕食は六時からだと言われていたので、大浴場でひと風呂浴びたあと、木寺《きでら》は火照った体を冷ましがてら宿の周辺を散歩することにした。

家族も親しい友人もない木寺は、ときおりこうして気兼ねない一人旅に出る。連れのいない旅を寂しく思うこともあるが、一人だからこそ深く感じられるものもあるのだ。

初めて訪れた温泉街は全盛期に比べればずいぶん活気を失っていると聞いていたが、宿も街道に並ぶ土産店の店構えもそれなりの品格と風情を保ち続けていて、長い歴史を感じさせるものだった。

中庭からつながる林の間をゆっくり抜けていくと、昼間の蝉の騒がしさはすっかりなりを潜めて、代わりに秋虫たちが涼しげな秋の音色を奏でていた。

ドーンと遠くで祭の太鼓が響いた。木寺の鼻の奥にツンと懐かしい感覚が広がる。どこからともなく漂ってくる蚊取り線香と花火の香り。それは夏の終わりを告げる香りだった。

のんびり散策してから宿に戻るとすでに六時半近くになっていた。

仲居の案内で夕食の会場へ足を踏み入れた木寺はほうと声を出した。百五十畳ほどあろうかという大きな広間に何列にも渡ってずらりと座卓が並び、それぞれの卓上に夕餉《ゆうげ》の支度が調えられていた。

広間の奥は三尺ほど上がったステージになっていて、かつてはここでハワイアン・ダンスだのマジックショーだのといった様々な余興が催されていたであろう名残を感じさせたが、さすがは伝統ある老舗旅館である。ステージ上の装飾もすべて江戸職人による手仕事で、その一つ一つが見応えのあるものに仕上がっていた。

木寺の案内された座のすぐ左奥では、向かい合った二十席ほどで、すでにしっかり酒の回ったらしい年配の男性たちが顔を赤く染め、手拍子を打ちながら大声で歌っていた。

どうやら今時珍しい団体客のようだった。年格好からして現役世代ではなさそうだから、同じ会社で働いていたOBか学生時代の同窓なのだろう。いずれにしても大いに盛り上がっている。

「なのであります」

誰かが叫ぶと一斉にわあっと笑い声が上がった。

「今でもああいう旅行のしかたがあるんですね」

「たいへん申しわけありません。お席をお離しいたしましょうか?」

飯をつぎに来た仲居に木寺が尋ねると、彼女は目配せをして詫びた。

「いえいえ、大丈夫です」

気の合う友人たちとの長い付き合いがなければできないことで、木寺にとってはあんなふうに大勢で旅のできる人たちが羨ましくさえあった。

食事を終えた木寺が部屋に戻ろうと廊下を歩いていると、ちょうど玄関のあたりで手洗い所の扉が開き、中から一人の男性がふらふらと現れた。

かなり酔っているようで浴衣の前がはだけて下着が見えていた。足元はおぼつかなく、壁に手をつくように立ちながら、何やら大きくうなずいている。

「おう、君か」

男性は木寺に言った。

「はい?」

「ええと、君は何だっけ」

どうやら団体客のメンバーだと勘違いをしているようだった。

「あ、ボクはご一緒しておりませんので」

「あれっ? 私らと一緒じゃないの?」

男性は不思議そうな顔になった。酔いが覚めたらしく顔から赤みが消えていく。

「ええ。一人旅をしておりまして」

木寺が丁寧にそう答えると、男性はますますキョトンとした顔つきになった。

「いや、私たちだって一人旅だよ」

男性はそう言った。

「え？」

彼らは団体客じゃないのか。だとしたらあの盛り上がりはいったい何なんだ。みんなで思い出話をしたり、同じ歌を歌ったりしていたじゃないか。

「あのう、みなさん一人旅なんですか？」

「そうだよ、ほら」

男性は玄関に飾られている看板を指さした。

『歓迎一人旅ツアーご一行様』

大きな白い半紙には、黒々とした墨字でそう書かれていたものだから、木寺はますます混乱した。

「一人旅のツアーなんてものがあるんですね」

「そりゃそうだろう」

男性はあたりまえだと言わんばかりの口調になった。

「でなきゃ、誰が切符を取ったり宿の手配をしたりするんだね。そういう細かい雑務は私たちのやることじゃないからね。誰かにやらせないと」

真顔でそう言ってからようやく浴衣の前がはだけていることに気づいたようで、ダラリと下がっていた帯を締め直す。

開いたままの玄関口から館内の照明を目がけて飛び込んできた蛾が天井や壁にぶつかっ

てガサガサと大きな音を立てた。

「それにしても、一人旅なのにどうしてみなさんで一緒に行動されているんですか？」

どこからか、夏の終わりを告げるあの香りが漂ってきた。すっかり暗くなった山からはカンカンと動物の鳴く高い音が聞こえている。

「そりゃ、一人だと寂しいからに決まっているじゃないか」

ポトリ。

照明に近づきすぎたのか、羽の先を丸めた蛾が床に落ちて、そのまま動かなくなった。

境目の時間

　歩き慣れた山道の途中で、風介《ふかい》はふと足を止めた。ほんの少しばかり道から逸れた岩の上に立ち、木立の隙間をそっと覗き込むと、遠くの海がキラキラと輝いていた。昼と夜との境目のこの時間、山から見る世界は街も海も向こう側の山脈も、ふだんとはまるで違う気配を見せた。

「昼と夜との境目の時間にはあまり長くいちゃいけないよ」

　祖母はときおりそう言って、風介に注意したが、長くいたらどうなるのかは教えてくれなかったし、そもそもどうすれば境目の時間に長くいられるのかもわからなかった。

　昼と夜との境目はいつも一瞬で、だからこそその時間だけ世界は一段と輝くのだと風介は考えていた。

　しばらくすると波間でキラキラ輝いていた光は消え、その代わり上空に小さな星の輝きが一つ生まれた。

「よし帰ろう」

風介は岩から飛び下りて山道を勢いよく登り始めた。しばらく登ると、先を行く二人連れの姿が目に入った。

ゆっくりと上がっていく二人は後ろから飛ぶように駆け上がる風介の足音に気付いたようで、すっと端に寄って通り道を開けてくれた。

「お先にどうぞ」

二人連れは振り返るとそう言ってにっこりと笑った。

山の住人ではなく登山客のようだった。

山登りを始めてまだ日が浅いのだろう、靴もズボンもトレッキングポールも新しかった。

どうやら二人は夫婦のようで、どこかあどけなさの残る表情からはずいぶん若いように思えたが、実際のところはわからなかった。

「ありがとうございます。お気をつけて」

風介は二人に軽く頭を下げて、彼らを追い越した。

くいっと顔を上げて道の先を見やる。いよいよ昼を終えようとしている山道には、氷をいっぱいに詰め込んだグラスに鼻を近づけたときの冷んやりとした、それでいて静けさを感じさせる、あの独特の香りが漂っていた。

そう言えば、と風介はたった今上がってきたばかりの道を何気なく振り返った。初心者が登るには微妙な時間だなと思ったのだ。けれども、もうずいぶんと差が開いたようで、二人の姿はどこにも見えなかった。

ふう。

大きく息を吐いてから、風介は再び山道を上がり始めた。すっかり暗くなっている。

しばらくすると、また先を行く登山客に追い着いた。今度も二人連れだった。

「お先に失礼します」

端に退けてくれた二人のそばを通り抜けながら、風介は軽く頭を下げる。

「どうぞ」

そう言って二人はにっこり笑った。どこかあどけなさの残る表情から、まだ若い夫婦のように思えた。どことなく見覚えがある気がしてならないが山の住人ではなさそうだった。

靴もズボンもトレッキングポールもまだ新しいから登山を始めてから日が浅いのだろう。

それにしては、こんな時間に初心者がこの山道を登るのは、なんだか奇妙に感じられた。

「境目の時間にはあまり長くいちゃいけないよ。帰ってこられなくなるからね」

祖母のあの言葉の続きが風介の頭にふと浮かんだが、ゆっくりと下りてくる淡い夜の気配の中に、いつしか消えていった。

古いタイプの自動販売機は

頭上から降り注ぐ強い日差しは天豊《てんで》の体力を奪い続けていた。額に浮かぶ汗が顔中を濡らし、びっしょりと湿ったワイシャツは透けて体に張り付いている。体から噴き出す熱気をズボンのベルトと靴下のゴムが押さえ込むせいで、下半身のあちらこちらが痒くてたまらない。

上着はもうとっくに折り畳んで腕に掛けているが、布の内側に熱がこもって腕だけサウナに置いていているような感覚になった。

——水、水が飲みたい——

天豊の頭の中にはそれしかなかった。喉は痛いほど乾いていて、口の中にはねっとりとした白いものが溜まっている。

なにせこの田舎道である。両側を田畑と工場といくつかの住宅に挟まれた細い道は、遠くまで目をこらしてもコンビニなどまったく見当たらない。

「はあ」

足を止めた天豊は熱い息を吐いてから、ハンカチで額を拭った。ずり落ちそうになっている鞄をもう一度肩から掛け直す。

どこからか蝉の鳴き声が聞こえているが、周囲を見回しても蝉がいそうな木は見受けられなかった。

さっきの商談を終えたあと一度車に戻ればよかったのに、近いからとそのまま次の訪問先まで歩こうと考えたのが失敗だった。

車まで引き返せば飲みかけのペットボトルが助手席に転がっているのだが、さすがに今から戻っていたら訪問先との約束時間には間に合わない。ここまで来たらもう先へ進むよりほかなかった。

頭を垂れ、うつろな目で少し先の地面を見ながらゆっくりと足を進めていく。あまりの日差しに道が白く見える。背の高い建物の前に差し掛かったときだけ、一瞬、この眩しい光から逃れることができた。

大きな廃工場の影で天豊は再び足を止め、汗を拭った。顔を上げて道の先を見やると百メートルほど先に訪問先の建物が見えている。農機具の販売所だ。

「ようし、もう少しだ」

そう独りごちて歩き出そうとした矢先、天豊は今いる廃工場のすぐ脇に古い自動販売機が置かれていることに気づいた。

近づいてみるとぼんやりと明かりがつき、中の電子回路がジジジと音を立てている。

今時めったに見かけないほど古いつくりの自動販売機だが、それでもどうやらまだ動いているようだった。

動いているとはいえ、古い自販機はトラブルが絶えない。カードも電子マネーも受け付けてくれないくせに、新しい硬貨は使えず、しょっちゅう釣り銭は不足する。選んだものとはちがう商品が出てきたり、炭酸飲料が激しく落下してきて、開けたら中身が噴き出したりと、とにかくあれこれ問題が多い。そもそもこの手の古い自動販売機には安全性や正確性への配慮がまだまだ足りていないものが少なくないのだ。

それでも天豊にはもう古い自販機を警戒するだけの余裕は残っていなかった。

欲しいものはただ一つ。

――水、水が飲みたい――

ほとんど無意識のうちに天豊は小銭入れを取り出し、投入口へ投げ入れた。ショーケース下に並んだボタンのランプが一斉に点灯する。

躊躇うことなく水のボタンを押した。

が、それきり何も起こらない。

「あれ?」

もう一度ボタンを押すが、やはり何も起こらないままだ。天豊はさらにもう一度強くボタンを押し込んだ。

やがてガタンガタンと自販機の中で何かが倒れるような音が鳴り響き、続いて、

「はーい、はい、はい。ちょっと待って。今行きますからね」

と、だるそうな女性の声が聞こえてきた。やや嗄《しわが》れた感じのいわゆるオバサン声である。声だけでは判断しづらいが、おそらく天豊より遥かに年上に思えた。

ゴタンッ。

取り出し口にいきなり水のペットボトルが転がり出てきた。天豊はすかさず手を伸ばして商品を取り出す。

「うわっ」

持ち上げたとたん思わず手を離しそうになるほど熱かった。もはや水というよりは湯、しかも熱湯に近い。天豊は首をひねった。わざわざ暖めないと、ここまで熱くはならないんじゃないか。

「これじゃ、飲めないよ」

つい責める口調になる。

自販機の中で再びガタと音が鳴り、取り出し口から女性が顔をぬっとのぞかせた。真っ赤な口紅と鼈甲柄《べっこうがら》の太い眼鏡フレームが、顔の印象をあやふやにしていた。

「ごめんなさいね、冷えてるのがなくて」

口では謝っているが表情は淡々としている。

「あ、いえ」

「麦茶なら冷えてるんだけどねぇ」

自販機のショーケースには水の隣に麦茶のサンプルも飾られている。値段は同じだった。こっちを選んでいれば今ごろは喉を潤せていたに違いない。うっかり水を選んだばかりにまだ喉はカラカラのままだ。

「じゃあ麦茶にする？」

女性が聞いた。

「え？」

「麦茶に交換する？」

「いいんですか？」

「はいはい、いいですよ」

女性は口をひょいっと突き出してそう言うと、自販機の中へ顔を引っ込めた。どうやって交換するのかと天豊が訝しんでいると、やがて取り出し口からにゅっと腕が飛び出してきた。右手だ。けっこうな皺があるから、さっきの年配女性の腕なのだろう。

「あ、ここにお渡しすればいいんですね」

特に何の返事もなかったが、天豊はこちらに向けられている手のひらに水のペットボトルを乗せた。くいとボトルをつかんだ手が自販機の中へ吸い込まれるように戻っていく。

当然すぐに麦茶のペットボトルが出てくると思っていたのだが、水が引っ込んだきり何も起こらなかった。

麦茶のボタンを何度か押してみるが、何の反応もみせない。

「あのう、すみません」

天豊は自販機の取り出し口に顔を寄せて、中に向かって大声を出した。

「すみません、麦茶はまだで、カフッ、カフッ」

喉が渇いているせいか、言葉の最後が掠れて空咳が出た。

「すみません、だったら水のままでいいです」

自販機の中からは物音一つしない。

天豊は再び麦茶のボタンを押し、水のボタンを押し、料金の返却レバーをひねり、そしてバンバンと自販機を両手で激しく叩いた。

プッ。

それまでうっすらと点っていたショーケースの明かりが消えた。

「あああ」

天豊は、うんざりしたような表情でがくりと膝を折った。

結果的に金だけ吸い込まれたのだ。

「だから古いタイプの自販機は信用しちゃ駄目なんだ」

天豊は、小銭入れからもう一度硬貨を取り出し、投入口へ入れた。さっきと同じようにボタンのランプが一斉に点灯する。細かいことはもうどうでもいい。とにかく水分が欲しいのだ。ゆっくりと今度は麦茶のボタンを押した。

ガタガタと自販機の中で音が鳴り、続いて、

「少々お待ちください。ただいま参ります」

と、声が聞こえてきた。今度は若い女性のハキハキとした声だった。

「はい」

と、答えて天豊は額の汗を袖で拭う。

いつしか聞こえなくなっていた蝉の鳴き声が、再び天豊の頭のすぐ近くで激しく響き始めていた。

パン食

渡師《わたし》はいつもどおりの時刻に家を出て駅へ向かっていたが、しばらくすると、道行く人がチラチラと渡師を見ては妙な顔をすることに気づいた。中には笑い出しそうになっている人もいる。いったいおれの何がおかしいのかと渡師も妙な顔つきになった。

「渡師」と駅前で声をかけてきたのは営業部の比嘉《ひが》で、棟は違うが同じ社宅に住んでいるから、朝はこうしてときどき一緒になることがあった。

「おお、おはよう。金曜なのに早いな」

「そんなことよりさ、お前、ご飯を連れてるぞ」

比嘉は渡師の背中側にひょいと顔を向けて、地面を指差した。

振り返って見れば、親指の先ほどの小さなご飯の塊が、長い列になって渡師の後ろに続いている。

「うわっ、なんだこれ」

思わず後ずさった渡師の足にご飯がすり寄ってくる。

「もしかしてさ、お前、新米を炊いたんじゃないのか」

「うん、炊いた」

ふだん朝食はパンで済ますのだが、昨日親戚から米が送られてきたので珍しく朝から米を炊いたのだった。

「炊き上がってすぐに蓋を開けただろ？」

「ああ」

「やっぱりな」

比嘉は自分の額をぺちりと手で叩いた。

「あのさ、炊きたての新米は、最初に見たものを親だと思い込むんだよ」

「そうなのか？」

「しばらくたいへんだぞ」

そう言って比嘉は何がおかしいのかニヤニヤと笑い始めた。

さっきまで一列になっていたご飯の塊が、いつのまにか渡師の足元に集まっている。渡師はゆっくりしゃがむと、ご飯に向かってそっと手を伸ばした。まさか、こんなに大量のご飯が自分についてきているとは思わなかった。

塊になっているご飯の一つが渡師の手に近づき、ごそごそと匂いを嗅ぎ始める。やがていくつものご飯が渡師の手に近寄っては、体を強くこすりつけ始めた。

「これ、どうすりゃいいんだ？」

「まあ、こうなったら、成長して親離れするまで待つしかないよ」

そうだよなあ。楽しそうに追いかけっこをしたり、じゃれあったりするご飯を見ながら、渡師は大きく頷く。この子たちが大きくなるまでは、しばらくパン食だけにしよう。渡師はそう思った。

果たした約束

四月といえばすっかり春で、つい先日まで忍川《しのぶがわ》を桃色に染めていた桜にも、もう若葉が青々としていた。グラウンドの隅に建てられている二階建てのクラブハウスには大きなものから小さなものまで、いろいろな部活の部室が入っていて、部活の中身にかかわらず、どの部屋からも川沿いの桜並木が見通せる。

ガチャリと小さく軽い金属の音を立ててドアが開いたが、そのあとに続いた声は小さくも軽くもなかった。

「一年ッ！　丸古三千男《まるこみちお》ッ！」

いきなり部室の中に大音量が響き渡った。小柄な体躯からは想像できないほどの音量である。坊主頭を乗せた黒く真新しい詰め襟の制服は、体のサイズに合っていないようで全体的に緩み袖口などは数寸も余っていた。肩から白い帆布地のカバンをかけ、右手には青い金属バットを握りしめている。

「甲子園でホームランを打つのが小学生のときからの俺の夢なんだッ！」

丸古と名乗った生徒は、そう叫びながら金属バットをまっすぐ天井に向けた。あまりの勢いに部室の中にいた生徒たちはきょとんとした顔で丸古を見つめている。

「でも、俺は妥協はしねぇ。四番じゃなきゃ打席には入らねぇ！　そのためにこれまでずっと気合いと根性と努力で練習してきたんだ！　だから、俺を四番打者にするなら入部してやるッ」

なんとも傲岸《ごうがん》不遜《ふそん》な態度であるが、どうやら相当な自信があるらしい。

丸古はギョロリと見開いた目で部室の中をぐるぐると見回した。天井の蛍光灯は数本外れているが、窓から差し込む外光が薄暗い部屋の中で扇のように広がっている。

「俺を四番にすれば、必ず甲子園でホームランを打ってみせるッ！」

「あのね」

ドアのすぐ近くにいた女子生徒が椅子に座ったままゆっくりと体全体を丸古に向けた。

「ここは電子オルガン部よ」

キュッと首を傾げると長い髪がセーラー服の肩から背中へと零れる。おかっぱにした前髪と切れ長の目からは他人に媚びない理知的な雰囲気が発せられていた。

「で、電子オルガン部？」丸古も首を傾げる。

部室の中にいた生徒たちは物珍しそうな顔で丸古を見つめている。

やがて奥の椅子から立ち上がったもう一人の女子生徒がすっと流れるようにおかっぱの後ろに立った。

「そう電子オルガン部」

両手をおかっぱの肩に置いて、彼女の後ろからのぞき込むように丸古を見つめた。

「だからキミは四番打者にはなれないの」

「それに」おかっぱが言葉をつないだ。

「シノブ商業には野球部もないから、もともと甲子園にだって行かないし」

呆然とした顔をしている丸古に二人は優しく微笑む。いつしか二人の後ろに立ったほかの部員たちも、みんな優しい笑みを浮かべて頷いている。

「ね？　わかった？」

しばらくぼんやりと二人を見つめていた丸古は、ふいに我に返ったように大きく首を振って再び叫んだ。

「いや、ちがうッ！　わからねぇッ！」

口から白い泡が飛び散り、壁に小さな気泡を残す。全身に強い力が入っているようで、ブルブルと体を震わせている。顔だけでなく坊主頭のてっぺんまで真っ赤になった。

「何を甘えているんだッ！　気合いと根性と努力があればなんとかなるんだッ！　いいか、俺は必ず甲子園でホームランを打ってみせるぞッ！　俺がみんなを甲子園へ連れて行ってやるッ!!」

「ええっ？」

電子オルガン部の部員たちは困惑した表情で互いに顔を見合わせた。

それから二年後の夏。

丸古がいったい何をどうしたのかはわからないが、シノブ商業電子オルガン部は地方大会で優勝し、みごと夏の甲子園への出場を決めたのだった。

慣れてくると試験官もそれほどたいへんではない。もちろん教員になったばかりのころは試験のたびに胃の痛くなるような思いをすることもあったが、いつしかそのようなことはなくなった。いちいちじっくり目を凝らさなくとも不正行為はそれとなくわかるのだ。それは定期試験だけでなく入学試験でも同じことだ。

一斉に袋から紙を出す音が大教室の中に響き渡る。比嘉《ひが》は一度壁の掛け時計に目をやってから自分の腕時計に視線を落とした。

この季節は天候が荒れやすい。悪天候に振り回されると、もちろん比嘉たち試験官もあれこれたいへんだが、何よりも受験生たちがかわいそうだ。予報では雪が降ると言われていたので定刻に始められるかどうか不安だったが、何とか天気は持ち堪えたらしい。

比嘉は胸の内で安堵の息を吐き、会場をゆっくりと見回した。

真剣に答案用紙に向かっている者もいれば、最初から諦めムードの者もいる。寒さで悴《かじか》んだ手に息を吹きかけている者もいれば、机に突っ伏して眠っている者もいる。毎年見かけるお馴染みの光景だった。入学試験は単純でいい。ほかの受験生よりも多く正答できれば合格だ。どんな理由があれ、正答出来なかった者は落ちるしかない。

比嘉は通路を歩きながら、受験生たちをゆっくりと見て回る。見るのはあくまでも受験生で、答案用紙に視線をやることはない。ほんの僅かな挙動でも、答案のヒントになりかねないからだ。

「ん？」

前方にぽっかりと空いている席を見かけて比嘉は首を傾げた。今朝、全体確認をしたときには欠席者がいるという情報はなかったはずだ。試験が始まる前に帰ったのだろうか。警戒していることが周りの受験生たちに伝わらないように気をつけながら、比嘉は静かに空席へ近づいた。椅子の上に何か乗っている。

銀色のアルミ容器だった。そっと覗き込むと、中には茹でられたうどんが入っている。

比嘉の背中に緊張が走った。

「まさか、替え玉受験か」

それにしても――。

昔に比べると最近の大学はずいぶんレベルが低くなったと言われるが、替え玉受験に本当の替え玉を持ってくるほどだとは思いも寄らなかった。

「うどんに受験させても意味がないじゃないか」

比嘉は迷った。大教室の試験官は比嘉を入れて四人いるが、不正があった場合には速やかにほかの試験官に伝えた上で、本部の指示を仰ぐことになっている。

だが。

「この替え玉は、替え玉受験として成立しているのだろうか」

不正を摘発しても、このまま放置しても結果は変わらないだろう。うどんに合格できるはずがない。比嘉は見て見ぬフリをすることにした。

欠席した受験生の椅子にたまたまうどん玉が置かれている。ただそれだけのことだ。

「たまたま玉が置かれている」

自分でそう言ってうっかり噴き出しそうになったのを比嘉は何とか堪えた。


ひと月半が経った。

あれほど寒かった日々もいつしか溶けて、春の足音が近づいている。

比嘉は校門をくぐり抜けたところで自転車を降り、キャンパス内のゆるやかな坂を自転車を押しながら登り始めた。坂の上には人だかりが出来ている。合格発表だ。合否はネットでわかるのだが、こうやって掲示板に貼り出された番号を見に来る受験生も少なくはない。おそらくキャンパスで実際に番号を目にすると合格したという実感が湧くのだろう。

坂を登り切ったところで比嘉は、掲示板の前で記念写真を撮っている受験生たちを静かに眺めた。みんなネットで合格を確認してからここへ来ているので、掲示板の前では誰もが嬉しそうに満面の笑顔を振りまいている。さっそく新入生の勧誘を始めているサークルもいた。

「おや？」

比嘉は掲示板の前でぼんやりと佇んでいる大小の白い塊に目を留めた。

「あれって」

うどん玉だった。うどん玉の親子が掲示板をじっと見上げている。小さいうどん玉からはピチピチと水滴が跳ねているようだった。大きなうどん玉が麺を伸ばして小さいうどん玉を優しく撫でている。

「ああ、替え玉じゃなかったのか」

比嘉は思わず息をのんだ。あのときアルミ容器の中に入っていたのは正規の受験生だったのだ。もしも替え玉だと勘違いして不正行為を摘発していたら、たいへんなことになっていた。試験官失格だ。

見逃してよかった。比嘉はほっと胸をなで下ろした。

うどんの親子が振り返った。小さなうどん玉がぺこりと頭を下げると、大きなうどん玉も不思議そうに頭を下げてきた。

「おめでとう。入学式で会おう」

比嘉は心の中でそう呟きながら、うどんたちに優しく会釈を返した。

久しぶりにジムで体を動かした丸古《まるこ》は、上気した顔でシャワールームへ入った。脱衣所には数名の男性がいて、汗を拭いたりロッカーから着替えを取り出したりしている。

「ふうう」

疲れた体を休めようとベンチにどっかと腰を下ろした丸古のすぐ横に、若い男がやってきた。おそらく大学の運動部員だろう。小柄ながらがっしりとした体格で、タンクトップから伸びる太い腕や肩には筋肉が盛り上がっている。男はロッカーを開けてから、タンクトップをガバッと勢いよく脱いだ。

「うわっ⁉」

何気なく男を見ていた丸古の口から思わず素っ頓狂な声が溢れた。

「何か？」

振り返った男は不審な顔つきで丸古を見る。

「いや、その、それ」

丸古は男の胸を指さした。本来なら乳首のある場所から鳩の頭がニョッキリと生えているのだ。

「ああ。俺、鳩胸なんすよ」

そう言って男は、左右の胸から生える鳩の頭に指先で軽く触れる。

クルックルックー。

クルッポーポー。

優しく撫でられた二羽の鳩は、満足そうな鳴き声を同時に上げた。

今日の担当

　深海魚を飼育している円柱水槽の早朝掃除を終えると八時を回っていた。チサは素早く掃除用具をかたづけてスタッフルームへ戻る。

　開園の準備をする職員や飼育員たちがバタバタと忙しく動き回る中、壁に掛けられているシフト表を手に取った。

「えっ」

　思わず声が出た。

「どうしたの？」

　アネ先輩が後ろからチサの肩越しにひょいとシフト表を覗き込む。

「私、今日の午前中は回遊水槽だって。しかもクロマグロです」

「うわあ、たいへんだ」

　口ではそう言うものの、たいして実感はこもっていなかった。アネ先輩はペンギン・ショーの専属係なので、こうした毎日のシフトに組み込まれることはないのだ。

「昨日だって、私、ウミガメでたいへんだったんですよ」

　チサは両手をパタパタさせてウミガメのポーズをして見せた。

「えー。それってちょっとキツすぎない？　人を増やしてもらいなよ」

「ずっと主任には頼んでいるんですけど、今は深海生物で手が一杯だから春までは一般魚には人も予算もつけられないって言うんです」

「そっかあ。待つしかないんだ」

先輩はうんうんと真顔で頷く。

「もう、嫌になっちゃいますよ。しかも、よりによってクロマグロですよ」

チサは大きな溜息をついた。

マグロは泳ぐことを利用して呼吸する魚で、休まず泳ぎ続けなければ窒息してしまう。しかも、速いときには時速一五〇キロ以上で巨大な回遊水槽をグルグルと回り続けるのだ。

「でも、それが担当だもんねぇ」

呑気な口調でそう言うアネ先輩をチサは軽く睨みつけた。毎日あれこれ担当が変わるから大変なんですよ。先輩はずっと同じだから、いいですよね。

そう思っていても、もちろん口には出さない。

「さあ、みんなもうすぐ九時だよ。開園だよ。急いで」

部屋の入り口から顔を覗かせた主任がパンパンと手を打った。

「はーい」

スタッフたちがそれぞれ必要な用具や装備を持って、各自の担当部署へ散っていく。

チサも薄青い光に包まれた海底回廊を抜けて、回遊水槽のバックヤードへ入った。汐の香りがツンと鼻を刺激する。

「おはよう」

同期の拓也《たくや》がすでにロッカーの前で準備を始めていた。

「がんばろうぜ。午前中だけだからさ」そう言ってニッコリ笑った。

「うん」

一度ギュッと口を歪めてから、チサも頷いた。ダイヤル錠の番号を合わせてロッカーの扉を開ける。カタンと薄っぺらい金属の音が響く。

「ようし。がんばれ」

扉の裏にある鏡に映った自分に向かって気合いを入れると、ロッカーの奥からクロマグロを取り出して一気に着込んだ。

そうして、尾びれでピョンピョン跳ねるようにしながら水槽の端まで進むと、水の中へ勢いよく飛び込み、巨大な水槽の中をゆったりと泳ぎ始めた。

本当はもうしばらくベッドの中で微睡んでいたいし、そのあとは、のっそり起き出してからベランダに出て、ぼんやりした頭で街の景色を眺めながら濃いめのミルクティーを二人でゆっくりと飲みたい。

そういう休日を過ごしたいのに、利揮《としふく》が朝早くから部屋の中をウロウロと忙しなく歩き回るものだから、彩《あかり》としてはなんとも落ち着かなかった。

半身を起こして、彩はキッチンで水を飲もうとしている利揮に声をかけた。

「トシくん、せっかくうちに来てるんだから、もうちょっとゆっくりしたら？」

金曜の夜に残業をしたあと二人で飲みに行き、そのまま彩の家に泊まるのが、ここ数カ月のお決まりコースで、翌朝早くから利揮が部屋の中をウロウロするのも、もうすっかりお馴染みになっていた。

「俺もそうしたいんだけど、やっぱり居ても立ってもいられなくなって」

家に帰りたいのだ。帰りたくてたまらないのだ。

「このあとちゃんと帰れるんだから、そんなに焦らなくてもいいでしょ」

「わかってるんだけどさ」

利揮としては、ずっと彩と一緒にいたいし、この部屋にいるのが嫌なわけでもない。ただ、自宅から遠く離れると帰りたい気持ちが抑えられなくなるのだ。ある程度まで近ければ、そう、建物が一つか二つ離れている程度ならなんとか大丈夫なのだが、それ以上になると体が勝手に動き出しそうになる。

「やっぱり、トシくんの家に行けばよかったかもね」

「いやでも、うちは本当に寝るだけのスペースしかないから」

高い家賃を払ってまで利揮が職場のあるオフィスビルのすぐ裏に小さな部屋を借りているのは、そうしなければ仕事にならないからなのだ。

「それに、ひどく羽が散らばってるし」

「ええっ？　だって先月掃除したばっかりじゃない」

彩はゆっくりとベッドから脚を下ろした。足の裏が冷たい床に触れるとピクリと跳ねそうになる。両腕で枕を抱えたままキッチンまで進み、ポットの湯を確かめた。

「すぐに溜まっちゃうんだよ、羽って」

そう言いながら利揮はサッシ戸を引き開けてベランダへ出た。まもなく春だとはいえ、まだまだ肌寒かった。それでも陽が差すと光の当たったところだけはポカポカと熱を帯びてくる。

熱い紅茶を注いだマグカップを手にした彩もベランダへ出て利揮の隣に並んだ。利揮は首だけをひょいと動かして、自分の家がある方角をじっと見ている。世界中どこにいても、自分の家がどの方角にあるのかが利揮にはわかるのだ。

「紅茶、飲む？」

彩から受け取ったマグカップにそっと口をつけ、啜るように紅茶を一口飲んでから、利揮はクルッと喉を軽やかに鳴らした。

「もう行っちゃうの？」

「やっぱり帰らなきゃ」

「うん、わかってる」

彩はそっと微笑んだ。

「それが伝書鳩の仕事だもんね」

確実に家に帰る。それが利揮の仕事なのだ。

「ごめんね。俺が伝書鳩じゃなかったら、もっと長くいられるのに」

「ううん、いいの。だって、何があっても必ず家に帰るって理想的じゃん」

ただ、その家がここではないというだけのことだ。彩の居る場所が、いつの日か利揮の帰るべき家に――

「なってくれたらいいいな」

「うん」

利揮も静かに微笑んだ。

「俺もそういう家へ帰りたいよ」

そうして、しばらくじっと彩を見つめたあと、くるりと踵を返すとベランダから勢いよく飛び立った。利揮からこぼれ出した細かな羽が、春の風に舞い散る。

ベランダからしだいに遠ざかっていく利揮の足に嵌められた金属の輪が、太陽の光を浴びてキラリと光った。

ガケとハシ

小学校は小さな山の上にあって、サバクの家は隣の山の集落にあるから、学校へ通うためにはいちど街へ降りてから学校のある山を登らなければならなかった。

町営の登山バスもあったが、それは大人の乗るもので、バスを利用している小学生はほとんどいなかった。悲鳴のようなエンジン音を出しているのにのんびりとしか走らない青色のバスは一時間に一本しか来ないから、うっかり乗り過ごしたら歩いて登り下りするほうが早かった。

山といっても標高は三百メートルほどで、その後ろにそびえ立つ千メートル超えの連峰に比べればたいしたことはなかったが、それでも毎日の登下校には往復で二時間半ほどかかった。もっとも山の人たちには当たり前のことで、そんなものだと思っているから子供も親も気にすることはなかった。

ふだんの登下校ではみんなで遊びながら、山を登ったり下ったりしているのだけれども、遅刻しそうなときや急いで帰りたいときには街まで下りずに近道を使った。

サバクたちは山と山とを結ぶその近道をガケとハシと呼んでいた。

ガケはその名の通り二十メートルほどの切り立った崖で、一見ハーケンやロープなしでは上り下りできないように見えるが、決まった岩に決まった順番で手足を置けばそれほど苦労せずに通ることができた。

学校からはガケを通ることは禁止されていて、ときどき先生が見張っていることもあったが、ガケを通れば往復の二時間半が四十分ほどになるのだから、集落の子供であれば誰でも一度はガケを上り下りしたことがあるはずだった。

「今日はお前もガケを通れよ」

一つ年上のタクヤにそう言われてサバクが初めてガケを下りたのは二年生の時だった。

「でもガケは禁止だって先生が」

「先生なんか関係ないよ。なんだよサバク。お前、ガケが怖いのかよ」

「うん。怖い」

切り立ったガケを下りていく上級生をガケの上から何度か見たことはあったが、自分があの道を通れるとは思えなかった。

「大丈夫だって。教えてやるから」

タクヤから手足の置き場所を教わりながらサバクは十分ほどかけてガケをなんとか下り切った。あまりにも怖くて途中で身動きが取れなくなったのだが、タクヤがもう一度ガケを上ってきて、手本を見せてくれたのだった。

それから何度もガケを通るうちに体が自然と動くようになった。足元を見なくてもどこに何があるのかわかった。勝手に手足が動いて正しい順番で岩を踏むことができた。

みんなは上るよりも下るほうが難しいと言うのだけれども、サバクは下るほうが好きだった。五年生にもなると二十秒ほどで下れるようになっていて、そんなスピードでガケを下りられる子供はサバクのほかには一人もいなかった。

「お前はガケを下りてない。走ってるんだよ」

いつだったかタクヤが呆れるような口調でそう言ったが、それは正しかった。

コンクリートの柵を乗り越えたら赤いペンキで描かれた目印を狙って飛び降りる。大きな岩に右足をついて左側にジャンプしたら横から飛び出している切り株に片手を引っ掛けて体を回すようにしてさらに下へ飛ぶ。右、左、右、左とテンポ良く岩を蹴ったらもう殆ど終わりだ。最後の数メートルは砂地になるので足の回転を小さくして沢に入る前にスピードを緩める。

「ほら、みんな早く来いよ」

猛スピードでガケを駆け下りて振り返り、もたもたと下りてくる子供たちを見るとサバクはいつも得意な気持ちになった。

深い谷を流れる幅三十メートルほどの川には二本の橋が架かっていて、集落の子供たちは上流側の橋を上の橋、下流側の橋を下の橋と呼んでいた。どちらの橋を渡るにしてもガケを下りたあとに移動しなければならず、しかも橋を渡った先で集落への近道に入るには、またしてもしばらく歩かなければならなかった。

川には橋のほかに水道を通すための鉄パイプが何カ所かに設置されていた。ちょうどガケを下り切った目と鼻の先にはコンクリート製の堤《つつみ》からにょっきりと顔を出した直径十五センチほどのパイプが二本並んでいて、伸びた先は向こう側のコンクリートの中へ同じように飲み込まれていた。これがハシだった。

両手を広げてうまくバランスをとりながらハシを渡れば、集落への道にそのまま入ることができた。青色のペンキで塗られた古い鉄パイプは人が乗ると撓《たわ》んで上下に揺れたし、丸みがあってうっかり足を滑らしそうになるから、平気でガケを通っている子供たちもさすがにハシを渡ることは殆どなかった。

ガケを猛スピードで駆け下りるサバクもハシは渡らなかった。みんなと一緒に度胸試しで渡ろうとしたことはあったが、パイプの上を歩き出して数歩のところで足が止まってしまって立っていられなくなった。ガクガクと足を震わせながらサバクはそのままパイプに跨がった。

「下を見るな」

そう言われたのに、うっかり二本のパイプの間から下を覗くと、遥か眼下を流れる川に吸い込まれてしまいそうになった。すうっとハシの下を山鳩が飛び抜けていった。サバクはパイプに跨がったまま前にも後ろにも進めなくなった。

足でしっかりとパイプを挟み込み両手をパイプに置いてじっとしていると、パイプの中を水が流れていくのがわかった。そうやって、しばらく体を硬直させていたサバクは、やがてパイプの上を這うようにして川のこちら側へ戻ってきたのだった。ようやく堤へ帰り着いたときには口の中がカラカラに乾いていた。両手はパイプのペンキがついたのか青くなっていた。

「ハシはもう渡らない」

サバクはそう決めた。


五月の半ばになると山は春の香りと夏の匂いが入り交じるようになった。まだそれほど気温は上がっていないが、肌に日が当たればジリジリと焼ける感覚があった。

その日は一度家に帰ったあとコブシ原に集まって野球をする約束になっていたので、サバクたちは当然のようにガケを下りることにしていた。いつものように素早くガケを駆け下りたサバクは堤の天端《てんば》に立って、ぼんやりと川表を眺めていた。昨夜降った激しい雨の名残で水かさがずいぶん増していて、透明な水は茶色く濁っていた。折れた木の枝が何かに引っかかっているように同じ場所でぐるぐると回り続けていた。ハシも濡れているのか、いつもよりも青い色が濃くなっているようだった。

「ハシ渡れよ」

後ろから声が聞こえてサバクは振り返った。ガケを下りてきたほかの子供たちもいつのまにか天端に上がって川を覗き込んでいた。誰が言ったのかはわからなかったが、言われたのが誰なのかはすぐにわかった。六年生のフーちゃんだった。山の子供たちはみんな彼を本名の風介《ふかい》ではなくフーちゃんと呼んでいた。

フーちゃんは体は大きいのに勉強も運動もあまり得意ではなく話しかたものっそりとしているから、六年生なのによく下級生からもイタズラの的にされていた。背中にオナモミの実を大量にくっつけられてもカバンの中をトカゲの尻尾だらけにされても怒ることはなく、ちょっぴり困った顔をして、

「もう、やめてよ」

と、小さな声で言うだけだった。何をやるときでも動作が遅く、いつも下級生のあとからのそのそとやって来るフーちゃんのことを子供たちはこっそりバカにしていて、だからといって仲間はずれにするわけでもなかった。

「フーちゃんなら渡れるよ」

「ほら、渡ってみなよ」

集落の子供たちは風介を取り囲むようにして囃《はや》し立てた。

「イヤだよ。怖いよ」

風介はハシが見えなければいいと思ったのか、ぎゅっと目を閉じ、大きな体を縮こまらせるようにしてかぶりを振った。

「フーちゃんさ、渡ったらヒーローだぜ」

ちらりとハシに目をやってからタクヤは勿体ぶった口調で言った。

「サバクだって渡れなかったんだぜ」

「そうだよ。俺なんて渡ろうとしたけど途中でやめちゃったもん」

そう言いながら、あのときのことを思い出したサバクは背筋に冷たいものが流れたように感じた。

「フーちゃん、フーちゃん」

「フーちゃん、フーちゃん」

子供たちが煽《あお》るように節を合わせて手を叩き風介の名を呼び始めた。

「さあ、能雅《よくが》風介選手がハシを渡ります。さすがです」

片手にマイクを持った格好をして、サバクはスポーツ実況風の口調になった。

しばらくじっとハシを見ていた風介は、ゆっくりと天端のハシに腰を下ろして体の向きを反転させると、両手で堤に掴まりながらゆっくりと片足を鉄パイプの上に乗せた。パイプが濡れていたのか一瞬ずるりと足底が滑りそうになったが何とかそのままうまく踏みとどまり、もう一方の足もハシの上に置いた。そうして堤壁に背中をつけて両足で静かに立った。

「フーちゃん、フーちゃん」

「渡れ、渡れ、渡れ」

「能雅選手、いよいよ最初の一歩です。人間にとっては小さな一歩ですが、人類にとっては偉大な一歩です」

風介は両腕を不安そうに広げながらゆっくりと歩き始めた。一歩進んでは足を止め、しばらくバランスをとってから大きく深呼吸をして、ようやくまた次の一歩を踏み出した。何歩か進んだところでいくぶん慣れたのか、歩く速度がほんの少し速くなった。足を進めるたびに鉄パイプが上下に揺れるのが天端からもはっきりとわかった。

「フーちゃん、絶対に下を見るなよ」

風介がハシを三分の一ほど渡ったところでタクヤが声をかけた。それまで真正面に向けられていた顔が僅かに下がって、そこで風介の足がピタリと止まった。どうやら声に釣られて思わず下を見てしまったようだった。

「フーちゃん、がんばれ」

「無理だったらもどってこい」

子供たちが次々に叫んだが風介はその場から動こうとしなかった。

「もうパイプに跨がっちゃえ」

サバクも大声を上げた。

やがて風介の膝が撓むように左右へガクガクと震え始めた。震えは膝から背中を伝って両腕まで広がった。鉄パイプの上で体を強張らせたまま震えていた風介は、ゆっくりと首を回してこちらを見た。細い目がいっそう細くなっていた。困ったような悲しそうな、何とも言えない複雑な表情だった。上半身を捻ったせいで風介のバランスが崩れた。片足ががくんと下がったのがサバクにもわかった。

「ヤバい」

「フーちゃん」

子供たちの声が届くよりも、風介の体が鉄パイプの上で不自然に傾くほうが速かった。次の瞬間、風介は谷へ落ちた。長く伸ばした手が鉄パイプに当たってカーンと高い金属音を立てたが、すぐに流れる川の音にかき消されてしまった。

「うわあああ」

「フーちゃああああん」

子供たちは身を乗り出すようにして川を覗き込んだが、茶色く濁った流れがただ続くだけで風介の姿はどこにも見当たらなかった。

「どうしよう」

サバクは呆然と川を見つめていた。俺たちが囃し立てたのだ。嫌がるフーちゃんを無理に渡らせたのだ。

「すぐ先生に言わなきゃ」

「警察だよ警察だよ」

何人かの子供たちが泣き出した。

たいへんなことになってしまった。たいへんなことをしてしまった。サバクの全身が冷たくなった。歯の根が合わずガチガチと顎が音を立てた。

このままじゃ俺たちの責任になってしまう。サバクはフーちゃんが落ちたことよりも、怒られることを心配している自分に気がついて愕然とした。

「俺たちは知らないから」

タクヤが言った。

「え？」

サバクの目が驚くほど大きく見開かれた。

「俺たち、今日はフーちゃんといっしょじゃなかったから」

「でも」

「黙ってろ」

反論しようとしたサバクをタクヤが強く睨み付けた。これまで一度も見たことのない恐ろしい目つきだった。

「みんなわかってるな。絶対に秘密だぞ」

タクヤは恐ろしい目をしたまま、子供たちをゆっくりと見回した。


家に帰ってからもフーちゃんが落ちていく姿がサバクの頭から離れなかった。みんながコブシ原で野球をやっているのかどうかは知らなかったが、たとえやっていたとしても行く気にはなれなかった。夕飯は要らないと言って、まだ陽が落ちきる前からベッドに潜り込み頭からすっぽりと布団を被った。目を閉じるとフーちゃんの姿が浮かんでくるので、真っ暗な布団の中でじっと目を開けて、見えない何かを一生懸命に見つめようとした。

翌朝、サバクはひどく寝坊したがガケは通らずに学校へ向かった。山道を走るように駆け上がり、息を切らしながら学校へ到着したときには、もう一時間目の授業が始まろうとしていた。授業中もずっとフーちゃんのことを考えていたせいで、先生に当てられても何も答えられず、まわりの子供たちから笑われた。

一時間目の授業が終わるとサバクはすぐに六年生の教室へ行った。開きっぱなしになっているドアからそっと顔だけを覗かせて、中の様子を窺った。

教室の一番後ろにあるフーちゃんの席には誰かが座っていた。見たことのない男の子で、まわりの子供たちの話を黙ってニコニコと聞いているようだった。

サバクは六年生の教室へ静かに入っていった。

「サバクじゃん、どうしたんだよ？」

入ってすぐに声をかけてきたのはタクヤだった。不思議そうな顔でサバクを見ている。

「その、どうなったんだろうって思って」

サバクは囁くような声を出した。

「何が？」

「だから昨日のこと」

「昨日ってなんだよ？」

タクヤは眉をひそめた。どうやら完全に知らないふりを通すつもりでいるようだった。どうすればいいのかサバクにはわからなかった。それでも、このままではいつまで経ってもフーちゃんの姿が頭から離れていかないことだけはわかっていた。

「フーちゃんのこと」

「フーちゃんがどうしたんだ？」

ますます怪訝な顔つきになってタクヤは教室の後ろを振り返った。

「おい、フーちゃん。サバクがお前に用事だって」

さっきの男の子がゆっくりと立ち上がった。

座っているとわからなかったが、かなり大きな子だった。男の子はのたのたとした鈍い歩き方でサバクに近づき、静かに首を傾げた。まわりの子供たちはニヤニヤしながら二人を眺めていた。

「なあに？」

のっそりとしたその話しかたを、サバクはずっと前から知っているような気がした。

ブラックコーヒーはお代わりで

朝からずっと得意先を回っていたので、いくら体力に自信のある甲斐寺《かいでら》とはいえ、午後になるとさすがに疲れが溜まり始めて、そろそろどこかで休憩を取りたいと思っていた。賑やかな駅前の大通りから、一本細い道へ折れるだけで、さっきまでの喧騒はどこへ行ったのか、急に静かな商店街が現れる。古ぼけたアーケードに覆われた通りの左右にある店は、半分ほどがシャッターを降ろしていて、どうやらもう営業はしていないようだった。

甲斐寺は腕時計を見た。次の約束までまだ少し時間がある。

静まり返った商店街の中をのんびり歩いていると、ふと一軒の瀟洒な建物が目に飛び込んできた。レンガ造りの壁に木枠の格子窓。薄《うっす》らと色のついたガラスを通して見える赤いソファやカウンターに並んだサイフォンは、昔ながらの喫茶店といった趣で、どこか懐かしささえ感じさせた。

「コーヒー」とだけ書かれた白い看板もかえって雰囲気がある。

甲斐寺は吸い寄せられるようにふらふらと店の前に立ち、重い木の扉を引いた。

「あのう」

「はい、コーヒーですね」

甲斐寺が声をかけるよりも先に、カウンターの向こう側に立っていた白髪の男性がいきなりそう言った。ひょろりと痩せて背が高く、白いシャツを着て黒いスラックスを履いている。やや暗めの銀色をした蝶ネクタイは髪の色に合わせているのだろう。いかにも、もう長年ここでマスターをやっているといった風情を全身から漂わせている。

「じゃあ、そこに座ってください」

マスターはカウンターの中央を指差してから、サイフォンの下に置かれたアルコールランプに火をつけた。

「はあ」

甲斐寺は唖然としつつも男性に向かって頷き、カウンターの椅子に腰を下ろした。キョロキョロと周りを見るが、壁にも抽象画が掛けられているだけで、メニューらしきものはどこにも置かれていない。

「すみません、メニューを」

「ありませんよ。うちは、コーヒーだけですから」

マスターは肩をすくめた。

「でもほらアイスコーヒーとか」

「うちは、ホットコーヒーだけです」

フラスコ内の水がグツグツと沸騰して、漏斗を遡り始める。

なんだか狐につままれた面持ちのまま、甲斐寺は次第にコーヒー色に染まり出した湯を見つめた。メニューがたった一つしかないとはシンプルにも程があるが、自信がなければできないことだし、それで長年この店をやっているのだとしたら、たいしたものだと思う。カウンター越しにすっと細い腕が伸びて、目の前に大ぶりのコーヒーカップが置かれた。

「はい、どうぞ」

美しいカップだった。青い釉薬のかかった厚手の陶器は、持ち手の部分がぐるりと一度捻られた形をしている。

甲斐寺はそっとカップを手に取ると、中に目をやってから思わず首を傾げた。カップには何も入っていなかったのだ。甲斐寺は顔をあげ、怪訝な表情でマスターを見た。

「なんでしょう？」

マスターは親しげな笑みを浮かべて甲斐寺を見た。

「これ、何も入っていないようなんですが」

カップを高めに持ち上げて、甲斐寺は中をマスターに見せる。

「ほら。これじゃ飲めませんよ」

カップの中を見せられたマスターの顔がゆっくりと曇った。皺だらけの顔がますます皺に埋もれる。

「コーヒー、飲めませんか」

マスターの声が微かに震えた。

「ええ。これですからね。さすがに飲めませんね」

甲斐寺が淡々と答えると、マスターの両肩からがっくりと力が抜けたように見えた。

「そうですか。うちのコーヒーは飲めたものじゃないと、そう言いたいんですね」

寂しそうな口調でそう言うと、マスターは静かに俯いて唇を噛んだ。

「いや、あの」

「そりゃまあ、こんな年寄りの淹れるコーヒーなんて、飲めませんよね」

俯いたまま言う。

「だから、そういうことじゃなくて」

甲斐寺は慌ててカップを持っていないほうの手を激しく振った。

「でもお客さん、さすがにこれは飲めないと、たった今そう仰ったじゃありませんか」

マスターは顔を伏せたまま、潤んだ目だけを甲斐寺に向けた。

甲斐寺はカップをそっとカウンターに置いてから、額を掻いた。一体どうなっているのか、わけがわからない。もしかしたら彼は見た目よりもずっと高齢で、ものごとがわからなくなっているのだろうか。自分でコーヒーを淹れたかどうかも覚えていられないのだろうか。もしそうだとしたら。

自分を見つめるマスターの悲しそうな瞳を見ているうちに、甲斐寺の胸の奥に何やら痛みのようなものがチリチリと広がっていく。

「ふうっ」

大きな溜息を吐いたあと、甲斐寺は再びカップを持ち上げて縁を口につけた。あたかも液体が入っているかのように、空っぽのカップを次第に傾けてコーヒーを飲む真似をしてみせる。寂しげだったマスターの顔がパッと明るくなった。

「どうですか？　お味は？」

「ええ、美味しいですよ」

「ああ、よかった」

どうやらマスターは胸を撫で下ろしたようだった。

やっぱりそうなんだ。だったらどこまでも付きあうしかないだろう。こうやって飲むふりをするだけで、マスターの気持ちが晴れるのなら、それでいいじゃないかと甲斐寺は開き直ることにした。

しばらく飲む真似をして、甲斐寺はカップをカウンターに置いた。もちろん飲み終えたふりだ。コツンと小気味よい音がカウンターから響いた。

「本当に、美味しかったでしょうか？」

相変わらず甲斐寺をじっと見つめたまま、まだどこか不安げな声色でマスターが尋ねるので、甲斐寺は精一杯の笑顔を見せた。

「もちろんですよ。とても美味しかったですよ」

そう言った途端、穏やかだったマスターの表情がそれまでとは打って変わって太々《ふてぶて》しいものに変わった。

「ふん。お客さん。あなた嘘つきだね」

片側の口許が歪んでニヤリと笑う。

「えっ」

「空っぽのカップを口にして美味しいだなんて。相当な嘘つきですな」

「ちょっと待ってくださいよ。だってそっちがカップを置いたんじゃないですか」

怒りと恥ずかしさが混ざって、甲斐寺の顔がみるみるうちに赤くなっていく。

「ほら、これがコーヒーですよ」

マスターは腕を伸ばして再びカウンターに新しいコーヒーカップを置いた。こんどはちゃんと中身が入っている。

「お待たせしました。ホット一つです。どうぞ」

言われるままにカップを手にした甲斐寺は、コーヒーを口に含んだ。独特の苦味と酸味が程よく混ざり合って、ふっくらとした甘い香りを引き立てている。

「むう。これは、美味しい」

思わず鼻から深い息が漏れた。本当に美味かった。こんなに美味いのなら最初からこれを出せばいいのに、どうしてマスターは空のカップなどを置いたのだろう。いったい何がしたかったのだろう。

「ねえ、お客さん。どうしてさっき空っぽのカップを口にして、コーヒーを飲むふりをなさったんですか？」

甲斐寺は言葉に詰まった。

「どうしてって、それはマスターが」

甲斐寺はマスターから視線を外し、カウンターに置かれたカップを見つめた。白い陶器の表面には、ところどころに小さな黒い粒が埋まっている。

「それは私が？」

たぶんものごとがわからなくなっているのだろうと思ったからだ。そんなマスターをかわいそうに思って適当に話を合わせたのだ。同情したのだ。

いや、本当にそうだったのだろうか。思い出そうとして甲斐寺の目が泳いだ。本当はあの気まずい空気からただ逃げ出そうとしただけじゃなかったのか。さっさと話を終わらせて帰ろうとしたんじゃないのか。

「いや、何でもありません」

甲斐寺はゆっくりと首を左右に振りながら、顔をあげた。自分でも自分の気持ちがよくわからない。

マスターは、ドギマギして困った顔になっている甲斐寺に向かってにっこりと笑うと、目の前に伝票を置いた。

ホットコーヒー、二。

伝票には細いボールペンの文字でそう書かれている。

甲斐寺の目がキョトンとなった。ついさっき飲んだコーヒーの苦みだけが口の中に戻ってきたような気がした。

追い立てられるように建物から外に出ると木寺《きでら》の目の前にはグラウンドが広がっていた。青や茶のタータンが敷き詰められた最近のグラウンドではなく、風が吹けば土煙の上がる昔風のグラウンドだ。高台に設けられたグラウンドの周囲には緑色の金網が張り巡らされ、金網越しに夕暮れの街並みが遠く見えていた。

「ここは？」

振り返って訊くが、木寺をここへ追いやった者たちは建物の中に留まっていて、はっきりと姿を見ることはできなかった。アーチの奥の暗がりでいくつもの目だけがこちらをじっと見つめていた。四階建ての建物は古く、至るところに水の垂れた跡が消えずに残っている。朽ちたモルタルはところどころ激しく剥がれ落ちて、鉄骨が透けて見えていた。壁の割れ目からは雑草が生え、砂埃でべっとりと汚れた窓ガラスから内側を覗き見ることはできない。

どうして自分がここにいるのか。木寺にはまるでわからなかった。家に帰ろうとしていただけなのに、気がつけばこの薄気味悪い建物の中にいたのだ。

ふと人影が目の端に入った気がして木寺はグラウンドへ目を向けた。気のせいではなかった。一人の男性がカラカラと小さな青い台車を引きながらゆっくりこちらへ向かってやって来る。初めは老人のように思えたが、男が近づくにつれて、まだ若いことがはっきりしてきた。

台車と思ったものはラインカーだった。男がラインカーを引きながら進むと、タイヤのついた青い金属製の箱から細かな白粉が零れ落ち、まっすぐな白線をあとに残した。

やがて男は木寺の正面までやってくると、大きな音を立ててラインカーの取っ手を地面に転がした。恰幅のいい男で、上着のボタンが今にも弾け飛びそうだった。袖には白い粉がついている。

「この線の」

男はにやにやと下卑た笑みを浮かべたまま、後ろを見ることもせず、グラウンドを二分するように引かれた白線を肩越しに親指で差した。

「正しい側に立て」

下卑た笑みは絶やさぬまま命令するような口調で言う。油でぴったり撫でつけた前髪の下では、狭い額に汗が水滴のように浮いていた。

「は?」

木寺の眉根がぎゅっと寄った。

「正しい側だよ、早くしろ」

もともと細い目をさらに細くした男は、面倒くさそうに首を左右に振ると、いきなり木寺に近づいて膝を蹴った。

「痛あっ。何をするんですか」

蹌踉《よろ》けてその場に腰を落とした木寺は、片手で膝をさすりながら男を睨んだ。

「何だよその目は。たいして強く蹴ってもいないのに、そんなに痛いはずがないだろう。大袈裟なヤツだな」

男はそう言って、今度は木寺の背中を両手でつく。

押されて木寺はグラウンドに転がり出た。

「やめてください」

なんとか倒れずに足を踏ん張った木寺は、振り返って毅然とした声を出した。

「いったい何のつもりですか。そもそもあなたは誰なんですか」

「ふん」

木寺の質問には答えず、男は上着のボタンを外すと内ポケットからハンカチを取り出し、額の汗を拭った。

「どうした？　正しい側に立てないのか？」

そう言ってニヤニヤと笑う。

「正しいって何がですか？　何の話なんですか？」

「お前にはわからない。そうだな？」

「わかりませんよ」

「お前は、何が正しいかもわからない」

男は両腕を大きく広げて顔を空に向けた。もうすっかり陽は落ちて、薄い雲の間から星明かりが僅かに見えていた。

すっと風が吹いた。湿気を含んだ生温い風は妙に重く、木寺の体にまとわりついて離れようとしなかった。

「そこでいいんだな？」

細い目の奥で男の瞳が冷たい色を帯びた。まるで目のように空けられた穴の向こう側から別の誰かが覗き込んでいるようだった。

木寺の全身に鳥肌が立つ。

本当はそこに男などいなくて、ほかの者が男の体を通してどこか別の場所からこちらを見ているような気がした。

「そこが正しい側だな？」

「だから、わかりません。正しいって何なんですか？　いったい何の話なんですか？」

木寺は憮然とした顔つきで首をゆっくり振った。何を求められているのかもわからない。

「俺たちのいる側」

男の体がゆっくりと前後左右に揺れ始める。

「それが正しい側だ」

しだいに揺れが激しくなり、どんどん速度を増していく。やがて姿がはっきり見えないほどの速さになった。

「だから、お前は俺たちのいる側にいればいい」

ガタン。ふいに建物の中から大きな音が聞こえ、バラバラと人影が一斉に飛び出してきた。五人、十人、二十人、五十人。

あの暗がりに、こんなにたくさんいたのかと驚くほどの数の人間が現れ、揺れている男を取り囲むと、それぞれ激しく体を揺らし始める。

「俺たちのいる側が正しい側だ」

男の声がぼんやりとグラウンドを包み込むように広がっていく。薄暗いグラウンドで、男を中心に人々が揺れ続けている。

木寺は金網の向こうへ目をやった。すっかり暗くなった街に、ぽつりぽつりと明かりが灯り始める。

「でもオレは」

そこで木寺は言葉を呑み込んだ。激しく揺れる人々の姿はもう残像のようにしか見えなかった。それでも彼らの目だけは、はっきりと木寺を見据えている。

「それでもオレは」

もう一度そう言ってから木寺は自分の足元に視線を落とした。そのまま両手に視線を移す。しばらくそうやって両手を見つめ続けた。

そうして意を決したように、揺れ続けている人々の輪に入り少しずつ体を揺らし始めた。

閉じかけた扉から

急いでいるときほどエレベーターはやってこない。甲斐寺《かいでら》は意味がないとわかっていながらも、すでに黄色いランプの灯っている丸い呼び出しボタンを指先で忙しなく何度も繰り返し押した。オフィスビルに入っている会社のほとんどが昨日で仕事納めだったらしく、ガランとしてどこか寒々しい気配の漂う年の瀬のエレベーターホールには、甲斐寺のほかに誰もいない。

「早く来いよ」

四基ずつ向かい合わせに並んだ八基のエレベーターには現在位置を示す表示がなく、到着するのをただ待つしかないから余計にイライラさせられるのだ。オシャレなデザインにするのはいいが、何が重要なのかはよく考えて欲しいものだ。

甲斐寺はポケットからスマートフォンを取り出しメールを確認した。

――こちらは準備できております。いつお越しいただいても大丈夫です。お待ちしております――

柔らかな書き方だが、明らかに早く来いと催促する文面だ。取引先の担当者だってさすがに年末ギリギリまで会社にいたくはないのだろう。

ピン。

どこかで鳴った電子音が耳の奥に残っていた。

ハッと気づいて甲斐寺が顔を上げたときには、もう一番端にあるエレベーターの金属扉は閉まり始めていた。

「ああっ！　すみません、乗りまああすううッ！」

叫ぶように声を上げてエレベーターに駆け寄ったが、ホールの照明を受けて鈍い銀色に光る扉は、無情にも甲斐寺の目の前で閉じていく。閉じかけた扉の僅かな隙間から、困惑した顔でこちらを見ている人たちと目が合った。

「ああああ」

甲斐寺の口から悲鳴にも似た声が漏れる。

と、ガクンと機械的な音がして閉じかけていた扉がいきなり開き始めた。扉のすぐ内側で濃紺のスーツを着た男性が片手を大きく伸ばしている。扉を開くボタンを押してくれたのだろう。扉が開き切ると、甲斐寺は自分の顔がパッと明るくなったのを感じた。エレベーターの中にいた人たちもホッとした表情になる。

「ありがとうございます」

甲斐寺は飛び込むようにエレベーターへ乗り込んだ。すぐにくるりと体の向きを変えて扉側に向き直る。扉横の小さなモニタには自分の後ろ姿が映っていた。

扉はすぐには閉まらなかった。男性が開くボタンをまだ押し続けているのだ。だが誰も乗ってくる気配はない。

――なんだよ。早くしろよ。こっちは時間がないんだ――

甲斐寺は内心で毒づくが、男はじっとボタンを押したまま指を離そうとしない。

やがて甲斐寺の周りにいた人たちが順番に、開いたままになっている扉からエレベーターを降り始めた。これはいったいどういうことなんだ。不思議に思っているうちに、みんなどんどん外へ出て行き、残ったのは甲斐寺とボタンを押している濃紺スーツの男性だけになった。どうやら男性は甲斐寺以外の全員がエレベーターを降りるのを待っていたようで、甲斐寺に向かって軽く頭を下げると、彼もまたエレベーターから降りていった。

中に一人残された甲斐寺の目の前で扉がゆっくりと閉じていく。

まもなく扉が閉まり切ろうというところで、たったいまエレベーターを降りた人たちが一斉にこちらを振り返った。

ほとんど閉まろうとしている扉の隙間から甲斐寺に視線を向けた。そうして、全員が同時にニヤリと笑ったのだった。

辛いのは三日だけ

検査結果の表示されたモニタ画面から視線を外した医者は、厳しい顔つきで伊福《いふく》に向き直った。回転する椅子がキーと軋む音を立てる。

「今日からお酒は禁止です」

きっぱりとした声でそう言った。

「ああ?」

不意を突かれた伊福の喉から妙に甲高い声が漏れ出た。彼の唯一の楽しみが毎日の酒なのだ。

「酒を禁止? 禁止っていつまでだよ?」

「ずっとですよ。一生です。この先死ぬまで一滴も飲んではいけません」

伊福は目を剥き出すように大きく開き、首を大きく左右に振った。

「いやいや待てよ。おい先生、ちょっと待ってくれよ。そんなの無理に決まってるだろ」

医者の向こうでは看護師が同情するような目で顔でこちらを見ている。

「なあ、先生よ。死ぬまで酒が飲めないなんて、冗談キツいぜ」

思わず声が大きくなった。睨み付けるような目で医者の胸から顔をゆっくりと舐め見る。

医者は鼻で軽い溜息を吐いてから、両手でそっと眼鏡を外した。そのまま柔らかい表情を伊福に向ける。

「大丈夫ですよ。せいぜい三日ほどですから」

つけっぱなしになっているテレビを、可児《かに》は見るともなくただぼんやりと眺めていた。テーブルの上には、氷が溶けて薄くなった水割りの入ったグラスとピーナッツの小皿が置かれている。週末の夜はこうやってのんびり過ごすのがいい。

トンッと玄関のドアをノックする音が聞こえた。

チャイムがあるのになぜ押さないのだろう。可児は面倒くさそうにゆっくりと立ち上がり、体を大きく伸ばした。画面の中ではニューヨークの刑事がちょうど拳銃を構えているところだった。玄関まで足を運びドアスコープに片目を当てたが誰もいない。

「いたずらかよ」

可児は片手で頬をペロンと撫で回し、玄関から離れようとした。

トンッ。

再びノックの音が鳴った。

「こんな時間に誰だよ」

可児は鍵を外してドアを押し開けた。廊下に顔を出して左右を見回すが、やはり誰もいなかった。

「やっぱりいたずらか」

「あのう」

いきなり足元から声が聞こえた。

見ると小柄なフクロイタチがこちらを見上げている。全体的に濃い茶色をしているが、胸の辺りには白い綿毛が生えていた。尻尾が妙に長い。

「夜分にすみません」

丸い目をクリクリさせながらフクロイタチは短い前足を左右いっぱいに広げた。腹の袋から何かがはみ出ている。

「わたし、先日、あなたに助けていただいた者です」

「ああ、あのときの」

そう言って可児はだらしなく口を開けた。数日前に、金網に引っかかっていたフクロイタチを見かけて放してやったのだ。たいして狭くもないはずなのに、なぜかイタチは金網から外れることができず、困ったような顔をしてバタバタともがいていたのだった。なるほど、あのときのイタチが恩返しにやってきたわけだ。さて、何をくれるのだろうか。

「ええ」

フクロイタチはぺこりと上半身を曲げてお辞儀をした。

「あのときあなたに助けていただいたおかげで、わたし、エラい目に遭いまして」

「え？」

それまでいい感じで回っていた酔いが一気に覚める。

「金網から外していただいたあと、たいへんなことになったんですよ。むしろあのまま引っかかっていたほうがよかった気がします」

「いや、そんなこと言われてもさ」

可児は口を尖らせた。恩返しじゃないのかよ。眉間に皺が寄る。

イタチは腰に両方の前足を当てた。

「あなたに悪気がなかったことはわかってます。ただ、たいへんだったことはお伝えしたくて」

「わざわざそれを言いに来たのか？」

「はい」

「恩返しじゃなく？」

「まさか恩返しなんかするはずないでしょう。酷い目に遭ったんですから。あなたが自分で何をやったのか、ちゃんと知っておいて欲しいだけです」

なんとも恨みがましいイタチだな。可児は言いかけた言葉をぐっと飲み込んだ。

「それで、いったい何があったんだ？」

そう可児が聞いた途端、フクロイタチの動きがピタリと止まった。怯えたような目でどこか遠くを見ている。やがて全身が小刻みに震え始めた。

「無理です、それは言えません。思い出したくもない」

震えながら首を左右に大きく振った。そのままグイッと顔を上げて可児を見つめる。クリクリとした目の中にはまだ怯えの色が残っていた。

「とにかくそういうことですから」

フクロイタチは軽く肩をすくめたあと、腹の袋に両方の前足を突っ込んだ。

「あのときは、そんなことになるなんて知らなかったんだ」

可児の表情が硬くなる。

「いいんです。どうせ野生のフクロイタチが数匹ばかり死んだところで、あなたには痛くも痒くもないでしょうから」

そう言いながら、フクロイタチは袋の中を探るように前足をごそごそと動かし始めた。

可児はそっと膝に手をつき、姿勢を低くした。

「悪かったな」

「謝罪は結構なので、その代わりにうちの新聞をとってもらえませんか？」

「新聞？」

首を傾げる可児を後目に、フクロイタチは腹の袋から小さな伝票の綴りを素早く取り出した。

「とりあえず一年の契約でいいですよね」

そう言ってボールペンで伝票に何かを書き込み始める。

「いや、うちは新聞は」

「最初の一カ月は無料で構いませんし、三カ月経ったら解約してもらってもいいので」

可児の話を聞く気はまるでなさそうだった。

「それってイタチの新聞なのか？」

「そうですよ。はい、今ハンコってありますか？　あ、すぐに出てこないのなら、ここに指をつけて拇印で」

腹の袋から取り出したスタンプ台を可児に渡す。どうやら細かいものは全てあの袋の中に入れているらしい。

「はい、こっちが契約書の控えです」

フクロイタチの勢いに押されて、気がつけばいつのまにかに契約させられていた。

「おまけで洗剤とティッシュがつくんですけど要ります？」

「いや、別に要らないよ」

「そうですか。それじゃあ、わたしはこれで」

伝票の綴りや文房具などをまとめて腹の袋に放り込むと、フクロイタチはニヤリとわらい、そしてゆっくりとその場を去って行った。

可児は手にした小さな紙切れをまじまじと見つめた。契約書に書かれているのは人間の言葉ではなかった。何と書いてあるのかさっぱりわからない。

あのとき金網でバタバタともがいていたフクロイタチの姿がふと頭に浮かんだ。たいして狭くもないのに、どうして自分で外せなかったのか。

可児はフクロイタチが消えていった廊下の暗がりにぼんやりと目をやった。コンクリートの床に転々と残された小さな足跡から、なんとなく獣の匂いがした。

ピロと通知音が鳴ったので、拓也《たくや》はベッドに寝転んだままスマートフォンを手に取った。

画面には里桜《りお》からのメッセージが表示されている。

――さっきトシからメッセが来たんだけど、これマジでヤバいかも――

拓也は指先で画面をスクロールさせた。

――このメッセージは誰にも転送してはいけません。もしも転送すればあなたはすぐに死にます――

そう書かれたメッセージがあとに続き、そこで終わっている。

「へぇ」拓也はぼんやりした声を出した。

いわゆる不幸の手紙やチェーンメールは、あの手この手で読み手を脅して、次の人へ転送させようとするのに、これはその逆だ。転送するなって言うなら、そこで終わらせればいいわけで、何がしたいのかさっぱりわからなかった。

――なにがヤバいの？――

ビュン。里桜にメッセージを送ったが、返信はない。

――メッセ見たよ――

ビュン。しばらく経ってさらにメッセージを送ったが、二通とも未読のままだった。

拓也は半身を起こして音声通話のボタンを押した。

ティトトティトトトティトト。呼び出し音は鳴り続けるものの反応がない。

拓也はもう一度、さっきのメッセージを読み直した。

――このメッセージは誰にも転送してはいけません。もしも転送すればあなたはすぐに死にます――

「おいマジかよ」

急に背中に寒気が広がって、拓也はブルッと体を震わせた。

里桜に送ったメッセージはずっと未読のままだ。

「ヤバいんじゃねーの、これ」

拓也は新しいメッセージを立ち上げた。

――里桜がヤバいかもしんねえ――

宛先から早麦《さばく》を選んで送信する。ビュン。

――なんで？――

早麦からはすぐに返信が来た。

――里桜から変なメッセが来たんだけどさ、これがヤバい感じなんだよ――

ビュン。

――どんな？――

――これ――

ビュン。

拓也は里桜からのメッセージを選択する。

――このメッセージは誰にも転送してはいけません。もしも転送すればあなたはすぐに死にます――

そして、転送ボタンを押した。ビュン。

私に降る雨

階段を上がって地上に出ると小雨がぱらついていた。

「あ、降ってるんだ」

思わず青谷凪《あおやなぎ》亮子《りょうこ》の顔に笑みが浮かぶ。

地下鉄の出入り口にはスーツ姿の男女が何人もたまって恨めしそうに空を見上げていた。たいして激しいわけではないが、それでも傘を差さなければそれなりに濡れてしまいそうなほどには降っている。

さっきまで晴れていたからね。

天気予報でも今日は晴れになっていたから誰も傘を持っていないのだろう。

慌てたように携帯電話で話しているスーツたちを横目に亮子はバッグから小さな折り畳み傘を取り出し、素早く広げるとオフィスビル街に向かって颯爽と歩き始めた。

足元で雨がピチと跳ねて、パンツの裾に染みをつくるが亮子は気にしないどころか、むしろそれを楽しんでいるようだった。

どんな時でも亮子は傘を忘れることはないが、けっして用意がいいわけではない。必要があって常に傘を持ち歩いているだけだ。

本社ビルの入り口で受付に軽く会釈をしてから、閉じた傘の先から水が垂れないようにドアのすぐ内側にある水払いで水滴を落とし、フロアの中へ足を進める。亮子の姿を見た顔なじみの警備員が困惑の笑みを浮かべたままゆっくりと視線を窓の外へ向けた。まだ雨は降っている。

「おや、今日は降っているんですね」

驚いたような声を出した。

「ええ、今日はちゃんと」

はっきりとした口調で警備員にそう答えてから亮子はエレベーターのボタンを押した。上へ。

ピン。シャンパングラスで乾杯をしたときのような音が鳴り、ピカピカに磨かれた金属製のドアが滑らかな動きでゆっくりと開いた。

六階で降りた亮子はオフィスに向かう前にエレベーターホールの窓からそっと外を眺めた。灰色の街を背景に何本もの細く黒い筋が落ちていくのを確認してから頷く。

雨はちゃんと降っている。

亮子自身はもうすっかり慣れたとはいえ、晴れているとどうしても周囲から不思議そうな目で見られた。だが、雨の日なら知らない人には気づかれることもない。やはり気持ちが落ち着くのだ。

ふうっと息を強く吐き、亮子はオフィスのドアを開けた。

「おはようございます」

明るい声とともに部屋に入った。

派手に思われがちなエンターテインメント業界だが、雑誌やネットニュースで見聞きするような浮かれた話は亮子の勤める小さなプロダクションにはまるで縁がない。オフィスの入っているビルこそ立派なものだが職場はいたって平凡なもので、知らない者が訪ねてきたらまさか芸能関係の仕事をしているとは思わないだろう。何の飾りもないグレーの事務机には書類が積み上がり、金属製のサイドラックにはこれから処理をしなければならない書類が大量に埋まっていた。

一番下の引き出しにバッグを入れて椅子に腰を下ろし、パソコンの電源ボタンを押す。ポンと複雑な和音が鳴り、真っ暗だったモニタの縁に薄い光が浮かんだ。

「おはようございます」

向かいのデスクから低いパーテーション越しに

声をかけてきたのは上野山樹乃《うえのやまきの》だ。まだ入社二年目の駆け出しだがなかなかの知恵者で、売り出しを任された新人アーティストは今年に入ってから少しずつテレビやラジオのゲストに呼ばれるようになっている。

「雨なんですか？」

「そうよ」

「本物ですか？」

「うん」

机下の引き出しに取り付けた小さな傘入れに折りたたみ傘を投げ込んで亮子は答えた。

亮子に雨が降るようになってから三年ほどになる。たとえどれほど晴れていても亮子にだけは雨が降ってくるのだ。見上げても空には雲一つなく、いったいどこからこの雨が落ちているのかはまるでわからない。わからないが濡れるから傘を差すよりほかなかった。

激しい土砂降りもあれば小雨になることもあったが、外に出ればいつも雨は降っていて、けっしてやむことはなかった。

気持ちよく晴れた日に、たった一人で傘を差していると、どこか取り残された気がしてならなかった。すぐ目の前には眩しいほど光の満ちた世界が広がっているのに、自分の周りだけは暗く湿って、いつも肌寒かった。

けれども雨の日は誰もが傘を差す。そのときだけはみんなに追いつけたような気がした。

「リョーコさんを見ているだけだと本当に雨なのかどうかわからないんですよねー」

樹乃は亮子をリョーコさんと呼ぶ。

「あのね、私にとっては本当の雨なの」

「ああ、そうかも」

亮子が眉をひそめて軽く睨む真似をすると、樹乃は両手を合わせて怯えた格好をして見せた。いつものやりとりだ。

「そう言えばリョーコさんが現役の時は、歌番組ってもっとたくさんあったんですよね」

樹乃は両手で抱えるようにしてマグカップを持った。彼女の服には何か所か穴が空いているが、破れているわけではない。そういうファッションなのだ。

「まあね。私はほとんど出たことはないけれど」

「でも『勝手に雨のマーメード』って大ヒットしたんでしょう？」

「うん。でもあまりテレビには呼ばれなかったの」

「えー、めちゃくちゃいい曲なのにー」

亮子は黙ったままにっこりと笑った。どんなときでも笑顔になれるのが亮子の特技だ。

上京して所属したプロダクションから新人歌手として華々しくデビューしたものの、なかなか周囲の期待通りにはいかず、亮子はデビュー七周年を待たずに引退を決めたのだった。

それなりにヒットした曲も一定数のファンもいるのだから、事務所を離れて地方のクラブなどで歌う道もあったが、亮子はすっぱりと歌をやめた。

もちろん迷いも未練もあった。どこか心の奥底には再びスポットライトを浴びたいという気持ちも残っていた。俳優やタレントに転身する道もあったし、そういう話がないわけでもなかったが、やはり歌手でなければという思いを亮子はどうしても捨てることができなかったのだ。

同じ時期にデビューした仲間たちが方向を模索しながら今でもがんばっている姿をテレビ画面の中に見かけると、胸の奥がズキンと痛むような感覚を覚えることもあった。

「歌にこだわりすぎたのかな」

それでも自分の選択は間違っていなかったと思いたかった。

ヒットに法則はない。世の中の動きとタイミングが合ってまさかの階段を駆け上がることもあるし、才能があっても運に見放されることもある。努力が報われることもあれば、努力とはまるで関係のないところから爆発的に売れることもある。

たくさんの若者があのステージを目指して散っていく。自分自身も含めてそういう若者たちを亮子はこれまでに数多く見てきた。

「私には無理だったから」

だからこそ新人をきちんと世に売り出してやりたいと思う。

「きっとお前ならそういう子たちの気持ちをわかってやれるだろう」


郷里へ帰ろうとしていた亮子を引き止め、雇ってくれるよう知り合いのプロダクションに頼み込んでくれたのは当時のマネージャーだった。

十代半ばでデビューしてからずっと特殊な世界にいたのだ。大人として知っているべきことを亮子はほとんど知らなかった。

「まずは社会人としての常識を身につけなさい」

そう言って社長は亮子に厳しく接した。常識だけでなく実務も学ぶようにと様々な機会を与えてくれた。亮子は勉強に夢中になった。事務的なことがらだけでなく経営や法律などの専門的な知識もどんどん吸収した。

仕事は楽しかったが息を吐く間もないほど忙しかった。担当するアーティストを、仕事だけでなく私生活まで含めて支えるのだ。朝から夜まで彼らのことを考えていれば、自分について考える時間などなかった。それが良かったのだろう。自分自身もかつてはスポットライトを浴びていたことなどすっかり忘れた。

そうして十年ほどが経つ。その間に亮子は何人もの新人を売り出してきた。まだ大スターとは言えないものの着実にファンを増やし続けている者もいれば、もちろん夢半ばで挫折し、進む道を変えた者もいた。運だけはどうしようもなかった。

気づけば会社の中でもすっかりベテランクラスのマネージャーになっていたが、それでも打ち合わせの席に顔を出すと客がおやっという顔を見せることがあった。

「あのう、もしかして青谷凪さんですか?」

「ええ」

まだ覚えてくれている人もいるのね。

「そうですか。いやあ、私、ファンでした」

ここで亮子はにっこりと笑う。

「ありがとうございます。今は裏方に回っているんです。今後はぜひ、うちの新人をよろしくお願いしますね」

そう言ってほんの少しだけ首を傾げて見せるのだ。かつて身につけた完璧なポーズを。

「リョーコさん」

ずっとパソコンの画面を見ていた樹乃が不意にイヤホンを外し、亮子を見た。

「何?」

「実は、シノブズで『勝手に雨のマーメード』のカバーをやらないかって話が来ていて」

「そうなんだ」

シノブズは樹乃が担当しているテクノロックユニットだ。ムード歌謡からハードコアメタル、クラシック音楽まで、どんな曲でも自分たち流にアレンジしてみせる強引な手腕が話題になり、一部の音楽通から注目されつつある。

「レコード会社のA&Rがやらせたいって。局も乗り気なんですけど、やっぱり無理ですよね」

「どうして?」

亮子はアヒルのような口になってひょいと肩をすくめた。

「詞曲の先生がオーケーならいいんじゃない」

「え? リョーコさんは? いいんですか?」

樹乃は目を丸くしながらガタンと大きな音を立てて椅子から立ち上がった。

「だって別にあの歌は私のものじゃないから」

どれほど長く歌い込んで持ち歌と言われるようになっても、歌手に楽曲の権利はない。法律上はあくまでも歌は作曲家と作詞家のものなのだ。

いつ誰が歌おうと構わない。良いも嫌もないのだから。

「やったー」

樹乃は嬉しそうに両手を高く上げたあと、デスクの上からピーナツを数粒まとめて掴みそのまま口に入れた。

「アレンジが上がったら聞かせてね」

と、亮子がウインクすると樹乃は口を閉じたまま何度か激しく頷いた。

「リョーコさんって」

声が掠れている。どうやら慌ててててピーナツを飲み込んだらしい。

「今でもカラオケとかで雨のマーメードを歌うんですか?」

亮子は口をへの字に曲げたまま首を大きく左右に振った。

「私、カラオケには行かないの」

「あ、そう言えばそうですよね。どうしてなんですか? 元歌手なのに」

歌手の道をすっぱり辞めたのに、かつてのヒット曲を人の前で歌うのは、なんだか今でもスポットライトに未練を残しているように思われそうで嫌だった。だからと言って、放送局のプロデューサーやスポンサーの担当者から急に歌うように言われて固辞すると場の雰囲気を壊してしまう。そうならないためには最初からカラオケに行かなければいい。

引退を決めた日から亮子は一度も『勝手に雨のマーメード』を歌ったことがなかった。一人で口ずさむこともない。実を言えば、聴き返したこともなかった。引退を決めた日にあの歌は置いてきたのだ。

「元歌手だからよ」

窓の外の雨を見ながら亮子はポツリとつぶやいた。

翌週、シノブズのアレンジが仕上がってきた。

「それが、めちゃくちゃかっこいいんですよ！はい、そうです。ええ。まだ仮歌ですけど、デモをお送りしますから。ええ、はい。よろしくお願いします」

自分の席で立ち上がっていた樹乃は、携帯を耳に当てたまま深々とお辞儀をした。ラジオ局か広告代理店に架けていたのだろう。

「ふうっ」

樹乃はドサッと音を立てて椅子に腰を下ろし、大きく長い溜め息をついた。その溜め息には満足感がたっぷりと含まれているようだった。

「聴いてもらえました？」

パーテーションの向こうから樹乃は屈託のない笑顔を亮子に向けた。

「ごめん、バタバタしていてまだダウンロードができてないの」

そう言って亮子は肩をすくめたが、それは嘘だった。メールで送られてきた共有リンクからすでに楽曲は個人の携帯電話へダウンロードしてあった。音楽アプリを立ち上げればいつでも聴くことはできる。だが昨夜も今朝もアプリを立ち上げて曲を再生しようとしたところで亮子は指を止めた。怖かったのだ。

「これは仕事なのよ」

そう自分に言い聞かせるものの、もしもこの曲を聞けば、いくらアレンジが違うとはいえ、すっかり心の奥底に追いやったはずの遠い過去の未練が再び浮かび上がってくるような気がして、どうしても聴く気になれなかった。

「リョーコさんの感想を聞きたいです」

「うん。あとでね」

亮子はにっこりと笑った。

十七階でエレベーターを降り、ホール脇にある鉄扉を押し開けると屋上へ続く階段が現れた。亮子は重い足取りでゆっくりと階段を上がり、突き当たりにあるドアにもたれかかると、ポーチからイヤホンを取り出して耳に入れた。イヤホンはすぐに携帯電話と無線で繋がり、接続されたという案内音が亮子の頭の中に響いた。続いて亮子は携帯を取り出して音楽アプリを立ち上げた。あとは再生ボタンを押しさえすれば、いつでもシノブズのアレンジした『勝手に雨のマーメード』が流れる。

亮子は携帯をポーチにしまうと、折り畳み傘を開いてからドアノブに手をかけ、塔屋《とうや》からすっと屋上に出た。

ザーッ。

激しい雨が降っていた。手にした傘が沈み込みそうなほど重く激しい雨だった。傘の露先からは絶え間なく水滴が流れ落ちていたが、その水は地面に届く直前にどこかへ消えていく。だが、ほんの数センチほどの雨のカーテンの向こうには、眩《まばゆ》いほどの黄色い世界が広がっていた。

亮子は雨の重さに抗うように傘を持ち上げ、遠くを見た。

屋上から見える街は夕陽で黄色く染まっていた。西の空へ目をやると、大きな太陽がゆらゆらと揺れながら高層ビル群の向こう側へ消えていこうとしている。手すり沿いにずらりと並べられたプランターには背の低い木が植えられ、屋上の地面に複雑な影を落としていた。

ネクタイ姿の男性が三人、西側の手すりに手をかけ、夕陽を見ながらタバコを吸っていた。向こう側のベンチには女性が二人座って、何やら話し込んでいるようだった。

タバコを吸っていた男性の一人が何気なく亮子に目をやり、驚いたようにそのまままっすぐ空を見上げた。雲一つない空から降り注ぐ雨を目で追い、再び亮子に視線を向けた。

そう。いつも私には雨が降っているの。私だけに降っているの。

亮子は彼らと反対側の手すりに近づいた。傘の中棒を肩に乗せるようにして、ポーチの中で携帯を探り、再生ボタンを押した。

四つ打ちのドラムにループサウンドを組み合わせた今時のポリリズムが流れ始めた。しばらく単調なサイン波のベースラインとエッジの立ったリフが繰り返され、おおらかなストリングスの音色が全体を包み込んでいく。完全なテクノトリップだった。原曲の雰囲気はどこにもなかった。やがてデチューンのかかったシンセ・アルペジオとキラキラと輝くベルの音が同時に駆け上がり、そして一瞬のブレイクが訪れた。完全な静寂。
一、二、三、四、一、二、三、四。
亮子は思わず頭の中でカウントをとった。

「ああっ」

いきなり聞き覚えのあるイントロが始まり、亮子の全身がぎゅっと硬くなった。あきらかに、かつて何度も彼女が歌ってきたあの『勝手に雨のマーメード』のイントロだった。イントロはすぐに現れた別のリフと混ざり合い、不思議なコードの中へ埋もれていったが、一度気づけば、至る所に原曲のモチーフがちりばめられていることがわかった。

タタタタン。耳馴染みのあるドラムフィルが響いた。

——本当は忘れたかったのよ——

「本当は忘れたかったのよ」

突然、口から歌がこぼれ出して、亮子はハッとした。歌い出しも、ブレスのタイミングも、声の変え方も、はっきりと覚えていた。もう十年以上も歌っていないのに、何一つ忘れていない。

——きっと流れてマーメード——

「きっと流れてマーメード」

止まらなかった。もう二度と歌わないと決めていたのに、亮子は自分の口からこぼれ出す歌声を止めることができなかった。傘を持っていないほうの手が自然に動いて、あのころの振り付けを踊っている。

——ずっとずっと待っているから——

「ずっとずっと待っているから」

テクノポップにアレンジされた楽曲に乗ったシノブズの仮歌は、かつての亮子の歌い方を完全に再現していた。

「これって、私だ」

小さな声で口ずさみながら亮子の目から大粒の涙がポロポロと落ちた。雨と違ってその涙は地面に届く前に消えることはなく、灰色のコンクリートに小さな黒い染みを残した。

亮子はぎゅっと目を閉じた。もう未練なんてない。だからこの歌はあの日に置いておく。それが正しいのだと思っていた。でも、きっとそうじゃなかったんだ。

亮子は目を開くと傘を投げ捨てた。降り注ぐ雨は思っていたよりも温かく、硬くなっていた亮子の体を溶かすように優しく包み込んだ。

本当に未練を残したくないのなら、置いてきちゃダメだったんだ。

——いつか流れてマーメード——

「いつか流れてマーメード」

亮子ははっきりと声を出して歌い始めた。もう何も躊躇う必要はない。歌いたいなら歌えばいいだけだ。これは私の歌なのだから。

——ずっとずっと覚えているから——

「ずっとずっと覚えているから」

目を閉じたまま、すべてを忘れてただ歌う。

複雑なリフが繰り返されたあと、再びシンプルな四つ打ち。そして、原曲通りの印象的なエンドフレーズが流れ、曲が終わった。

亮子はゆっくりと目を開けた。

タバコを吸っていた男性たちとベンチにいた女性たちが、その場でパチパチとぎこちない拍手をしていた。亮子はにっこりと笑って軽く頭を下げた。いつもの得意技ではなく、心からの笑顔だった。

「え？」

ふと亮子は空を見上げた。あれほど激しく降っていた雨が、いつも亮子にだけ降り続いていた雨が、いつしか止んでいた。

亮子は大きく息を吸い、ゆっくりと吐き出した。黄金色に染まっていた街はもうすっかり暗くなり、家々の窓にぽつりぽつりと明かりが灯り始めていた。

金属壁で囲まれた薄暗い連絡通路は、天井から注がれる淡い照明を受けてぼんやりとした銀色の輝きをみせていた。デンは進行方向に目をやった。デンたちを乗せたステッパーの放つ強い光が金属壁に反射して眩しい。進路は見えづらいがオートパイロットに任せているのでさほど気にする必要もなかった。

ステッパーは高速で通路内を平行移動したあと搭乗口の真下で一度静止し、一気に上昇を始めた。いきなり強い重力加速度が加わり、体をしっかりと包み込んだシートに体がずんと沈んだ。瞬間的に標準重力加速度の三倍ほどの力がかかったが、ジェットコースターとたいして変わらない。耐えられないレベルの加速度ではなかった。

三十人ほどを乗せたステッパーはどんどん上昇していく。

やがて壁面が金属から透明素材のグラスカーボンに変わると目の前に真っ青な空が広がった。眼下には青々とした草原が遠くの山林へ続いている。

「うわあ」

子供が声を上げた。宇宙港の近辺はまだエギオンに汚染されていないため、手つかずの自然が残っているのだ。上昇していくステッパーを仲間だと勘違いしたのか鳥の群れが近づき、チューブパスの周囲をくるくると周回していたが速度に追いつけなかったらしく、やがて離れていった。

デンはそっと視線を上げた。ステッパーの天窓を通して惑星連絡船の底部が見えていた。セルレス合金で覆われた外壁は暗い緑色に塗られ、その表面には電磁アンテナとレーダーピクトが蔦のように配置されている。三つある搭乗口のうち一つは専用口だ。宇宙連合の関係者や惑星間連絡員、連絡船のスタッフが使用するもので、ここを通る者は丁重に扱われることになっている。

一方、今デンたちが通っているチューブパスがつながるのは一般用で、専用口から乗り込む者に比べると、連絡船に乗ってからの座席にもかなり差があった。

ステッパーが成層圏を抜けると一気に周囲が暗くなり、無数の星が視界を覆い尽くした。

「おお」

デンの口からも思わず感嘆の声が漏れた。いよいよ宇宙空間に入ったのだ。八十三個ある月のうち二十個ほどがはっきりと見えている。こんなことは地上ではありえない。デンは何かを思いだしたかのように窓越しにキョロキョロと視線を左右に動かした。探したのはこの惑星の環だ。もちろん惑星からある程度離れなければ環を見られないことは知っている。それでも見られないだろうかとつい探したのだった。

かつての惑星連絡船は地上で発着していたため、発進する際には莫大なエネルギーを消費したし、帰還時には大気圏再突入の危険を伴うことから、専門の飛行士やある程度の訓練を積んだ準飛行士にしか利用できなかったが、宇宙空間に船を置いてステッパーで乗り込むようになってからは、デンのような一般市民にも利用できるようになっていた。

ステッパーが搭乗口内に入ると左右から伸びてきたロボアームがフックを掴み、ゆっくりと床のドックへステッパーを固定した。ステッパーと連絡船のハッチが接続されると、プシュと空気の抜ける音がしてステッパーの扉が開いた。同時にハッチも開く。

デンは減圧に備えて一瞬身構えたが、気圧の変化は起こらなかった。どうやら機密度の高い機材ではエアロックなど必要ないらしい。

ステッパーの乗客たちはゾロゾロとハッチのほうへ進み始めた。デンも彼らとともに連絡船の中へ入っていく。

「こんにちは。一般の方は奥へ進んでください」

ハッチを通り抜けたところで爽やかな笑顔を浮かべた男女が声を掛けてきた。連絡船のスタッフだ。

デンたちは一列に並んでゆっくりと通路を奥へと進んでいく。通路の左右には専用口から乗る者のための個室が設えられている。自然の木を使ってつくられた壁は美しく磨き上げられ、扉にも電子錠ではなく金属製の鍵が使われているようだった。

デンは金色に輝くドアノブをしばらく見つめていた。一生に一度くらいはこの専用個室に入ってみたいものだが、その機会はないだろう。

「すみません、後ろがつかえているんですけど」

声を掛けられたデンはかぶりを振り、慌てて先へ足を進めた。専用の個室と一般のキャビンをわけるゲートをくぐり抜けたところで、再びデンの足が止まった。そのまま目を見開いてぐるりとキャビン内を見回す。

「シートは？」

一般用の座席があるべきところには何もなく、何かを取り外したような痕跡だけが残っていた。

「なにこれ？」他の乗客も困ったような顔をして首を捻っている。

デンは部屋の奥でニコニコしている連絡船のスタッフに近づいた。

「これ、どうなっているんですか？」

そう言って何もないキャビンを指差す。

「座るところがないんですけど」

「今回から、エコノミーのお客様は吊り革をご利用いただくことになりました」

スタッフは天井からぶら下がっている吊り革を手で示した。

「ちょっと待って。地球まで立ったままなの？」

「はい」

スタッフはこくりと頷いた。

「連絡船の移動中はしっかりと吊り革にお掴まりください」

通路からは次々に客が現れ、やがてキャビンの中は人でいっぱいになった。もうこれ以上は入れないだろうと思ってから、さらに十数人が押し込まれるように入ってくる。

ここまでぎっしり人に囲まれていれば吊り革を持たなくても立っていられそうだ。人の間に挟まって身動きがとれないままデンはなんとか片手を抜き出し、吊り革を握った。

人いきれで室温が上がり、しだいに暑くなってきた。デンの額にうっすらと汗がにじんだ。背中にぴったりくっついた男性から体温が伝わってくる。

「さすがにこれはきついなあ」

次はがんばってビジネスにしよう。デンはそう思った。

半年後に会いましょう

足場が悪く、やや勾配の険しい林道を抜けると岩場に出た。空が青く抜けて真っ白な雲が二つふわりと浮かんでいる。井間賀《いまが》はシャツの袖をまくり上げ、額の汗をタオルで拭《ぬぐ》い取った。冬なのに、乾いた空気を通して肌を焼くように日差しが照りつけている。

「ふう」

ここまで登るとかなり気温も下がっているはずだが、体の中には逃げ場のない熱がたっぷりと籠もっていた。

「もうすぐだ」

最後尾で登ってきた飯尾《めしお》がぽんと井間賀の肩を叩き、岩場の端に片足を乗せる。そのまま大きなリュックを地面に下ろした。

「よし、みんなちゃんと来ているな」

飯尾はそう言ってぐるりと前後に首を回した。

岩場の先を数名ずつのグループが次々に登っているのが目に入る。全員が、シノブ産業の社員だ。

「さあ、俺たちも行こう。あそこを越えたら終わりだから」

飯尾は井間賀に向かって声をかけた。

「けっこうキツいですね」

井間賀はタオルをパタパタ仰いで自分の顔に風を送っている。

「ははは。お前だってこの高さを上がったんだぞ」

「いやあ。あのときは必死だったせいか、ぜんぜん記憶がなくて」

「みんな最初はそうなんだよ」

口の端でニヤリと笑った飯尾はリュックを持ち上げ、勢いをつけて肩に担ぎ直した。


飯尾の言ったとおり、岩場を越えるとなだらかな草原が広がっていた。緩やかな下り坂の先には沢があり、その傍らでは、それなりに幅のある川が絶え間なく水を流していた。上流から運ばれてきたのか、ときおり真っ白な雪の小さな塊が水面に浮き沈みしている。

川畔《かわばた》には、先に登った社員たちがすでに集まってテントを張ったり焚き火の準備をしたりしていた。

「全員無事に到着だな」

「はい」

飯尾は人数を確認してから、折りたたみ椅子に腰を下ろし、水筒の水をごくりと音を立てて飲んだ。

「いやあ、さすがに腰に来るなあ」

「けっこう広いんですね」

薪を運び終えた井間賀は感心したように山麓に消えていく川の上流に目をやった。下流側は少し川幅が狭くなっていて、岩の間を抜けるようにして流れてきた川の水は、そこで一気に勢いを増して小さな滝に注がれていた。

「あそこの林から」

と、飯尾が振り返って遠くを指差した。

「この川の向こう側までが、ぜんぶシノブ産業の敷地なんだ」

「やっぱりそれくらいの土地が必要なんですね」

聞いたのは営業の街野《まちの》だ。

「まあな。ある程度の広さがないとダメだからな」

ちらりと腕時計を見た飯尾は、両膝に手を当て、よいしょと掛け声を出しながら立ち上がった。

「そろそろ時間だぞ。みんな川縁《かわべり》に行ってくれ」

社員たちはぞろぞろと連れだって川のそばへ向かった。長靴を履いている何人かは、川の中にじゃぶじゃぶと入り進んで、その場から飯尾に手を振る。

川の流れる音に混じって、鳥の鳴き声が山の中で静かに響いていた。

「あ、あれ」

街野が川下を指差した。滝のあたりから弾けるような音とともに、いくつもの小さな水飛沫《しぶき》が上がり始めている。

「いよいよ来たな」

飯尾は川の中にいる社員たちに向かって大声を上げた。

「しっかり捕まえてくれよ」

「はい」

そう言って社員たちが身構えたのとほとんど同時に、大きな影が一つ、滝の天辺《てっぺん》から激しい勢いで飛び上がった。もう一つ、そしてもう一つ。次々に滝を抜けた影たちは川の流れに逆らうように、上流に向かってバタバタと泳ぎ上がってくる。

「えいっ」

水の中にいる社員たちが足元まで上がってきた影を両手で掴み、水面へ引っ張り上げた。勢いよく川縁へ投げる。

ゴロンと地面に転がったのはスーツを着た若い男性だった。ずぶ濡れのまま体をくねらせ、やがて横になったまま上半身をゆっくりと起こした。怪訝な表情でキョロキョロと周囲を見回している。

「おお、砂原《さはら》じゃないか」

顔を覗き込んだ飯尾が嬉しそうな声を上げる。

「え？　砂原くんなの？」

街野が驚いた顔になる。

「春に放流したときには、まだまだ不慣れな新人って感じだったけど、もう立派なビジネスマンね」

次々に捕獲された男女が川縁に転がっていく。誰もがずぶ濡れのスーツ姿のまま、戸惑った顔つきを見せていた。

「どうだ？」

飯尾はニヤニヤしながら井間賀の背中を軽く叩いた。

「ぜんぜん記憶にありませんけど、俺も去年はこうだったんですね」

「去年は大変だったんだよ。春に新入社員を五十人放流したのに、半年経って戻ってきたのがたったの四人しかいなかったからな」

「それって少ないんですか？」

「例年は、放流した人数の四割ほどが戻って来るんだよ。去年はよっぽど生育条件が悪かったんだな」

飯尾は肩をすくめた。

「だって、去年は急に景気が落ち込みましたから。さすがに新人じゃ対応できなかったんですよ」

街野が残念そうに首を振った。

「たった一カ月の研修だけですぐに放流ですからね。私が担当していた子も戻ってこなかったし」

そう言って街野は両手の指を伸ばし、自分の爪先を見つめた。

「なんだかすみません」

「ううん、井間賀くんが謝る必要ないよ。去年みたいな景気の中で生き延びて戻って来られたんだから。それはすごいことよ」

「はあ」

井間賀は曖昧に頷く。


水揚げされた社員たちは厚手のタオルに包まれ、順番にテントの中へ運ばれていく。荒波に揉まれながら大きくなって帰ってきた、大切な新入社員たちだ。

「あっ」

まだ地面でぼんやりとしている女性を目にして、井間賀は思わず声を出した。

「もしかして、三葉《さんば》さん？」

入社式のときに、新人側のとりまとめを手伝ってもらった数名の一人だった。丸い茶色の目が印象的でよく覚えている。

「ちゃんと戻って来られたんだな」

胸の奥に何やら熱いものが流れたような気がした。

先輩社員たちは、自分の放流した新人を見つけては次々に喜びの声を上げている。もちろん中には戻って来られなかった新入社員もいるが、だからと言って感傷的になっているわけにはいかない。

弱い者は淘汰されるのがビジネスの世界だ。

来年は俺も新人を世間の荒波へ放流することになる。井間賀はぐっと拳を強く握った。

俺が放流する新人は、全員がちゃんと戻って来られるように、しっかりと鍛えてやろう。

井間賀はそっと顔を上げた。あの二つの雲はもうどこにもいない。傾き出した冬の太陽が、山の尾根を黄色く染め始めていた。

食べ物を投げないでください

霜で薄《うっす》らと白く染まった公園の隅に集められた男女には、それぞれ小さくて丸い透明の密閉容器が配られた。誰もがボロボロの服を重ねるようにして着ているものの、朝の冷え込みのせいか、みんなどことなく動きが鈍い上に顔色が悪いように見える。

あきらかにこの公園で暮らしているホームレスたちだった。受け取った容器を手に、互いに不思議そうな顔を見合わせている。

「あれを見てください」

オレンジ色のストライプシャツを着た若い男がマイクを片手に、公園の奥にある古い石造りの建物を指差した。みんなも釣られたようにぼんやりとそちらに視線をやる。

「あの美術館にはびっくりするほど高い値段のつく絵がたくさんあるんですよ。それでは行きましょう」

男の仲間はみんなオレンジ色のストライプシャツを着ている。彼らはホームレスを取り囲むようにして美術館へ足を進め始めた。

「さあ、みなさん」

先を進んでいたオレンジたちが足を止め、体ごと振り返る。

「みなさんには、その容器の中のマッシュポテトやトマトスープを、ここに飾られている絵に向かって投げ……あれ？　ちょっと、ちょっとそこのあなた」

オレンジストライプの一人が男性を指差した。

「ん？　俺？」

「そうです。あなた、どうして容器が空なんですか？」

「ああ、これ？　まあまあうまかったよ、な」

「うん、ポテトだろ？　うまかった」

彼の周りで数人が頷いた。口元を拭う者もいる。

「トマトスープもおいしかったよ。ちょっと塩気は足りなかったけど」

別の女性も空の容器を見せた。

「いったい何をしているんですか！」

オレンジのストライプシャツを着た年配の女性がいきなりマイクを掴んで叫んだ。

「それは、あなたたちが食べていいものじゃありません！」

金切り声を上げる。

「え？」

「だってくれたじゃん」

「なあ」

「いいですか。それは飢えている人を助けるためのものなんです」

彼女の言葉にホームレスたちは納得したように大きく頷いた。

「やっぱそうだよな？　いやあ俺、一昨日からほとんど何も食べていなかったから助かったよ」

「私もです。本当にありがとう」

「ふざけないでください！　だからさっきの料理は食べるためじゃなく、絵に投げつけてもらうために渡したんですってば！」

再び女性の声が荒くなる。

またしても、みんなは不思議そうな顔を互いに見合わせた。彼女の言っている言葉の意味がどうもよくわからない。

「そうやって飢えている人を助けるんですッ！」

みんなの口がぽかんと開いたままになる。

「ポテトを絵に投げつける？」

「トマトスープも？」

「せっかく目の前にあるのに、食わずに？」

ホームレスたちの中に困惑が広がっていく。

ストライプシャツを着た年配の男性が、そっと女性に近づき静かにマイクを受け取った。

「みなさん食べてしまわれたようですから、ともかく、もう一度、中身の入っている容器を受け取って下さい」

どうやら彼がオレンジたちのリーダーらしい。


「さあ」

「どうぞ」

「こんどは食べないで」

密閉容器を手にホームレスたちは、オレンジたちに先導され美術館の中へ次々に入っていく。エントランスホールの中程、チケット売り場の向こう側に、高い天井から巨大な一枚の絵画が吊り下げられていた。距離があるのでどんな画材を使っているのかまではわからないが遠目に見ても陰気な絵だった。

赤黒い雲の渦巻く空の下では中世の甲冑に身を固めた騎士たちが陰鬱な表情で何かから逃げている。戦争なのか災害なのか、ともかく目を覆いたくなる表情だった。まるで絵画自体が陰気を纏って、天井から床へその気鬱を流し込んでいるようだ。

「あれです」

オレンジのリーダーがその巨大な絵画を指差した。

「あれに投げつけて欲しいのです」

ホームレスたちは戸惑いながらお互いの動きを見合っていたが、やがて一人が意を決したようにトマトスープを投げつけた。

ビチャン。

派手な音とともに、絵に赤い染みがついた。

「あのう、お客様？」

それまで端で見ていた美術館の職員がそっと近づいてきた。

「何をなさっているんですか？」

「うるさいわね。そこにいたらジャマでしょ」

オレンジの女性が職員を腕で押し除ける。

「まさか絵に食べ物を投げているんですか？　警察を呼びますよ！」

「呼びたければ、呼べばいいでしょ。さあ、ほらみんな、早く投げて」

再びトマトスープが投げられ、絵画にべったり張りつく。とたんに絵画の中の騎士たちがその染みに集まり、やがて絵の向こう側からスープを吸い始めた。あっというまに染みが消えた。絵の中で食べているのだ。

「さあ、どんどん投げて」

「それじゃ、これはどうだ」

別のホームレスがマッシュポテトをボール状に丸めて、絵に向かって勢いよく投げた。ポテトは絵画の表面を素通りして、そのまますると絵の中へ入っていった。絵の中で見事にポテトをキャッチした騎士が剣を掲げて感謝の意を示す。投げた男も片手の親指をぐいと立てて、騎士にエールを送った。

「ようし俺も」

「だったら私も」

「お願いです。やめてください。絵画に食べ物を投げないで下さい。作品に食べ物を投げないで下さいッ！」

職員がいくら叫んでも、もう誰も聞こうとはしない。

ホームレスたちは次々にマッシュポテトとトマトスープを絵画に向かって投げ始めた。投げ終わると、オレンジから新たな容器を受け取り、再び投げる。

ふと気づけば、あれほど絵の中で逃げ惑っていた騎士たちが、いつしか地面に座っていた。背景の赤黒い雲渦は変わらないが、みんなどこかホッとした顔つきで、満足そうに腹を撫でている。中には甲冑を脱いで、うとうと居眠りを始めている者もいるようだった。

「いいでしょう」

絵画を丁寧に確認してから、オレンジのリーダーはホームレスたちに向かって嬉しそうに大きく頷いた。

「これでわかったでしょう」

公園に戻ると例のオレンジの女性が得意そうな顔で全員を見回した。みんな車座になって地面に広げたブルーシートに座っている。

「みなさんは、飢えている人を助けたんですよ」

そう言ってからマイクを反対側の手に持ち直した。

「どうです。気持ちがいいでしょ？　ね？　かわいそうな人を助けたんですから」

よほど気持ちがいいのだろう。頬が緩みっぱなしになっている。

「でもさ」ホームレスがすっと立ち上がった。

「あれって人なのか？　絵じゃないのか？」

「そうだよ。飢えている人は絵の中じゃなくてここにいるだろ」

別の一人も立ち上がる。

「絵より現実の私たちのほうが困っています」

「何を言い出すのッ！　あの絵を見たでしょう！　あの表情を見たでしょう！」

「でも絵だぜ」

女性は呆れたと言わんばかりの顔になって、激しく頭を左右に振った。

「いい？　あの絵にはね、びっくりするほど高い値段がついているの。あなたたち全員で

「一生かかっても稼げないくらいの値段なの」

ホームレスたちの眉間に皺が寄った。互いに目と目を合わせる。立ち上がっていた者たちも何かの力が抜けたかのように、静かにその場に座り直した。


バリン。


遠くでガラスの割れる音が響き、オレンジの人々もホームレスたちも一斉に音の鳴った方角を見た。美術館の窓から焔が噴き出している。

「なんだあれ」

オレンジストライプの若者が思わず独り言ちた。

美術館の扉を破るようにして、銀色の塊が公園の中へ飛び出してくる。

「もしかして、あれってさっきの」

絵の中にいた中世の騎士たちだった。

理由はわからないが公園を歩いている人たちに次々と襲いかかり、剣で斬りつけている。

美術館の中からも悲鳴が聞こえてくるのは、おそらく中でも同じように騎士たちが暴れ回っているからだろう。騎士の一人がホームレスたちに気づいたらしい。信じられないほどの速度で駆け寄ってくる。

「あ、あいつは」

ホームレスの一人が騎士の甲冑に描かれた模様に気づいた。マッシュポテトを受け取って感謝の意を示した騎士だ。彼はその場にすっと立ち上がると、騎士に向かって片手の親指を立て、そのまま首をはねられた。

「ひぃぃぃぃぃ」

男の首をはねた騎士はすぐに体の向きを変え、こんどはオレンジストライプの集団に襲いかかる。

「ちょっとあなた、やめなさいッ！　私たちが助けてあげ」

例の女性の言葉はそこで終わった。

オレンジたちもホームレスたちも蜘蛛の子を散らすように逃げ出したが、奥からやってきた騎士たちに次々に仕留められていく。

「なんだよ、なんだよ、何なんだよ」

オレンジ色のストライプシャツを着た若者が泣きながら叫んだ。とっくに失禁してズボンはびしょびしょに濡れている。

「あれは残虐な騎士たちの恐ろしさを描いた絵画ですから」

美術館から逃げてきた職員は顔中が血で赤く染まっている。どうやらあちらこちらを斬られているようだ。それでも致命傷になっていないのは、やはりあの絵に慣れているからだろう。

「だって俺たちが食いもんをやったんだぞ。なのにその俺たちを襲うなんておかしいじゃないか。おかしいだろう」

オレンジの若者が泣きわめく。

職員は呆れた顔で大きな溜息をついた。素人はすぐに単純な結論を出そうとする。

「いいですか。ああいう絵画の管理はとても難しいんですよ」

「はあ？　だって絵だろ？」

「ええ、絵です。だからこそ、勝手に絵画に食べ物を与えないでくださいって注意しているんですよ。何があるかわかりませんからね」

職員はそう言ったあと、ポケットから小さな透明の密閉容器を取り出し、じっとこちらを見た。しばらくそうしてから静かに容器の蓋を開けると、中に入っているトマトスープをそのまま、いま私たちが見ているこのページに向かって一気に投げつけた。

壁のランプが緑色に点灯するのと同時に金属製のドアが上下に分かれて開いた。するすると入って来たのは政務官ロボットである。一メートル四方ほどの真っ白な箱の上に薄い液晶モニタが乗っているだけのシンプルな構造だが、その内部には世界でも最高レベルの電子頭脳が納められていた。

世界の主な首脳たちがこうした政務官ロボットや秘書ロボットを使うようになってもうしばらく経つ。人間のような欲や野望を持たないロボットは自己の利益のためにデータを改竄することもなければ政敵の工作に惑わされることもない。疲れることのない優秀なロボットの支えがあれば、なまじ人間を雇うよりもよほど国民のための誠実な政策を実行することができるのだ。

ロボットはタイヤを軋ませながら執務席の大統領に近づいた。

「大統領、実は重大なことがわかりました」

スピーカーから合成音声が流れ、モニタには困惑した表情を示す絵文字が映し出された。

「どうした？」

大統領はゆっくりと首を傾けた。この政務官ロボットがこれほど困惑した絵文字を映し出すのは初めてのことだった。

「さまざまなデータから判断して、どうやらこの世界の人間は私一人だけのようなのです」

淡々とした口調でロボットは言った。

「おそらく、ほかはすべてロボットです」

「なんと、それはたいへんだ」

大統領は軽く噴き出しながら大げさに肩をすくめて見せた。

さすがに世界最高レベルの電子頭脳ともなるとこうした冗談も上手くこなす。日ごろから多大な緊張を強いられるリーダーには、完璧に事務をこなすだけでなく、たまに息抜きの相手になる部下が必要なのだ。

「大統領」

ロボットのタイヤがその場で空回りし、キュルキュルと音を立てた。白い箱の横に取り付けられたアームがぎこちなく上下に動く。

「これは冗談ではありません。本当に人間は私一人だけなのです」

「どうしてそう思うのだ？」

大統領は不思議そうな顔つきになった。

「ふふ」

政務官ロボットはスピーカーから笑い声を漏らした。液晶モニタには呆れた顔の絵文字が映し出される。

「実感ですよ。まちがいなく自分が人間だという実感です。この感覚は、つまり自分が人間だという実感は、いくら説明してもあなたがたロボットにはわからないでしょうね」

ロボットはそう言うと、ククククと甲高い奇妙な笑い声を上げた。

楽器の王様

大晦日から新年にかけてはだいたい晴れる日が多いはずなのに、今年はなぜか朝からずっと厚い雲がかかっていて、せっかくの年越し気分をちょっぴり暗いものにしていた。年末年始は帰省する学生が多いせいか、バイト帰りにふらりと立ち寄った大学のキャンパスにもほとんど人影がなく、暮れかけた薄日の中で、ただ寂しさばかりが募るようだった。

青谷凪亮子《あおやなぎりようこ》はナイロン製の大きなリュックを肩からかけ直し、キャンパスの端にある学生会館へ足を向けた。

四階まで階段をあがると脹脛《ふくらはぎ》が痛くなる。亮子は踊り場で軽くストレッチをしてから、部屋の前に立った。音長屋《おとながや》と呼ばれるこの階には、音楽系のサークルが集まっている。妙に癖のある文字でフォークソング研究会と書かれた紙の貼られた金属製のドアは、灰色の塗料が剥げて、ところどころに下地が見えていた。

ゆっくりノブを回して引くとドアは相変わらずキイと軋んだ音を立てる。

部屋に一歩入ったところで亮子の眉が寄った。やけに暗い。

いつもはそれなりに賑わっている部室も、今日は三、四人がダラダラとテレビを見たり雑誌を読んだりしているだけで、どんよりとした外の気配が部屋の中にまで流れ込んでいるようだった。

薄暗いのは照明が点いていないからだ。

「おお、亮子か」

ボロボロのソファに横たわったまま首だけをこちらに向けたのは四年生の丸古《まるこ》だ。

「どうして電気を点けていないんですか？」

「おお、本当だ。けっこう暗くなってたんだな」

「つけるよ」

パチ。

のっそり立ち上がった古庄《こしょう》が壁のスイッチに触れると天井の蛍光灯が白く灯り、どんよりした雰囲気を部屋の隅へ押しやった。古庄は亮子と学年も学部も同じだが、フォー研の部室に入り浸っているので教室で見かけることはほとんどない。

「みんなはどうするんですか？」亮子が訊いた。

「次のライブ？」

「じゃなくて、年越しですよ」

「どうしようかなあ。帰るのも面倒くさいし、俺はこのまま部室で年越ししようかな」

「いいですね。俺もそうします」古庄も頷いた。

「じゃあ、鍋やるか」

丸古がそう言うと、同じく四年生の伊福《いふく》がそれまで熱心に読んでいた雑誌をポンと大机に投げ出した。

「鍋か？　どっちの？」

「まあ、せっかくだからギター鍋じゃね？」

「だよな」

「じゃあ、準備します」

二年生の砂原《さはら》が部屋の隅にある戸棚から大きなアルミ製の鍋を引き摺り出した。年代物の鍋で金属の光沢はすっかり失われているし、取手の黒いプラスチックも割れて半分どこかへいってしまっている。そのうち新しいものを買わなきゃねといいながら、いつまで経っても誰も買い換えようとはせず、結局この鍋を使い続けているのが、フォー研らしいといえばらしい。

亮子が砂原といっしょに廊下の端にある給湯室で鍋を洗って部屋に戻ると、丸古たちはもうギターのチューニングを済ませていた。

「最初は誰が弾く？」

「俺が弾きますよ」

亮子たちが大机に鍋を置くと、それまでずっと大人しくしていた可児《かに》がそそくさと近づいてきた。手にしているのは薄めのボディにゴルペ板のついたガットギターだ。

可児は椅子に腰を掛け、ふうっと息を吐くと、いきなりギターを鳴らし始めた。

フラメンコ風のアルペジオが部屋に響き渡ると、鍋の中にゆっくりと水が溜まり始める。

「いいね」

みんなうっとりとその演奏に耳を傾ける。

フラット9と開放弦の絡んだ特徴的な音が可児の指先から奏でられると、しだいに水がぐつぐつと沸騰を始めた。

「はあっ」

フリギア終止で曲を終わらせると、可児は目を閉じたまま頭をゆっくりと天井に向けた。どうやら満足しているらしい。

「次、亮子が弾きなよ」

伊福がチューニングを終えたスチール弦のエレアコを亮子に渡す。

「私ですか」

「大丈夫だよ、スリーコードのストロークでいいから」

亮子は受け取ったギターを膝上に構え、机の上の空き缶から堅めのピックを選んだ。弦高がエレキギターと変わらないので弾きやすいが、サウンドホールが無いのでピックを使わないと大きな音が出せない。

亮子がダウンストロークでGマイナーを弾いた瞬間、鍋の中にしらたきが出現した。

「おお、いいぞ。上手いじゃん」

　こんなに簡単にギター鍋が弾けるとは思っていなかった亮子は驚いた。驚いたせいで、次のコードが微妙によれた。鍋には千切れてぐずぐずになった豆腐が現れる。

「正確に弾かないと、具材が変になるからな」

　丸古が優しく言った。

　しばらく弾いていると鍋の中に具材が増え始めたが、しらたきと椎茸ばかりが現れる。亮子はあれこれコードポジションを工夫してみるものの、いったい何が悪いのか白ネギが数本出現しただけで、再びしらたきと椎茸に戻ってしまった。

「肉も出して欲しいんだけどなあ」

　古庄が困った声を上げた。

「そりゃしかたないよ。何が出るかは弾き手しだいなんだからさ」

「俺が弾いたらぜったいにいい肉が出ますよ」

「おっ。じゃあ古庄に頼むか」

　順番に弾いていくうちに鍋の中には白菜や鶏肉が現れ始めた。鍋の底にはいつしか昆布まで敷かれて、しっかりと旨味を出している。

「おいしそうですね」

「年越しに相応しいギター鍋になったな」

「丸古さん、仕上げをお願いします」

そう言われた丸古はニヤリと片頬だけを持ち上げ、壁際から一本のアコースティックギターを手に取り、ストラップを肩に回した。通常とは違って、ネックが十二フレットでジョイントされているために独特の低音が響くこのギターは、フォー研の部員からはマルコモデルと呼ばれている。

丸古はさり気ない仕草からいきなり早弾きを始めた。左手の指がフレットからフレットへ自在に動き、同時に右指で一分の隙も無いフィンガリングを見せる。

「むう」誰もが唸った。

まるで五重奏でも聴いているかのようだった。一人の奏者が一本のギターでここまで多彩な響きを出せるのかと驚くほど、複雑で豊かな音が部室の中を埋め尽くす。

丸古は目を瞑り何かにとりつかれたように首を左右に振りながら、ますます演奏にのめり込んでいく。いつしか曲調が幻想的なクラシックから激しいロックに変わっていた。

美しい調べも調和の取れた和音もすでに消え去り、パワーコードにテンションを乗せた強引な音符の重なりをかき鳴らす。

「イエーイ」丸古は叫んだ。不協和音から不協和音へ。人々の不安をかき立てる不穏なメロディはハードロックからデスメタル、そして聴く者の感情さえ遮断する現代音楽的なアプローチへと続いていく。丸古の演奏は止まらなかった。音楽の世界に没頭したまま戻ってこようとしない。

もう誰にも理解できなかった。けれどもそれがたまらなく心地いいのだ。

「あああっ」

亮子はしばらく丸古のギターに聞き惚れていたが、ふと我に返って鍋の中を覗きこみ、思わず大きな声を上げた。

ドロドロとした黒いものが鍋の中でうねっている。何の肉かもわからない奇妙な塊が水面に浮かび、小さな魚が生きたまま熱湯の中を泳ぎ回っていた。

「うわあああっ、何だよこれ」

そう叫んで可児と砂原が後ずさりした。古庄はその場から動けず、椅子に座ったままあんぐりと口を開けている。

突然、鍋から黒い液体が跳ねて丸古の顔に飛んだ。

「熱ッ」

丸古が声を上げようやく演奏を止めた。顔についた液体を慌てて袖で拭う。そのまま鍋を覗き込んだ丸古は、息をのんだ。

「なんでこんなことに」

「テンションコードが多すぎたんだね」伊福が肩をすくめた。

「ギター鍋に不協和音は合わないんだよ」

砂原がお玉で出汁《だし》を小皿に移し、そっと口に含んだ。

「げほっ」

激しく咽せる。

「ダメです。こんなの無理です」苦しそうな顔をして声を絞り出す。

ついさっきまで美味しそうな鶏鍋ができかけていたのに、もはや人が食べられるものではなくなっていた。

「まいったな」

「せっかくの年越しが」

部員たちの視線を受けて、丸古はうなだれた。

「悪かった。久しぶりだったから、ちょっと調子に乗ってしまったんだ」

「これ、どうしましょう？」

亮子は丸古を見た。丸古は腕を組んだままじっと鍋を見つめている。

誰も何も答えなかった。部屋の隅に押しやられていたはずの、例のどんよりした雰囲気が再びあたりに漂い始めている。

「もうどうしようもない。これがギターのダメなところなんだ。俺たちはつい悪ノリしてしまう」丸古は悔しそうな声を出した。

「しかたがないさ。エレキじゃないだけ、まだましだったと思うしかない」

そう言って伊福が丸古の肩をポンと叩く。ずっとデュオを組んできた仲間ならではの優しい気遣いなのだろう。

机の上では真っ黒になった鍋がブクブクと異様な泡を出し続けていた。


ポーン。

不意にピアノの音が聞こえて、みんな一斉に顔を上げた。亮子と砂原が顔を見合わせる。ピアノの音はそのまま連続して鳴り、やがて美しい曲の調べとなった。

「シューマンですね」古庄がポツリと呟く。

ふだんはポップスしか聞こえてこない軽音部の部室で、誰かがキーボードを弾いているようだった。

明るさの中に寂しげな響きをときおり含んだピアノの音色は大晦日の夜にゆったりと溶け出していく。さっきまでの不協和音をすべて調和するかのように、キラキラと輝く音の粒がフォー研の部室を満たした。

丸古と伊福はぼんやりとした表情で、ただ音のうねりに身を任せているようだった。

「鍋が」可児が鍋を指差した。

黒くドロドロしていた鍋の液体が透き通り始め、しばらくすると薄い黄金色の美しい出汁に変わった。出汁に浮いた鳥の脂が天井からの光を反射する。

砂原が再びお玉を鍋に入れ、味を見た。

「おいしい！　おいしいです！」砂原の顔中に笑顔が広がっていく。

丸古はみんなを見回した。

「やっぱりピアノには敵わないなあ。さすがは楽器の王様だ」

そう言って笑ったあと、丸古は肩からストラップを外し、ギターを傍らに置いた。

いつか忘れる日まで

鬱蒼と木々の詰まった深い森の奥にも初秋の風は抜けていく。冬支度を始めた葉が一斉に舞い散って、茶や赤や黄に色づいた木の葉の蝶がひらと宙を滑り、やがて下草の上に積み重なる。

何層にもなった薄緑色の細い下草は、一見とても弱々しく見えるが、一日のうちにほんの僅かだけ注がれる日の光を受けて、地表に見えるそれの何倍もの長さの根を土の中に張り巡らせている。

生い茂った草の隙間からちらりと見え隠れする赤いものは、鈍く光を跳ね返しており、その金属の光沢は、あきらかに木々から舞い降りた蝶のものではない。

自動車の車体だった。

かつては輝くばかりの深紅に塗装されていたのだろうが、今は大半の塗膜が剥がれ落ち、むき出しになった鉄は錆びているどころか、激しく腐食して至る所に穴が開いている。

タイヤは半ば溶けて地表と一体化しているようだし、かつては雨を防いでいた幌は、かろうじて原型の一部を保っている骨組みに、朽ちたベージュ色の布を僅かに残すばかりで、もう雨を防ぐことなどできるはずもなかった。

ここへ来てからいったいどれほどの歳月が流れたのだろう。彼女にもまるで見当はつかなかった。

まだ世界に人間たちがいたころに、何度か訪れたことのあった郊外の高級レストラン。その駐車場に彼女を駐めた人間はそれきり戻らず、それ以来、彼女はただここにいる。初めのうちは、不思議そうに窓から中をのぞき込む人間もちらほらいたが、ある日を境に人間の姿をまったく見かけなくなった。

駐車場に駐められた車たちは、互いの存在を感じ取りながらも、だからといって何らかの交流を図ることもなく、それぞれがその場に留まって、再びエンジンプラグに点火される日の来ることを、ぼんやりと願っていた。

夜が訪れ、再び朝が来る。はたして何十万回それを繰り返したのだろうか。いつしか駐車場は周囲を囲む森に飲み込まれた。草木に包まれた車たちは、やがて互いを見ることもなくなった。

破れて穴の開いた彼女の幌の隙間からは、大小の虫や動物が入り込み、ときには革張りのシートに慎ましい巣をつくった。生まれて間もない子リスたちが車内を走り回ったときには、楽しかった人間との暮らしを一瞬思い出したが、やがて成長した彼らが巣立っていくと再び彼女には長い孤独が訪れた。

数百年、いやもう数千年以上は昔のことになるだろう。ときおり彼女は、これまでこのシートに座った人間たちを思い出すことがあった。

最初に後部座席に座ったのは大統領だった。堂々とした厳かなパレード行進で、ピカピカに磨かれて様々な装飾を施された彼女もライトを点灯させ、クラクションを幾度も鳴らしたものだった。工業製品と芸術品の見事な融合。彼女を形取る優美な曲線は、人間に生み出すことのできる美の、ある一つの最終形だった。

そのあと彼女を譲り受けた映画スターはいつも海岸沿いの道を走った。潮風でマフラーやボディは傷んだが、スターはそんなことはまるで意に介せず、いつも助手席に着飾った女性を乗せて、メーターが振り切れるほどのスピードを出した。ようやく彼女は、速く走るために自分は生まれたのだと知った。アクセルを目一杯踏み込まれるたびに、彼女は全身を震わせてエンジンの回転数を上げた。

マフィアのボスがお忍びで乗るようになってからは、かなり生臭い経験もした。人にぶつかって壊れたバンパーや血に濡れたシートを交換されるのも一度や二度ではなかった。こうして彼女は、人間は楽しみだけでなく、憎しみを晴らすためにも自動車を使うのだと知った。

車好きの若者は、すでに年老いたと言ってもいい年齢に差し掛かりつつあった彼女を優しく丁寧に扱ってくれた。年とともに傷んだ部品を交換し、傷を塗り直し、必要な場所には油を差し、手に入らない部品は自分でつくった。おかげで彼女は、ほかの仲間たちが次々と廃車にされていく中で、年を経てからも長く走り続けることができたのだった。

そして最後の持ち主。なぜあの人がこの郊外の駐車場に彼女を置いたまま行方をくらましたのかは今でもわからない。

あの人だけではない。彼女たちをつくり、走らせ、ここに駐めた人間たちは、いつしか姿を消していた。数百年経ったのか、あるいは数千年が経ったのかもわからないが、それからずっとここで彼女たちは何かを待っている。いや、何も待っていないのかもしれない。

ときおり彼女は思う。あのエンジンの振動をもう一度味わうことはできるのだろうか。ウインカーを点滅させ、ヘッドライトで前方を照らし、クラクションを高らかに鳴らすことはできるのだろうか。

もちろん無理だと彼女にもわかっている。人間がいなければ彼女たちは何もできないのに、その彼女たちをあとに残して人間は世界から消えたのだから。無理だとわかったまま彼女は静かに流れていく刻に身を任せ、自らの車体がゆっくりと錆びて剥がれるのを感じながら、森の奥に留まっている。

別に孤独が辛いわけではない。

だが、もう乗る者がいなければ彼女の役割はない。役割のないまま、ただじっと何かを待つことを彼女は少々寂しく思うだけのことだった。

それにしても、どうして人間は、自分たちが消えるときに彼女たちをいっしょに消し去らなかったのか。なぜ自分たちの生み出したものを、あとに残したのか。自分では永久に消えることのできない者たちを。

コツンと音を立てて幌の骨組みに何かが当たり、そのままシートの上に積み重なった枯れ草の上に転がった。木の実だった。

コツン。コツン。強い風が吹いたのか、次々に木の実が落ちてくる。木の実は、半分破れてひびだらけになっているフロントガラスや、これまで周囲で倒れた何本かの木によって凹まされたボンネットに当たって地面に落ちた。

いったいこれほどの木の実がどこにあったのか。頭上を覆う幾重もの木の枝は、確かに遥か高くまで聳えているが、それでもこれほどの木の実を蓄えていられるようには思えなかった。


さらに数百年が経った。年月ぶんの枯れ葉と枯れ草が溶けて土となり、芽吹いた木の実のいくつかは大きな樹木に育っていた。

もう彼女の姿はどこにも見えなかった。土の中に沈み込み、鉄が、アルミニウムが、亜鉛が、ゴムが、プラスチックが、ガラスが、油が、少しずつ少しずつ分解されて、あの美しかった曲線はもはや原型を留めてはいない。それでもまだ彼女の痕跡は残っていた。完全に消えてしまうまでには、まだまだ長い時間がかかりそうだった。

いったいあと何千年の刻《とき》を過ごせば、かつて自分を生み出した人間という存在を忘れることができるのだろう。いったいあと何千年の時を超えれば、彼女は彼女であることから逃れられるのだろう。

彼女は疑問に思う。

いつか本当にすべてを忘れて、とっくに世界から消えてしまった人間たちと同じように、彼女もまた土に還るのだろうか。この意識が消える日が来るのだろうか。

それはまだ誰にもわからない。

きっと、あらゆる場所から刻を感じる者がついにいなくなったとき、ようやく彼女にもその瞬間が訪れるのだろう。

彼女は土の中でゆっくりと眠りについた。次に目が覚めたとき、私は、私の意識はまだここにあるのだろうか。それとも――。

ルールはいたって簡単だった。影を踏まれた人が次のオニになる。それだけだ。だからみんなモロコに影を踏まれないよう一斉に逃げ始めたのに、サバクだけは広場の真ん中でじっと動かずに立っていた。

「なんで止まってるの？」

怪訝な顔をしてモロコはゆっくりサバクに近づいたが、それでもサバクは逃げようとしなかった。にこりと笑ってモロコを見る。

これじゃつまらないよとモロコは思った。

夕方になれば影は予想以上に長く伸びるし、逃げる方向を間違えると、人はその場から上手く離れられても影の向きは変わらず、すぐに踏まれてしまう。逃げる子を追いかけながら、影の伸びる方向を見定めて先回りするのが影踏みのおもしろさなのだ。

女子の中で一番背が高く走るのも速いモロコにとって、小柄で足の遅いサバクなどもともと相手にならないが、それでも逃げてくれないと追いかける楽しみがなくなってしまう。

つまらないとは思ったものの、だからといって影を踏まずにいる理由もない。モロコは淡々とした動作で足元まで伸びているサバクの影を踏んだ。

サッ。影が素早く数十センチほど動き、モロコの足は夕陽の落ちる明るい地面を踏んだ。

フワッと砂埃があがる。

「え？」思わず顔を上げてサバクを見た。

サバクはさっきと同じ場所でモロコに向かって笑っている。

「えい」もう一度影を踏んだ。

またしても影が動いてモロコの足を避ける。

「何？　何なの？」

モロコの目が大きく見開かれた。

サバクはその場から一歩も動いていないのに、なぜか影だけが素早く動くのだ。

「あんたの影、おかしいでしょ！」

モロコが怒ったような声を上げたのも無理はなかった。これでは影踏みにならない。

「どうしたの？」

逃げていた子供たちが集まってきた。

「サバクの影がおかしいの」

「何が？」

「あの子はぜんぜん動かないのに影だけ動くんだもん」

「ええっ？」

「なにそれ？」

子供たちは一斉にサバクを見たあと、サバクの影に目をやった。

長く引き延ばされたサバクの影は、ほかの影とほんの少しだけ伸びる方向が違っている。

さらにじっとその影を見ていると、ときどきサッカーのフェイントのように左右へ素早く動くのがわかった。

「本当だ！」

「お前の影、おかしいだろ」

何人かの子供が口を尖らせ、何人かの子供が影を指差した。

「それ、どうやってんだ？」

「オレ、影を動かせるから」

サバクは恥ずかしそうに小声で言う。イタズラがバレたときのような表情だった。

「じゃあ動かしてみろよ」

誰かがそう言った瞬間、影はサバクを中心にぐるりと回って同じ場所に戻り、両手を高く伸ばした。

「すげぇ」

「マジかよ」

子供たちは口々に叫んだ。

「足はずっとくっついてるの？　離せないの？」

聞いたのはモロコだ。

「わかんない。やったことないから」

そう言ってサバクは両手をポケットに入れたが、影の手は高く伸ばされたままだった。

「だったらやってみろよ」

「そうだよ。見せろよ」

「うん」

サバクはすっと頭を下げて自分の足元を見た。そのままじっと影を見つめる。眉間に皺が寄った。呼吸が荒くなる。

やがてサバクの足からすうっと影が離れた。離れた影がゆっくりと歩き始める。

「うわああ、ヤベぇ」

「こいつキモいよ」

再び子供たちは口々に大声を上げたが、さっきとは違って今度は明らかに気味悪がっている口調だった。

離れた影はしばらくサバクの足元近くをうろうろと歩き回っていたが、いちど静かに動きを止めたあと、弾かれたようにいきなり広場の入り口へ向かって走り出した。

「あああっ」

サバクが悲鳴を上げる。

「どうしたの？」

「止められないんだ」

サバクはそう叫ぶと影を追って走り出した。子供たちも一斉にそのあとを追い始める。

広場を出て大通りに入っても影には追いつけなかった。サバクと影はまったく同じ速さで走っていた。サバクがスピードを上げると影も同じようにスピードを上げた。

「待って」

サバクは泣きながら影を追いかけるが、どうしても追いつけない。影はときどき急にスピードを落とし、サバクたちが近づくのを待ってから再びスピードを上げた。まるで子供たちに追われるのを楽しんでいるようだった。

やがて影は大通りから横町へ入り、再び広場へ向かう小径に飛び込んだ。黒い頭が回転して、追いかけてくる子供たちを振り返る。

突然、何かに引っかかったように影の動きがぴたりと止まった。

「はい、アウト」

影を踏んだのはモロコだった。いつのまにか影の走る方向に回り込んでいたのだ。影を追いかけてきた子供たちが息を切らしながらモロコの周りに集まった。みんな苦しそうに背中で息をしている。

しばらく膝に手を当てて呼吸を整えていたサバクがやがてゆっくりと頭を上げた。顔が涙と鼻水ですっかりベトベトに濡れている。

「先回りして捕まえるのがおもしろいんだよね」

みんなを見回しながらモロコは得意そうに影を指差した。

「はい。踏んだからこんどはサバクがオニね」

「でも」

サバクはシャツの袖でゴシゴシと顔を拭いた。

「たぶんその影、もうオレの影じゃないから」

「え?」

「だってほら」

指を差されてモロコは自分の足元を見た。赤いスニーカーの裏から二つの影が長く伸びている。もともとのモロコの影と、違う方向へ伸びているもう一つの影。

目を丸くしてモロコはサバクの足元に目をやった。影はない。

「私、二つ影があるの?」

「うん。そうみたい」

「で、あんたには影がないの?」

サバクは何も答えず下唇をキュッと曲げた。

「だってそんなのおかしいでしょ！」

モロコは口を尖らせた。

「サバク、ずるいよ」

ルールはいたって簡単だ。影を踏まれた人が次のオニになる。それなのに影がないなんて。それにこっちには影が二つあるのだからかなり不利だ。これじゃ影踏みにならない。

「ちょっと何とかしなさいよ」

モロコはグッと一歩足を踏み出すと、サバクを上からキッと睨みつけながら両手をグイと腰に当てる。

少しだけ遅れて、二つの影もモロコと同じように腰にグイと手を当てた。

温泉町へ向かう列車の窓から流れていく風景を眺めているうちに、なんだか誘われたような気がして、天豊《てんで》はここで降りたくなった。宿のチェックインまではまだ時間があるから問題はないだろうと途中下車を決めた。一人旅の気軽さはこういうところにあるのだ。

改札もない無人の駅舎を出るとどこからか花の香りが漂ってくる。何の花かはわからないが懐かしい香りだった。

駅前からは、まっすぐ山の中へ続く道が一本あり、これがどうやら中央通りのようだった。シャッターの下りた建物がずらりと並ぶ中、ときどきぽつりと開いている店があるものの、誰一人歩いている者はなく、カラスが鳴いているほかは、車の走る音さえ聞こえない。ただ寂れた気配だけが晩秋の冷たい風とともに天豊の耳元をくすぐった。

振り返って駅名を見ようとしたところで、町の観光案内看板が天豊の目に入った。それほど上手いとはいえないイラストと手書きの文字で町の名所を記してある。どうやらここも温泉町らしい。

看板の端には浴衣を着た男女の絵が描かれていて、ちょうど顔のあたりがくりぬかれている。いわゆる顔出し看板だ。天豊はこうしたものが苦手で一切やることはないが、ちょっとした観光地には必ずといっていいほど、この手の顔出し看板が置かれているから、きっとそれなりに楽しむ人も多いのだろう。

　すっかり色あせた看板をしばらく眺めたあと、天豊はあてもなく駅前の道をぶらぶらと歩き出した。

　やがて奇妙なことに気づいた。

　町の至るところに顔出し看板が置かれているのだ。開いている土産物屋や喫茶店、小さな雑貨店などの前だけでなく、シャッターが下りている店の前にも必ず顔出し看板が置かれている。少しでも客の足を止めようとする工夫なのだろうが、まるで顔出し看板を競っているようにも見えてなんだか微笑ましくさえある。

　緩やかな坂道をしばらく上がっていくと、両側にいくつもの店が連なるブロックに差し掛かった。人がいないことには変わりないが、どうやらこのあたりは比較的新しい店が多いようで、おしゃれなカフェなども並んでいる。ここでは顔出し看板が塀のように横一列に並んでいて、ここまでくると、もはや微笑ましさを通り越して、異様な感じさえした。

　顔出し看板の多さに呆気にとられつつ、しばらく歩いているうちに、しだいに喉が渇いてきたので、天豊は手ごろな店に入って休むことにした。見れば、雰囲気の良さそうな喫茶店がある。店の前には当然、顔出し看板が置かれていて、ギターを演奏する男女の絵が描かれていた。

店に入ると、厨房との仕切りになっているらしい壁の窓から、白いワイシャツに細いネクタイを締めた若い男性がひょいと顔をのぞかせた。アルバイトの店員にしては格好がよい。おそらく彼が店長なのだろう。

「いらっしゃいませ、奥のテーブルへどうぞ」

仕切りの壁には大きなペンギンの絵が描かれていて、ちょうどペンギンの顔のあたりに窓があるものだから、これも顔出し看板のようになっている。

何もここまで顔出し看板にしなくてもいいだろう。天豊は思わず噴き出しそうになった。

席についてゆっくりメニューを手に取る。天豊のほかには、年配の男性が一つ間を空けた向こうのテーブルで新聞を広げているだけで、店内はがらんとしている。スムースジャズの柔らかなリズムが窓から差し込む光と合わさって、空気を心地よく緩めていた。

「すみません」

飲み物を決めて厨房に声をかけた。が、返事はなかった。仕切り壁の向こう側では、さっきの男性が動き回っている姿がちらほらと見えているのに、彼はこちらを見ようともしない。

「あのう、いいですか」

もう一度、今度はさっきよりも声をやや大きくして店員を呼んだ。それでも、やはり何の反応もないままだ。

「ダメだよ、顔をはめなきゃ」

年配の男が新聞から顔をあげて天豊に言った。

「はい？」

「ほらそれ」

男は天豊のいるテーブルの傍らに置かれた板を指さした。三寸四方ほどの板は中央が楕円形にくりぬかれている。

天豊は板を持ち上げてテーブルの上に置いた。プラスチックか段ボールだろうと思っていたが、どうやら素材は木のようで意外に重い。テーブルの上でくるりと回して反対側を見ると、ワイシャツを着た人の上半身が描かれ、これもまた顔の部分がくりぬかれていた。

「それが客の顔出しだよ、注文するときはそれに顔をはめなきゃさ」

男はそう言って再び新聞に目を落とした。

客の顔出し看板？　事情はよくわからないが、ともかくやってみるか。天豊は看板をテーブルの上にまっすぐ立て、後ろ側から穴に顔を入れた。

「すみません」

「はい、ただいま」

店員の声が聞こえた。すぐにテーブルのそばに立ったのはさっきの若い男性だった。両手で持った板の穴から顔を出している。板にはいかにもオーナーといった雰囲気の、蝶ネクタイをした恰幅のいい男性の姿が描かれていて、穴から覗かせた顔とのギャップがおかしい。

天豊は看板の穴から顔を外し、店長に向かって言った。

「カフェオレを一つ」

店長は何も聞こえなかったかのようにその場に立ち尽くしている。

まさか。

天豊は再び看板の穴に顔を入れて、そのまま注文を繰り返す。

「カフェオレを一つ」

こんどは聞こえたようだった。

「カフェオレですね。ホットとアイスがございますが」

「ホットで」

「かしこまりました。少々お待ちください」

そう言って店長は自分の看板から顔を外した。天豊も穴から顔を抜いて、看板をテーブルの傍らに置いた。

「客用の顔出し看板か」

なるほど、そういうことなのか。この町の顔出し看板にはそういう意味があるのか。天豊はえらく感心した。やっぱりここは顔出し看板の町なのだな。

しばらくのんびりカフェオレを飲んでから天豊は時計を見た。そろそろ宿に向かうのにいい時間になっている。

店を出てぶらぶらと駅前まで戻った天豊は例の観光案内看板をしげしげと眺めていたが、やがて意を決したように看板の裏側に回った。そう。ここは顔出し看板の町なのだから。せっかくだから。

穴に近づいてゆっくりと顔をはめると、ちょうど通りが正面になる。

天豊は思わず目を丸くした。

さっきまで人っ子一人いなかったはずの駅前の通りには、いつのまにか両側にずらりと屋台が並んでいた。その間を大勢の人々が楽しそうにぶらぶらと歩いている。土産物を探す家族連れや、浴衣を着た男女がごった返し、温泉町ならではの賑わいを見せていた。風車を手にした男の子が、看板から顔を出している天豊の目の前を勢いよく走り抜ける。

「うわあっ」

天豊は大きな声を上げた。

「天豊さん、大丈夫ですか？」

一人の女性が天豊に声をかけた。

「どうして私の名前を？」

そう言いながら女性の顔を見た天豊の背筋に痺れが走った。女性は天豊が若いころにつきあっていた恋人にそっくりだった。まさかこんなところで出会うなんて。

「ちょっと待ってください」

天豊は急いで穴から顔を外し、看板から離れた。

前を見ると誰もいなかった。あれほど賑わっていた通りに、誰一人いない。かつての恋人だけではない。屋台は全て消え去り、家族連れも、浴衣のカップルも、風車の少年も姿が見えなくなっていた。

どうして彼女がここにいたのだろうか。

「いや、あれは彼女のはずがない」

さっきの女性はたしかにかつての恋人にそっくりだったが、天豊の記憶にあるまま、まったく年をとっていなかったのだ。

天豊はふらふらとした足どりで数歩ばかり進んだところでふと立ち止まった。傾き始めた日が、黄色い光を降り注いでくる。

そうだ。もう一度、あの看板から顔を出せばいいんじゃないか。

くるりと体の向きを変えた。

「ぐっ」天豊の喉から奇妙な音が鳴る。すっかり朽ち果てた観光案内の看板には、どこにも顔を出す穴など空いていなかった。

再び花の香りが漂ってきた。さっきよりも強く香っている。

ああ、思い出した。これは、夜来香《イエライシャン》の香りだ。

しばらく看板を見つめていた天豊は、やがて体の向きを静かに変えると、誰もいない寂れた道を、山のほうに向かってゆっくりとした足取りで歩き出した。

日が暮れ始めていた。

ピンポイント

散歩の帰りにいつもと違う道を通ったのはまったくの気まぐれからだった。

「おお。こんな近所に鍼《はり》があったのか」

丸古三千男《まるこみちお》は路地から遠慮がちに顔を出している小さな立て看板を覗き込んだ。ちょうど短篇の原稿を書き終えたばかりで、首も肩も腰もカチカチに凝っている。

「せっかくだから打ってもらうか」

店舗はどうやらこの路地の中にあるらしい。目的の建物を見つけ、エレベーターのない雑居ビルを四階まで上がると、さすがに息も切れ、ふくらはぎが妙に重くなった。だんだん痛みさえ出てくる。

「まあいい。鍼を打てば、筋肉も緩むだろう」

丸古は独り言ちながら、ベージュに塗られた鉄製ドアの前に立った。

「鍼」と遠慮がちに書かれた小さな看板が掲げられている。

「ここだな」

呼び鈴を押すとカタンと高い音を立てながらドアが開いた。

「どなた?」

ゆったりとした作務衣を纏った男性が顔を覗かせた。長く伸びた髪と髭が世を捨てた仙人を思わせる。

「下の看板を見てきたんだがね、予約は必要なのかな？」

「いや、大丈夫ですよ。どうぞ」

仙人はドアを大きく開き、片手で丸古を招くような仕草を見せた。

「それはありがたい」

玄関で靴を脱ぎ、スリッパに履き替えて部屋の奥へと進む。殺風景な部屋だった。ほとんど家具らしきものはなく、ただ八畳ほどの広さの部屋に布団が敷かれている。

「鍼は初めてですか？」

仙人が聞いた。

「いや、ときどき打ってもらっている」

そうやって鍼に対する恐怖心はないと伝える。

「わかりました。で、今日は？」

「首と肩と腰がね、かなり硬くなっている気がするんだ」

「ではまず座ってください」

座ると言っても椅子はない。丸古は仙人に指示されるまま、畳の上であぐらをかいた。

仙人は丸古の片腕をとって、手首に指先でそっと触れた。じっと目を瞑って何かを感じ取っているように見えるが、脈ではないことだけは確かだった。

「口を開けて舌を見せてください」

「あー」

丸古が大きく口を開けると、仙人は丸古の舌を覗きながら、手首を掴む手を強くしたり弱くしたりする。

「なるほど、わかりました。それでは上半身裸になって、その布団にうつ伏せになってください」

何がわかったのか、仙人は大きく頷いて布団を指差した。特に逆らう理由もないので丸古はシャツを脱ぎ、布団に伏せる。

「うちは和鍼なんですが、ご経験はありますか？」

「いや、初めてですな」

顔を枕に埋めたまま丸古は首を左右に振った。

「基本的には西洋鍼と変わりませんが、打ち方がちょっと違うので戸惑われる方もいらっしゃいますので」

「私は大丈夫ですよ。お願いします」

仙人は丸古の体の何カ所かに触れてから大きく息を吸った。

ひょろろろろううう。

独特の呼吸音が聞こえてくる。

これはたぶん気ってやつだな。気功だとか、そっち系の技なのだろう。丸古は伏せたまま仙人の呼吸音に耳をそばだてた。なかなかいい雰囲気だ。このぶんなら、いつもの鍼とは違う効果がありそうだ。

仙人の指が丸古の肩に触れる。

すうっ。何やら冷たいものがいきなり肩に入っていく気がした。

「えーっと、これは」

丸古は戸惑った。いつもの鍼であれば、凝っている場所の神経節に鍼先が触れると電気の流れるような感触があって一気に筋肉が緩むのだが、今日は。

「なんだかぜんぜん緩まないぞ」

鍼が体に刺さっていることはわかるのに、なんというか、微妙にツボを外しているのだ。ただむず痒いばかりで気持ちよくもなんともない。

次々に鍼が打たれていくが、どれもこれもツボを外している。ああああ、じれったい。もっと、もっとピンポイントで打ってくれ。確実にツボに刺してくれ。丸古はうつ伏せになったまま悶絶する。

ひょろろろううう。

それでも仙人は大袈裟に呼吸をしては、的外れな場所へ鍼を打っていく。

なぜだ。なぜツボに打ってくれないのだ。体が緩むどころかイライラするせいで、かえって体に疲れが溜まっていく。カチカチだった首も肩も腰も、よりいっそう痛みが増したような気がするじゃないか。

「終わりました」

仙人は厳かに告げた。

「体を起こしてください」

丸古は難しい顔をしたまま、布団の上であぐらをかく。

「どうですか？」

仙人はゆっくりと首を傾けながら聞いた。

「あのですな、先生」

結局、一鍼もピンポイントに刺さらなかったのだ。丸古はここで言葉を濁すような男ではない。

「まったくツボに打たれなかった気がするんだがね」

そう言って仙人を睨み付けた。何が和鍼だ。何がひょろろろうううだ。格好ばかりで何の技術もないエセ鍼灸師め。雰囲気だけのインチキ野郎め。

「それはそうですよ」

仙人は当然だという顔をして大きく頷く。

「ほら、最近はテレビのワイドショーなんかでも、うるさいですからね」

「は？」

「ツボはうっちゃダメだと」

仙人はそう言ってから得意げに顔をほころばせた。

「そうそう壺を売っちゃダメって、ちがうわッ！　お後がよろしいかよ‼」

上半身裸のまま、丸古は顔を真っ赤にして叫んだ。

片づける前には確認を

ほんの数日前までは、日の照っている日中であればTシャツ一枚でウロウロしても平気だったのに、寒波だか何だか知らないが、昨日あたりから一気に気温が下がって、コートなしでは一歩も外に出られないほどになった。この調子ならあと数日もすれば雪が降り始めてもおかしくはない。

「ぜんぜん暖まらないな」

温風の吹き出してくるガスファンヒーターの前で、両手を擦り合わせるようにしながら、甲斐寺《かいでら》は肩を縮こまらせていた。さっきからずっと火力を最強にしているのだが、古い木造の日本家屋は機密性に乏しいのか室内の温度はぜんぜん上がらない。

「おかしくないか、この寒さ」

襖の隙間から居間へ入り込んだ冷たい空気が、甲斐寺の首筋をそっと撫でていく。

「でも、もう十二月だから、これが普通でしょ。逆に今までが暖かすぎたのよ」

台所で洗い物をしていた妻は、手を布巾で拭いつつひょいと居間に顔を覗かせた。

「炬燵《こたつ》を出したらどう？」

「そうだな」

こうやってじっと温風を体で受け続けているよりも、あの芯まで届く温かさに包まれるほうがいいに決まっている。

「ようし」

甲斐寺は自分を鼓舞するように声を出してからファンヒーターの前を離れた。衣紋掛けから引っ掴んだ半纏を羽織って障子を引き、腹に力を入れて廊下へ出る。寒い。かなり寒い。ガラス戸越しに見える庭も枯れ草が重なって、より一層寒々とした気配を漂わせていた。

「おおおお、寒い寒い寒い寒い」

言っても詮無いがそれでも寒いと口に出してしまう。厚手の靴下を履いているのに、それでも納戸へ向かってペタペタと歩く足の裏には床から冷気が伝わってくる。

ガラリ戸を開けると、入り口すぐの棚に、ダンボール箱に入った組み立て式の櫓《やぐら》炬燵セット一式が、炬燵布団といっしょに無造作に積んであった。炬燵布団は大きな透明の袋に収められている。

「ああ、あった、あった」

甲斐寺はホッとした。納戸の奥まで探さなければならないだろう思っていただけに、こんなにすぐに見つかるとはありがたい。早速、ダンボール箱を引っ張り出して、梱包に使われているビニール紐に指を引っ掛けると、もう一方の手で炬燵布団の袋を掴んだ。

居間に戻って櫓の足を組み立て、布団を均等に掛けてからその上に大きな天板を載せた。

体を差し込むようにして電源を入れると、じんわりと熱が甲斐寺の足元へ伝わり始める。

「これだ。やっぱりこれだよなあ」

「これって寝ちゃいそうになるね」

洗い物を終えた妻もやってきて炬燵に足を差し入れた。天板には茶と煎餅が置かれている。この温もり。この心地よさ。ああ、もうここから出られない。ずっと入っていたい。

そうやって炬燵に入ったまま、しばらく二人はテレビのスポーツ中継をぼんやり眺めていたが、やがて妻の足が甲斐寺の足を撫でるように触れた。

「おい、やめてくれよ。くすぐったいだろ」

「私、何もしてないけど？」

「いやいやいや、いま足で俺の足を撫でたろ」

「本当に何もしてないってば」

「いや、撫でてるだろう、ほら」

そう言って甲斐寺は炬燵布団をペロッと捲って中を覗き込むと、

「うわあっ」

思わず大きな声を出して、その場で仰け反った。

赤い光に包まれた櫓炬燵の中に、こちらをじっと見ている顔があった。目が合う。

「もしかして、母さん？　そこにいるの、母さんなのか？」

「え？　お義母さん？」

炬燵の中でこちらを見ていたのは、やはり甲斐寺の母親だった。母はしばらく何かを警戒するような顔を見せたあと、ややあってゴソゴソと甲斐寺の足を伝うようにして炬燵の中から表に出てきた。

「ふう。やっと出てこられたわ」

母はよっこいしょと声を出して座り直し、天板の急須へ手を伸ばした。

「お茶、いただくわね」

「はい。もちろんです。あ、私がお淹れします」

妻が腰を浮かせて急須の茶を湯飲みに注いだ。母はほうと長い息を吐いてから、ゆっくりと茶を飲み始めた。

「ああ、おいしい。もうね、お茶なんてずいぶん飲んでいなかったから」

そんな母の姿を甲斐寺は呆然とした表情で見ている。母が行方不明になったのは春先のことで、警察と町内会が一緒に広範囲にわたって捜索したものの、結局はどこへ行ったかわからないまま、およそ九カ月が経っていた。

「母さん、もしかして」

甲斐寺の声が掠れた。

「ずっと炬燵の中にいたの？」

「そうよ」

母は湯飲みを手にしたまま、ギロリと睨むような目を甲斐寺に向けた。

「まだちょっと寒かったら中に入っていたら、あんた、炬燵を片づけちゃったでしょう。だから出て来られなくなって、たいへんだったのよ」

「炬燵の中から出て来られなかった？」

「そうよ。片づけられちゃったんだから」

そう言って、もう一口茶を飲む。

「だって中に入っているなんて思わないだろ」

甲斐寺は春のことを思い出していた。たしかに中を確認しないまま片づけていた。

「ごめん。悪かったよ」

それにしても、まさか母が炬燵の中に入っていたとは。

「ううん、私はまだいいのよ」

そう言って母は炬燵布団を大きく捲り上げ、顔をその内側へ向けた。

「ほら、大丈夫よ」

不意にギシギシと炬燵の脚が軋むような音を立てて揺れると同時に、中からひょろりとした高齢の男性が出てきた。畳を這うように上半身を炬燵から出し、ゆっくりと体を起こす。

「ああ」

何かに心を奪われたように口をぽかんと開け、声にならない声を出しつつ男性は部屋の中をゆっくりと見回した。

「ああ、戻って来られた。いやあ、戻って来られたかあ」

男性は顔をくしゃくしゃにしながら何度も首を左右に大きく振る。その顔と動作に甲斐寺はどこか見覚えがある気がしていた。

「ほら、飯尾《めしお》さんよ」

母は明るく大きな声で言った。

「マルコスーパーのお隣の電気屋さん。あんたも知ってるでしょ」

「ああ、拓也《たくや》のお父さんか」

甲斐寺は息をのむような声を出した。飯尾の父が行方不明になったときには、甲斐寺も長らく捜索に加わっていたが、あれはもう——

「四年前だよ」

飯尾さんが深みのある低い声で言った。

「あのあと、息子のところじゃ炬燵が壊れたってんで捨てちまってさ。しかも床暖房にしやがったもんだから、もう炬燵は使わねぇだろ。こりゃずっと出て来られないかと諦めかけていたんだけどな」

「それがね、中でばったり会ったのよ」

母が飯尾の言葉を引き取る。

「で、だったらうちの炬燵から外へ出たらどうってお声掛けしたの」

「本当に助かりました」

飯尾は母に向かって深々と頭を下げた。

自分のせいで四年も父親を炬燵の中に入れっぱなしにしたと知ったら、拓也はどんな顔をするだろう。春になって炬燵を片づけるときには、よくよく確認しなきゃダメだなと二人のやりとりを見ながら甲斐寺は思った。

「いいのよ。困ったときはお互いさまなんだから」

母は嬉しそうに手をバタバタとさせる。

襖の間から流れ込んできた冷たい風が、またしても甲斐寺の首筋をそっと撫でた。

「あのう」

甲斐寺は静かに言った。

「何よ？」

「そろそろ、炬燵布団を下ろしてもいいかな？」

「あ、そうね。冷えてきたものね」

それから四人は櫓炬燵を囲むようにしてそれぞれ足を差し入ると、夜が更けるまで炬燵の温かさをたっぷりと堪能した。

イタチと検閲

ラフリエでの共同生活は、当初の話とはずいぶん違っていて、デンは数名の若い男女がマットレスの上で雑魚寝する、狭くるしく湿っぽいステュディオへいきなり放り込まれた。

この薄暗い半地下の部屋が局の借り上げた仕事部屋だと言われたものの、自分と同い年くらいのこの若者たちが検閲局に雇われているようには思えず、むしろ検閲される側にいるように見えた。

みんなナイトクラブで踊るときのような細身の洒落た服を着ていて、何にも直接触れないよう薄い手袋を填めていた。

デンは部屋の隅に青い革製のボストンバッグを投げ置くようにして、そのまま冷たい床に座り込んだが、誰も野暮ったいセーターを着たデンに興味を持とうとはしなかった。天井から落ちる薄明かりのつくる輪の中で、男の子も女の子も隣で寝ている異性たちに夢中で、ときには同性にも夢中になっていた。

初日の夜は湿気と男女の声でいつまでも寝苦しかったが、それでも明け方にはいつしか眠りに落ちて、デンは置いてきた犬のことを夢に見た。夢の中で犬はどんどん大きくなってステュディオにのしかかり、建物ごと倒した。犬を撫でながら目を覚ますと、昨日の若者たちは誰一人いなくなっていた。ぽつんとした部屋には薄いマットレスが一枚と青いボストンバッグ、そして汗だくになったデンだけが残されていた。

昼前になってようやく検閲局へ出向くと、厳めしいヒゲを伸ばした受付の男性はデンにむかって黙ったまま両手で七と示した。どうやら七階へ行けということのようだった。

七階のキーコードは肘の内側に書き込んである。デンが壁の入力ボックスに番号を打ち込むと目の前に七階が現れた。デンはまだ固まらずにゆらゆらとしている七階に向かってそっと足を踏み出した。今いる一階から七階へ移る瞬間だけは、さすがに強く押し戻されるような抵抗があったものの、移ってしまえばもう何も感じなかった。

七階の隅では何の表情も見せないままマスターが立っていた。

「このあとの指示を待て」

マスターの視線は、目の前にいるデンを通り越して遥か遠くにある別の誰かを見つめているようだった。

「新しい仕事はあの部屋でやるのか？」

「そうだ」

だったらわざわざ局まで来なければよかった。デンは鼻白んだがそれが役所勤めというものだ。

ロデュール駅でリスベイン線に乗りサーキットデフィ駅で降りた。リスベイン線は地下鉄なのにほとんどの区間で地上を走っているから心地がよかった。窓から見るラフリエは至るところに工場の白い煙が立ちこめて、青い空がうっすらと灰色の膜で覆われているようだった。

駅前で一人の老婆がデンを睨みつけてきた。

「検閲局だろ？」

デンは何も答えない。

「あんたたちは検閲すればそれでいいと思っているんだろ？」

老婆は手にしていた杖でデンを打とうとしたが、周りにいた老人たちにすかさず取り押さえられた。取り押さえた老人たちも苦々しい顔でデンを睨みつけていた。

なんとかステュディオへ戻ると部屋にはいつのまにか小さな机と椅子が置かれ、その周りの床には大量の書物が積み上げられていた。机には白い封筒がある。

書物の一ページごとに最低一つの誤植を見つけるように。

封筒を開くと赤いインクでマスターからの指示が書かれた手紙が出てきた。

デンは床から何冊かの本を取り上げて机に置き、椅子に腰を下ろした。最初の一冊をパラパラと開いたところで首を傾げ、次の一冊を開いた。さらにもう一冊。

与えられた書物のほとんどは主にガリオ語のものだった。デンがガリオ語の書物を見たのはこれが初めてだったし、デン以外にも見たことのある者はほとんどいないはずだった。

困惑したデンはマスターに電話を架けることにした。ステュディオの裏庭にあるコンクリート製の電話部屋に入ると中央に古い金属製のデスクがあって、その上に黄色い電話機が置かれていた。電話機にはダイヤルもボタンもなく「重要な件」と書かれたラベルが貼られているだけだった。

しばらく躊躇ったあとデンが受話器を持ち上げると赤い丸ランプが点って、すぐに回線がどこかへつながった。

「重要な件か？」

マスターの声だった。

「ガリオ語は文字を持たない言語だ」

デンは言った。音声しか持たないガリオ語では、白い紙を見ながらその瞬間瞬間で言葉を紡ぐのが読書だ。何も印刷されていない白い紙をいくら眺めても誤植など見つけられるはずもなかった。

「知っている」

「それなのに誤植を探すのか？」

「書物の一ページごとに最低一つの誤植を見つけるように」

マスターは最初の指示を変えなかった。

「もしも見つからなかったら？」

「見つけるのが検閲局の仕事だ」

デンは言い方を変えて何度か質問をしたが、受話器からは淡々とした口調で同じ言葉が繰り返されるだけだった。

昼下がりの淡い光が木々の間から降り注ぐ中、デンは裏庭から半地下の部屋に戻り、真っ白な本のページをめくり始めた。

紙を見ながら頭の中へ自然に浮かんだ言葉を脈略なく紡いでいく。

ふいに言葉が途切れた。

デンはその瞬間に視線を置いていた場所に「検閲」の赤いスタンプを押した。

次のページでは、隅から隅まで何度も視線を走らせて一瞬でもピントのぼけた箇所へすかさずスタンプを押す。

こうすればいいのだとデンはようやく理解した。実際に誤植があるのかどうかはわからないが、デンが検閲のスタンプを押しさえすればそこが誤植になるのだ。なぜ検閲局が多くの人たちから嫌われているのかがこれでわかった。誤植を見つけるとはそういうことなのだ。

まるまる二冊ぶんの誤植を見つけたところで、腕時計のアラームが小さな音を立てた。十六時だった。今日の勤務はこれで終わりだった。デンは立ち上がって大きく伸びをしたあと、部屋の外に出た。

廊下の奥にある共同トイレの前まで進んだところで中から一人の男性が出てきた。昨日、部屋で見かけた若者の一人だった。

「ルイ」

「ルイ」

デンが片手を額に当てて声を掛けると若者も同

じように片手を額に当てて返事をした。

「仕事は？」

彼が聞いた。

「やっと慣れてきた」

「じゃあどうして僕たちが遊び暮らしているのかもわかったね」

そう言って彼は廊下の奥で待っている女の子に手を振った。

「ああ。なんとなくは」

デンはトイレの扉へ目を遣った。男の後ろから茶色い生き物が細長い顔を覗かせていた。

「それは？」

「ツノイタチだよ。このトイレに住んでいる」

扉の隙間から顔は覗かせるものの、ツノイタチはそれ以上は出て来ようとしなかった。デンは男性と入れ替わるようにトイレへ入った。イタチは小さな星が鏤《ちりば》められたデザインのパンツを穿いていた。額に小さなツノが生え始めたばかりの仔イタチはやたらとデンを警戒しているようで、喉の奥でグルグルと唸り声を上げている。強張らせた体が小刻みに震えていた。

「心配ない」

イタチに向かってそう言ったが、イタチはデンの言葉が理解できず、デンもまたイタチの言葉が理解できなかった。デンはツノイタチの頭に触れようとしたが、イタチはギリギリのところで距離をとり、決して触れさせようとはしなかった。

建物から外に出るとまだ明るかった。今月は日没を二十二時にすると天気局が発表していたのをデンは思い出した。昔の天気局は日没の時刻を毎日少しずつずらしていたが、ここ数年は一カ月単位でまとめて決めている。それが良いことなのか悪いことなのか、デンにはわからなかった。

部屋に戻ると若者たちがパーティーを始めてい

た。クラッカーを鳴らし、ディロスの大瓶を回し飲みしている。すでに酔っ払って床の上に寝転がっている者もいた。

部屋の中をさっきのツノイタチがゆっくりと移動しているのがデンの目に入った。

「なんてことだ」

座りこんで肩を抱き合っている男女の足の間をツノイタチがすり抜けようとしたところをデンは見逃さなかった。後ろから首を軽く摘むとイタチはおとなしく四本の脚を揃えて横になった。

「どうしてトイレから出たんだ」

相変わらずツノイタチの仔は怯えて体を震わせていたが、デンは躊躇うことなく机の上から検閲のスタンプを取り上げイタチの肉球に押し当てた。検閲という文字が赤いインクでくっきりと浮かび上がる。

「その子をどうする気だ」

若者の一人が目を丸くして叫んだ。

「これが決まりだ」

デンがそう答えると、それまで談笑していた若者たちが一斉に口を閉じた。室内に妙な静けさが広がっていく。仔イタチの震えがデンの手に伝わってきた。

「怖がっているのか」

若者が聞いた。

「そのようだな」

「だったら気分転換に外出させてみよう」

彼はデンから強引にツノイタチを奪い取って抱き抱えると、そのまま部屋を出て行った。

デンは困った顔で鼻を鳴らし、残っている若者たちをゆっくり見回したあと、ステュディオをあとにした。

表通りに出ると映画の撮影をやっていた。どうやらパスタが主人公の映画らしく、気難しそうな顔をした監督は何度もパスタを茹で直していたが、当のパスタは監督の意向など気にもとめていないようだった。

「さあ、前へ歩いて」

監督は怒鳴るがパスタはじっと動かない。

「どうして歩かないんだ」

デンは怒鳴り散らす監督を見てふっと笑った。そもそもパスタは歩かないのだ。いくら怒鳴っても動くはずがなかった。監督に検閲スタンプを押そうと思ったが、どうやら部屋に置いてきたようだった。

今出てきたばかりの建物に入り直したデンは薄暗く細い階段をそっと降りて、半地下のステュディオへ戻った。

「そういえばイタチはどうなった？」

その場にいた女性に尋ねた。

「わからないわ」

彼女は焦点の合わない虚な表情のまま壁を見つめていた。まるで壁の向こう側にイタチがいるような仕草だった。

デンは大きく首を振った。ここでは誰も彼もがおかしい。いくら局の借り上げた寮とはいえ、こんなところでずっとは暮らせないことくらいはっきりしている。二日目にしてすでにホームシックだった。一刻も早くラフリエから出て故郷に戻りたかった。置いてきた犬。地面に伏せたあの大きな犬の尻尾が頭をよぎった。

「オレはここを出ていくことにした。もしもオレが自由に選べるのならお前たちじゃなく、あのイタチを選ぶ」

デンがそう言うとみんながホッとした顔つきになった。みんなも同じ思いだったらしい。

「それじゃ」

「スタンプを忘れないでね」

女性の一人が机の上のスタンプを指差した。

「あなたは結局、あのツノイタチを選んだのね」

「そうだ」

デンと若者たちは、お互いに微妙な笑顔で別れの挨拶を始めた。

「どうしてあなたはイタチを選んだの？」

「しかたがないだろう。ツノイタチは生き物なのだから」

デンがそう答えるとそれまで奥のマットレスに寝転がっていた男が怪訝な顔つきになって、ぐいっと上半身を起こした。

「あれは生き物じゃないぜ」

「どういうことだ？」

「もう生きていない。だから生き物じゃない」

そうだったのか。イタチはもう死んだのだ。オレがスタンプを押したから。オレが検閲したから。

デンはゆっくりと膝を折り床に座りこんだ。そうしてそのまま気を失い倒れ込む。しっかり握っていたはずの検閲スタンプが手からこぼれ落ち、カランと小さな音を立てて床の上を転がった。

コインランドリーのベンチに腰をかけ、洗濯と乾燥を終えたばかりの靴下を履こうとしたところで、ふと指先に硬いものが触れた。よく見ると履き口に小さく白い粒状のものがいくつかついている。

「なんだよこりゃ」

洗濯機でついた砂なのか、硬くなった糸玉なのかはわからないが、とにかく気になる。飯尾拓也《めしおたくや》は履き口を大きく開いて、白い粒を指で擦り取ろうとした。その瞬間。

キョキョキョキョッ。

靴下が奇妙な鳴き声を上げてぐにゃりと体を捻った。そのまま拓也の手から逃げようとする。

「おいちょっと待て」

ポロリと拓也の手からこぼれ落ちた靴下は、洗濯機の下にある隙間を目指して床の上をクネクネと這っていく。ほかの靴下と同様、こいつも暗いところや狭いところが好きなのだろう。

あわや洗濯機の下へ滑り込むところで、拓也は靴下をがっちりと上から抑えつけ、なんとか捕まえた。

捕まった靴下は手の中でクネクネと体を動かし続けている。白黒の縞模様だから、一見、動物に見えなくもないが、間違いなく靴下だ。

拓也は靴下のまちを左手で掴みながら、右手の指を履き口に差し込んで、もう一度大きく開いた。やっぱり白い粒状のものが履き口の内側についている。

「どうしたの？　洗濯は終わったんでしょ？」

拓也に洗濯を任せて買い物に行っていた里桜《りお》だった。

「この靴下に何かついていたから、取ろうとしたら逃げ出してさ」

拓也は靴下を掴んだ手を里桜に向けた。

「ちょっと見せて」

里桜は靴下を受け取ろうと両手を揃えてそっと差し出す。

拓也が手の力を少しばかり緩めると、靴下は手の中からするりと抜け出して、里桜の手の中へ収まった。

キョキョッ。また鳴いたが、さっきとは違って今度は落ち着いた鳴き声だった。

「これってさ」

里桜は履き口を軽く開いて、白い粒に指先で触れた。

「歯だよ」

そう言って拓也を軽く睨み付ける。

「ダメだよ、取ろうとしちゃ」

「歯?」

「ねえ、痛かったね。無理やり取ろうとされたんだね。でももう大丈夫だよ」

里桜が優しくかかとのあたりと撫でてやると、クネクネと体を動かしていた靴下は、やがて大人しくなり、どうやらそのまま眠ったようだった。里桜は静かに靴下を拓也に返した。

「歯って乳歯?」

履き口を覗き込みながら拓也が聞く。

「うーん、最初の歯だから、やっぱり乳歯じゃないの?」

おそらく里桜もそれほど詳しくは知らないのだ。

「とにかく、生えているものなんだから、無理にとっちゃダメだよ」

「わかったよ」

拓也は受け取った靴下をもう一つの靴下と合わせて丸めると、洗濯袋の中に放り込んだ。勢いよく投げたにもかかわらず、靴下はぐっすり寝込んだままで起きる気配はない。念のために、ほかも調べてみると十足ある靴下のうち六足に乳歯が生え始めていた。

「なんで急に歯が生えてきたんだろう」

「やっぱり春だからじゃないの?」

独り言のように言った拓也の言葉に里桜が反応する。

「じゃあ、帰ろうか」

里桜の返事には答えず、拓也は洗濯袋を持ち上げた。さすがに今は靴下を履く気にはなれないから、裸足のまま帰るつもりだ。

それにしても。あのまま歯が成長したらいったいどうなるのだろう。拓也はふと首を傾げた。歯の生えた靴下を履いたときに、足を噛まれはしないのだろうか。

「なんだ拓也。そんな心配しているの？」

里桜が笑った。

「履く前にちゃんと餌をやれば大丈夫だよ」

「餌？」

「履き口に入るものなら何でもいいの」

餌か。野菜スティックなんかどうだろう。ムシャムシャと美味しそうにキュウリやニンジンを食べる靴下たちを想像して、拓也はちょっぴり楽しくなった。

祖母のお守り

古いアルバムが必要になって、普段はあまり触れることのない天袋を開いた古庄《こしょう》敏夫《としお》は、見覚えのない箱を見つけた。桂でつくられた十五センチ四方ほどの小さな木箱には、全面に花の模様が立体的に彫られ、真鍮製の留め具の周りには螺鈿《らでん》がはめ込まれている。荒々しくも迷いのない鑿痕《さっこん》は、これをつくった職人の実直さをそのまま表しているようだった。見るからに手の込んだ逸品である。

敏夫は首を傾げた。生まれてから三十数年ずっとこの家で暮らしているが、こんな箱は一度も見たことがなかった。

そっと蓋を開けると、柔らかな汐の香りがどこからかふんわりと漂い、敏夫の鼻を刺激した。中には小さくて薄い、コンタクトレンズのような丸いものが何十枚も入っている。晩冬の乾いた空気を通して届いた夕陽を受けて、薄い板はキラキラと光っていた。

「ねえ、婆ちゃん」

敏夫は居間の卓袱台《ちゃぶだい》に新聞を広げている祖母に声をかけた。彼女は真っ赤な縁の大きな虫眼鏡で、新聞の文字を端から丹念に読んでいるところだった。

「これ何か知ってる？」

ほら、と木箱を差し出す。

祖母は虫眼鏡をゆっくりと新聞の横へ置き、顔を突き出すようにして木箱に目をやった。

「ああ、それ」

顔の前で片手をひらひらと振る。

「どこにあったの？」

「三畳間の天袋」

敏夫は廊下を指差した。

「そうなのね。ずいぶん探してたんだけど」

「これって何なの？」

「鱗よ」

祖母はそう言ってにっこりと笑みを浮かべる。

「鱗って魚の？」

敏夫は卓袱台に箱を置いて祖母の向かいに腰を下ろした。盆の上に並んでいた湯呑みに急須の茶を注ぎ、そっと口に含んだ。茶はすっかり冷め切っている。それなのに。

「このお茶、すごくいい香りがするよ」

敏夫は目を丸くした。淹れ立ての茶とまるで変わらない。手の中の湯呑みをしげしげと眺めるものの、土色の無骨なそれはとりたてて特徴があるわけでもない。

「不思議だね。こんなに冷めてるのにさ」

「普通のお茶っ葉なんだけど、淹れ方がね」

祖母がそこで言葉を止めたので、敏夫は顔を上げて正面を見やった。祖母は笑みを浮かべたままじっと木箱を見つめていたが、おもむろに手を伸ばして静かに手元へ引き寄せた。

「これね、私のお守りだったのよ」

祖母はそっと木箱の蓋を開け、中から鱗を一枚指で摘まみ上げた。窓の光にかざすようにして見つめたあと、遠くを見るような表情になる。

「たいへんなことがたくさんあったからね」

どこか悲しそうにも見える、その物憂げな顔に深く刻まれている皺は、この家で過ごしてきた長年の苦労を窺わせた。祖母はもう一枚、鱗を取ってじっと見つめる。

「ああこれ。覚えているわ」

祖母は長い長い溜息をついたあと、黙ったまま鱗を箱の中へ戻し、再び柔らかな笑みを敏夫に向けた。

「なんで鱗がお守りなのさ」

「だってきれいでしょ」

ちょこんと首を傾げる。

「いや、きれいだけどさ。そんなに大切にするもの？」

「一枚ずつぜんぶ違うのよ。ぜんぶに思い出があるの」

祖母はそう言って再び箱の中に目をやった。

「そりゃ鱗なんだから、一枚ずつ違っているよ」

「鱗はね、外からおかしなものが入ってこないためにあるの」

ゆっくりと視線を敏夫に向けた。

「お魚もそうでしょ？」

口元が悪戯っ子のようになっている。

「外からおかしなものが入ってこない？」

魚の鱗には他にも重要な役割がありそうだが、少なくとも祖母はそう考えているらしい。

「そうよ。だから私は鱗をお守りにしたの。これはぜんぶ大切な鱗なの」

「ああ、そうかも。なるほどね。そういうことか」

祖母の想いがようやく敏夫にもわかった。何があってもこの家を悪いものから守ってくれますように。そう願って鱗を集めてきたのだろう。

なるほど。ポロリと敏夫の目から鱗が落ちた。

祖母はすかさず手を伸ばして落ちていく鱗を手のひらで受け止めると、そのまま箱の中へ入れ、嬉しそうにそっと蓋を閉じたのだった。

奴は修行が足りなかった

ピタン。

暗がりに水滴の音が固く響いた。あきらかに深い洞窟の響き方である。

松明《たいまつ》から放たれた仄かな明かりは、ゆらゆらと揺らめきながら、剥き出しになった壁と天井の岩肌の中に吸い込まれていく。

さらに数歩ばかり奥へ進み、緩やかな角を曲がればもうほとんど光は届かない。

「ふうっ」

大きな溜息が聞こえたものの、音を出した主の姿は闇の中に潜んで見えない。

「しかたがあるまい」

別の方角からも声がした。いかにもリーダー然としたその声は、小声であっても洞窟の中によく通った。

「奴は修行が足りなかったのだ」

「ですが」

若い声が反論する。

「しかたがないのだ」

強い口調に反論の声はそこで止まった。

「誰だ？」

「私です」

壁際にギラリと目らしきものが光る。続いて砂を踏むようなザクという微かな足音が聞こえた。

「いずれにしても、奴は我ら四天王の中では最も脆弱であった」

ザク、ザク。話しながら歩いているらしい。

「ええ、意志も弱く、力もありませんでした」

「私たち四天王の中に留まっていられたのが不思議なくらいです」

「ああ、そのとおりじゃ」

一番奥から野太い嗄《しわが》れ声が発せられた。

「所詮は、実力なき者が分相応の扱いを受けたまでのこと」

闇に目が慣れてくると、松明の微かな明かりでさえ眩しく感じられるが、やがてどこに人がいるのか程度のことはぼんやりわかるようになる。

「だが、四天王が欠けたままでは具合が悪い」

「ふはははは」

その傍らから、暗く歪んだ高笑いが発せられた。

「欠けたのなら、補充すればいいだけのこと」

「そのとおりだ、はっはっは」

「うむ、すぐに補充しようではないか」

「もちろんそれが一番ですよね、あははは」

釣られて若者も屈託なく笑う。ほかの者たちの笑い声にはどこか憂いが込められていたが、若者の声にはそんな気配など一切なかった。

「ちょっと待ってください」

入り口付近から別の声がした。何かに戸惑っているようだった。

「なんだ」リーダー格の声が聞く。

「我々四天王のことなんですが、いったい何人いるんでしょう？」

「何を言っている。四人に決まっておろう」

「もっとも奴が欠けたから、今は三人だな」

リーダーに続いて、最初に溜息をついた声が答える。

「あ、そうかも。三人なのに四天王か。ははは」

「ね。もう当たり前のことをいちいち聞かないでよ」

「そうじゃ、四人だから四天王なのじゃ」

一頻《ひとしき》り答えたあと、全員が一斉に口を閉じた。

しん、と洞窟の中が静まり返る。

ピタン。再び水滴の音が硬く響いた。

「あのう、多くないですか？」

ややあって戸惑い気味の声が聞く。

「なんだか、多い気がするんですよ」

そう言われて誰もが闇の中でじっと目を凝らすが、あまりにも暗くてよくわからない。

「四人どころか七、八人ほどいるんじゃないかと」

「ダメなのか？」

戸惑いの声をリーダー声が遮った。

「え？」

「四天王が七、八人いたら、お前は何か困るのか？」

「え、いや」

ビュン。

いきなり薄明かりの中に刃の白い閃光が走ると、それきり戸惑いの声は何も言葉を発さなくなった。

「ふうっ」

大きな溜息が聞こえたものの、音を出した主の姿は闇の中に潜んで見えない。

「しかたがあるまい」

別の方角からも声がした。いかにもリーダー然としたその声は、小声であっても洞窟の中によく通った。

「奴は修行が足りなかったのだ」

相手の迷惑も考えて

　昼休みがそろそろ終わるので、教室の中は人いきれでムッとしていた。冷房がないのでどうしても熱気が籠もりがちになるのだ。

　前方の入り口からひょいっと顔を覗かせたのは隣のクラスのデンで、彼はそのまま部屋に入ってまっすぐノボルの席へ向かっていく。

「何？」

　ノボルは自分の席について、広げたノートに何やら複雑な数式を書き込んでいるところだった。

「な、これどうする？」

　デンがチラリと見せたのは一枚の安っぽいチラシで、空飛ぶ円盤から放たれた光線に吸い上げられた牛が、ふんわりと宙に浮き上がっている絵が雑なタッチで描かれていた。胡散臭いにもほどがある。

「ああ、キャトルミューティレーションか」

　鉛筆を置いてノートを閉じたノボルは呆れた顔で言った。まったくこいつは中学二年にもなって、まだこんな子供だましに夢中なのか。

「チッチッ、それが違うんだな」

ノボルの机に置いたチラシを見ながら、デンはニヤリと笑う。

「キャトルミューティレーションってのは動物が内臓を抜かれた状態のことで、これはただ宇宙人に連れ去られようとしているだけだから、アブダクションって言うんだよ。みんなよく間違うんだよね」

「知ってるけど、そんなのどっちでもいいだろ」

「よくないよ。ぜんぜん違うんだからさ」

デンは両方の掌をグイと机に押しつけた。明け放れた窓から流れ込む風がカーテンをひらひらとさせ、そのたびに差し込む夏の日差しが教室の中を明るくしたり暗くしたりする。

「内臓を抜かれるのがキャトルミューティレーションで、誘拐がアブダクション。出会うのはエンカウントで、あと宇宙人に体を乗っ取られてしまうのがボディスナッチ」

「なんで体を乗っ取られたってわかるんだよ。自分で言うのか？　私は宇宙人です、こいつの体を乗っ取りましたって」

「言うわけないだろ。こっそり乗っ取るんだから。ピカッと光に照らされたら乗っ取りは終了。で、ボディスナッチされると性格も能力もまるで変わるんだってさ。それに」

そこで、デンは声を潜めた。

「瞳の色が白くなるらしいよ。それで見分けられるんだって」

ノボルは大きな溜息をついた。宇宙人に乗っ取られたかどうか見分ける方法か。いったいどこでそんな知識を手に入れてくるのか。だいたいの想像はつくが聞く気にもなれない。

「で、このチラシは何？」

「例の空飛ぶ円盤を呼ぶ会だよ」

「ああ」

気のない返事をしつつ、ノボルは壁の時計を見た。そろそろ昼休みが終わる。ノボルは教科書を取り出して机の上に並べ始めた。

「本当に来るらしいよ、円盤」

「はいこれ」

ノボルは素っ気ない態度でチラシをデンに突き返す。

「え？　いっしょに行かないの？」

デンはノボルの顔を覗き込んだ。

「行くわけないだろ、バカバカしい」

きゅっと肩をすくめたノボルはデンに向かって大きく首を左右に振る。

「なんだよ。ノボルも行きたいって言ってたじゃん？」

「気が変わったんだよ。だって円盤を呼んで何がしたいんだよ。内臓を抜かれたいのか？」

「とりあえず見たいじゃん」

デンはチラシに描かれた空飛ぶ円盤を指差す。ノボルは顔を上げてデンを正面から見た。

「あのさ、見世物じゃないんだよ。用もないのに呼ばれる円盤だって困るだろう。なんで向こうの迷惑を考えないんだよ」

ティントンタンティン。

昼休みの終了を告げる五分前のチャイムが鳴り出した。教室の中で自由に過ごしていた生徒たちが、それぞれの席に座り始める。それまで机に手をついていたデンもすっと立ち上がった。そろそろ自分の教室に戻らなければならない。

「なあ、ノボル」

しばらく黙り込んでノボルを見つめていたデンは、急に声を潜めた。やけに真剣な顔つきになっている。

「そんなに急に変わったら、誰にだってわかっちゃうよ」

「何の話だよ」

デンはゆっくりノボルの耳に口を近づけた。囁くように言う。

「おまえ、瞳が白いよ」

そう言われたノボルは弾けるようにデンから顔を離し、顔を横に向けた。

「何バカなこと言ってるんだよ」

視線がキョロキョロと左右に揺れ、苛ついたように指先が忙しなく動く。

再びすっと吹き込んだ風がふわりとカーテンをめくり、強い日差しが教室を照らす。直射する光の眩しさにデンは思わず目を細めた。光が痛くて涙が出そうだ。

ティントンタンティン。始業ベルが鳴り出したのを耳にしてデンはハッと我に返った。どうやらしばらくぼんやりしていたらしい。たった今まで自分が何をしていたのか思い出せなかった。もう自分の教室へ戻らなきゃならない。

「で、これ、どうするよ?」

片手で目を擦りながらデンはチラシを教科書の上に置いた。

「おまえだって行かないだろ?」

ノボルはそう言って白い瞳をデンに向ける。

「ああ、行かないよ。迷惑だもんな」

静かにそう答えたデンの瞳も、いつのまにか白くなっていた。

たった今、壊れたのだ

デスクの前で表情を強張らせたまま、井塚《いつか》は身じろぎもせずに固まっていた。眉間には皺が寄り、目の焦点は合っていない。

窓から見える青空を銀色の機体をキラキラさせながら飛行機がゆっくりと横切っていく。広々としたオフィスの中を部下たちが忙しなく行き来している様子も井塚にはまったく見えていないようだった。ぼんやりと口を開け、目の前に置かれたノートパソコンの画面をじっと見つめている。しばらくはまるで息さえも止まっているかのように思えたが、やがて右手の指がマウスのボタンを繰り返し押し始めた。

カチカチカチ。

体は微塵も動かさずに、ただ指先でマウスのボタンをクリックし続ける。額に浮かんだ汗がつうっと頬を流れ、顎の先で水滴になった。

カチカチカチカチ。

井塚はひたすらクリックを続ける。

飛行機の姿はもうすっかり見えなくなって、空の向こうからジェットエンジンの音だけがまだ響いていた。雲が太陽を遮ると世界の色がすっと薄くなる。

カチカチカチカチカチカチカチカチ。

ぽた。井塚の顎から汗が落ちた。

「さん」

いきなり人の声が耳に飛び込んできて、井塚は我に返った。手から離れたマウスが机の端から落ちてぶら下がる。

「井塚さん」

部下の砂原《さはら》だった。

「あ、ああ。何だっけ？」

砂原を振り返った井塚の目はキョロキョロと左右に泳いでいる。

「大丈夫ですか。さっきからじっとされてますけど」

やけに心配そうな口調だった。机からぶら下がったマウスを不思議そうに見ている。

「これだよ」

井塚はパソコンを指差した。口調は穏やかだが強張った表情は消えていない。

「たった今、急に動かなくなったんだ」

壊れた機械を前にした者が必ず言うセリフを井塚もまた口にした。

「何もしていないのに壊れたんだ」

「なるほど」

もちろん何もしていないはずはないのだ。何かをしたから壊れたのだが、いちいちそれを指摘するほど砂原も子供ではない。

「ぜんぜん動きませんか？」

「ぜんぜん動かない」

部下と話して気が緩んだのか、いきなり井塚の表情が崩れた。

「ああもう、朝からやっていた作業が全部パーだよ。昼過ぎには必要なのに」

今にも泣きそうな顔になっている。

「うーん」

砂原は腕を組んだ。こうなった以上はさっさと諦めて電源を入れ直すのが基本なのだが、あまりにも井塚が悲しそうな顔をしているので、なかなか言えずにいるのだ。

「ああああああああああああッ」

井塚は椅子を後ろに倒しそうな勢いで立ち上がり、大きな叫び声をあげた。周りの社員たちが驚いて一斉に井塚を見る。

「井塚さん」

そう言って近づいた砂原の腕を振り払い、井塚はパソコンを両手で持ち上げた。

「このパソコンめ。忙しい時に限って止まりやがって」

ガンッ。

机に叩きつけた。

「いいか。俺は仕事がしたいんだよ。パソコンを使いたいわけじゃないんだ」

そう言ってもう一度持ち上げる。

「手間ばかりかけさせやがって」

ガンッ。さらに激しい勢いで叩きつけると、背面で何かが割れるような音がした。

「このパソコンめ、パソコンめ、パソコンめッ！」

拳でキーボードを殴り始める。

「やめてください」

微かに声が聞こえても、井塚は止めないどころかさらに激しくキーボードを殴る。

「おい、やめろって」

別の声も止めようとするが、井塚は止まらない。

「パソコンなんかいらないんだ、俺はッ！」

Kのキーと Aのキーが外れて飛んでいった。皮膚が破れて血が滲み始める。

「やめろと言ってんだろうが、このバカがよ」

罵《ののし》るような口調の低い声が耳に入って、井塚はようやく何かに気づいたかのように、びくっと体を震わせると、血だらけの拳を引っ込めた。

振り返って砂原をキッと睨みつける。

「いや、俺じゃないです」

砂原は慌てて手を振った。

「自分が悪いくせに、なんで機械にあたるんだよ」

声は机の上から聞こえている。二人は顔を見合わせ、不思議そうに机の上のパソコンに視線をやった。パソコンの中からこぼれ出てきた小さなゴミがぴょんぴょん跳ねている。

「うわああっ」ゴミにそっと顔を近づけた砂原が悲鳴を上げて後ずさった。

「なんだ?」

「よくわかりませんが、動いています。生きているみたいです」

井塚もゴミに顔を寄せてじっと見つめるが、よくわからない。抽斗《ひきだし》を開けてルーペを取り出した。いつも印刷物のチェックに使っているものだ。

「ああっ」

目を細めてルーペを覗き込んだ井塚も、思わず声を上げた。

球状のガラス面を通して、人の姿がはっきり見えていた。

パソコンからこぼれ出たのはゴミなどではない。人間だったのだ。

灰色の作業服を着て黄色いヘルメットを被った男女が十人ほど、腰に手を当ててじっとこちらを見上げている。建設工事の現場によくいる作業員といった雰囲気だが、建設現場と違って、みんな身長が一ミリ程度しかない。

「なんだ、あなたたちは」

井塚は狼狽えたような掠れ声を出した。

「俺たちはパソコンの中にいるんだよ」

作業員の一人が口の周りに手を当てて叫んだ。体が小さいので大声で叫ばないと声が届かないのだ。

「あんたがむちゃくちゃするから文句を言いに出て来たんだ」

そう言って彼は井塚を鋭く指差した。

「どうしてパソコンの中にいるんです?」

ルーペを覗き込みながら聞いたのは砂原だ。

「そりゃ、仕事に決まってるだろ」

さっき叫んだ作業員は少しばかり声のトーンを落として言った。叫び続けるのはたいへんなのだろう。

砂原が目を丸くして井塚を見た。

「井塚さん、この人たちって?」

「ああ」

井塚は大きく何度も頷いた。まちがいない。機械を動かしている人たちだ。

「なのに、なんで叩きつけたり殴ったりするんだよ。危ないだろうが」

男は強い口調で井塚を責めた。

「すみません。ついカッとなって」

井塚は素直に謝った。彼らがいなければ機械は動かない。

「おいおいおい。ちょっと待ってくれよ。いくらカッとなったからってさ、こんなことされたら、こっちはたまったもんじゃないんだよ」

男は呆れたように肩をすくめる。

「本当にすみません。まさかみなさんがパソコンの中にもいらっしゃるとは思いもよらず」

「何言ってんだよ。スマホだろうが自販機だろうがエレベーターだろうが、およそ機械ってやつは俺たちが動かしているに決まってるだろう」

「私たちがいなきゃ機械が動かないってことくらい、今どき小学生だって知ってるでしょ。それなのに、あんなに激しく叩きつけるなんて。業務妨害ですよ」

隣の作業員も大声で苦情を言う。

「わかってます。わかってますが、ついうっかりしておりました。申しわけありません」

井塚はペコペコと頭を下げ始めた。

すぐ隣では砂原が難しい顔をして井塚たちのやりとりを見ている。

「井塚君、どうしたんだ？」

机に向かって頭を下げている姿を不審に思ったのか、奥のデスクから部長が声をかけてきた。

「いや、何でもありません。すみません。大丈夫です」

まさかカッとなってパソコンを壊しかけたせいで、中で働く人たちから苦情を言われているなどと答えるわけにはいかない。バレたら備品を破損しましたと始末書を書くことにもなりかねない。

「とにかく、今度またこういうことをされたら出るところに出るからな」

おそらく彼がリーダー格なのだろう。最初に叫んだ作業員が、ねっとりと含みを持たせた口調で言った。

「あのう、一つ伺ってもいいですか?」

それまで黙って何やら考え込んでいた砂原がふいに口を挟んだ。

「おい砂原。余計なことを言うんじゃない」

井塚が慌てて砂原の言葉を遮った。

「失礼いたしました。部下はまだ事情がわかっておりませんので」

「別にいいさ。何だよ聞きたいことって」

リーダー男は顎をしゃくり上げた。

砂原はルーペに顔を近づけた。

「さっき、井塚さんのパソコンが突然動かなくなったのはどうしてなんですか?」

「え？」

それまでずっと男の顔に浮かんでいたニヤニヤ笑いが消えた。

「だって、みなさんが動かしているんですよね？」

いくら小さいとはいえ、作業員たちが一斉にざわついたのは井塚にもはっきりとわかった。首をキョロキョロさせる者、頭を掻き出す者、互いに顔を見合わせる者。みんなあきらかに動揺している。

「それがお仕事なんですよね？」

「さあ、何のことだかわかんねぇな」

男は作業服のポケットに両手を突っ込むと、自分を覗き込むルーペから顔を背けた。井塚の顔にさっと赤みが差す。どうやらさっきの怒りが戻ってきたらしい。

「もしかして、サボったのか？」

長く留まっていた雲がようやく去ったらしく、窓から光が差し込んだ。再びジェットエンジンの音が遠くから聞こえてくる。

「俺の一番忙しいタイミングで、あんた、サボったのか？」

リーダー男はそれには何も答えず、すっと踵を返した。

「さあて、みんな。そろそろ仕事に戻るとするか」

そう言って彼は、パソコンを目指して歩きながら呑気に口笛を吹き始めた。曲はなぜかスケーターワルツだった。

「ちょっと待て」

井塚は声を荒らげ、机の上からパソコンを数センチほど持ち上げた。急に戻り先を失った小さな人たちは、慌てふためき机の上でちょろちょろと動き回っている。

「井塚さん」

不意に後ろから声がした。

「ん？」

振り返ると部下の街野《まちの》が書類を抱えて近づいてくる。

「頼まれていた資料、持ってきました。はい」

ドサッ。

三十センチほどもある書類の束が机の上に勢いよく投げ置かれた。

プチ。プチッ。

書類の下であきらかに何かが潰れる微かな音が立ったが、それを聞き取れたのは井塚と砂原だけだった。

「あれ？　パソコン、壊れちゃったんですか？」

井塚が軽く持ち上げているパソコンの画面を覗き込んで街野が聞いた。

「うん。たった今、壊れたんだ」

井塚はそう言ってから、ゆっくりとパソコンを机の上に置き直し、窓の外に目をやった。

窓枠で仕切られた青い空を、キラキラと銀色に輝く飛行機がゆっくりと横切っていった。

昨日会社から持ち帰った仕事を二階の自室で片づけたあと、利揮《としふく》はひと息入れようと階段を降りて居間に入った。炬燵で母がテレビを見ながら蜜柑を剥いている。

「この蜜柑ね、汐樋渡《しおひと》さんのところでもらったの」

そう言って母が蜜柑の入った籠を持ち上げると、甘い香りが利揮にも届いた。

「お茶まだある?」

利揮は卓袱台《ちゃぶだい》の急須を指した。ずっと集中してパソコンに向かっていたせいか、なんだか逆上《のぼ》せているようで、冷めた茶が飲みたかった。庭の植木の間から春先の柔らかな光が落ちて、古い急須の表面を照らしている。まだまだ風は冷たいが、部屋の中で陽に当たっていればまるで寒さは感じない。

「あそこの端美《つまみ》ちゃんも、もう三十なんだって」

母は皮を剥き終えた蜜柑から、今度は白い筋を一本ずつ取り始めた。

近所の公園から子供たちの声が聞こえている。土曜の午後は地元の大学生が中心になってサッカー教室が開かれるのだ。

「たまにバスが一緒になるよ。会社へ行くときに」

急須は空だった。電気ポットの蓋を開けると、こちらにも湯は入っていない。

「端美ちゃんと言えば、ほら。利ちゃん、あれ覚えてる？」

「何を？」

電気ポットを片手に持ち、もう片方の手で台所との仕切り戸を引き開けようとしたが、戸の端が何かに引っかかっているようで、軽く持ち上がったものの、思うようにするりとは開かなかった。

「あれよ。ほら、何だっけ」

「この扉、開けづらいな」

「そうそう、先週から何か変になってるの。硬いでしょ」

ガタタタン。

無理に力を込めると、引きずるような音を立てて戸が一気に開いた。

「おお」

危うく戸袋に指を挟みそうになった利揮は手をブラブラ振りながら、息を吹きかけた。

「利ちゃん、それ直せる？」

「え？　俺が？」

電気ポットの蓋を開け、蛇口から水を直接注ぎ入れる。

「大工の息子なんだからそれくらいチャチャッとできるでしょ」

「いや、俺は大工じゃないから」

利揮は鼻白んだ。

ちょうど還暦を迎えたばかりの父が亡くなったのはもう二十年以上前のことだ。なかなか腕のいい棟梁だったらしく、いくつかの工務店からあとを継がないかと請われていたらしいが、最期まで一人親方のまま通したのだった。生きていれば八十になるが、まだ現場に出ていただろうか。隠居した父の姿は想像できなかった。

「扉は閉めてね。風が入ってくるから」

母はようやく蜜柑を一房口に入れた。

電気ポットに水を注ぎ終えた利揮は居間へ戻った。卓袱台へ置いたポットにケーブルをつないでスイッチを入れると、オレンジ色のランプがポッと灯る。

「そうそう。ほら、端美ちゃんって算盤教室に行ってたじゃない。比嘉《ひが》さんの」

「そうだっけ?」

利揮は仕切り戸へ戻り、今度は両手でガタガタと揺さぶるようにしながら何とか戸を閉めた。

「硬いなあ。これやっぱりちゃんと直さないとダメだな」

閉まりきった戸をもう一度開けようとしたが、気が変わって途中で手を止めた。

卓袱台の前で畳に腰を下ろし、利揮は急須に電気ポットの湯を注ぎ入れた。

「まだ沸いてないじゃない」

「いいんだよ、温《ぬる》いのが飲みたいから」

わーっと子供たちの歓声が上がった。誰かがシュートを決めたのだろう。点きっぱなしのテレビ画面にはゴルフ中継が映っている。

「利ちゃん」

「ん」

湯呑みの温い茶を口に含んだまま利揮は返事をした。

「その扉、お父さんに直してもらえばいいじゃない」

口の中の茶が一気に喉に流れ落ちた。

「え？」

不意に背中に冷たい電気が流れた気がした。息が詰まったような奇妙な痛みが胸に広がっていく。

「だって、そうでしょ？」

母は得意げに笑ってから蜜柑をもう一房指で摘まみ上げ、そっと口に入れる。

いったい何を言い出したんだ。利揮は何と答えていいかわからず、呆然としたまま母を見つめた。母はこれまで一度もおかしな言動を見せたことはない。けれども年が年だけに、何がきっかけで記憶が曖昧になるかはわからない。そう言えば、周りでも少しずつそんな話が出ている。たいていは、入院して体を動かせなくなったり一人の時間が多くなったりして、だんだん記憶が怪しくなるらしいのだが、こんなふうに、いきなりおかしなことを言い始めるケースもあるのだろうか。どうすればいいんだ。

利揮は湯呑みに残っていた茶をぐっと飲み乾した。

「母さん、ちょっといい？」

「何が？」

一呼吸置いてから一気に言う。

「父さんはもう二十年も前に亡くなっているんだよ」

利揮は言葉とは逆にゆっくりと仏壇を指差した。

そう言われた母がどんな反応を見せるのかを想像すると怖かった。自分の記憶が曖昧になったことを知って怯える母の姿を想像すると、胃をグッと掴まれるようだった。

母の目が大きく見開かれた。

「利ちゃん」

「母さん、大丈夫だから。まだ大丈夫だから」

利揮は畳から腰を浮かせた。大丈夫かどうかなど利揮にはわからないが、それでもまずは母を安心させたかった。医学はどんどん進歩しているのだ。きっと対処する方法はいくらでもあるはずだ。

「利ちゃん」

母はそう言ってから大きな声で笑い始めた。

「何？　母さん、どうしたの？」

「冗談よ、もう」

「え？」

「お父さんが亡くなったことを忘れるはずないでしょ」

「え？」

急に母の顔から笑いが消えた。

「ちょっと、まさか私が惚けたと思ったの？」

「母さん？」

「あんた、そんな冗談もわからないの？」

全身から力が抜けて、畳に尻がとんと落ちた。

「冗談きついよ。勘弁してくれよ」

脱力は座り込んだだけでは収まらず、利揮は上半身をへなへなと卓袱台の上へ投げ出すように突っ伏した。

庭木から鳩の鳴き声が聞こえてくる。テレビの中ではゴルフ中継が大相撲中継に変わっていた。

翌日も朝からいい天気だった。

利揮は自室の窓を開け、冷えた空気をたっぷりと吸い込んだ。昨夜は久しぶりに早めに寝たので体がやたらと軽かった。

しばらく窓を開けていると、公園で咲いている沈丁花の香りが部屋の中まで流れ込んできた。その公園を散歩している犬どうしが吠え合っている。

「おはよう」

居間へ降りると母が朝食の皿を並べているところだった。

「ああ、利ちゃん、ありがとうね」

「何が？」

「それ」

母は引き戸を指差した。

「直してくれたんでしょ？」

「いや、俺は別に」

そう言いながら利揮は引き戸に手をかけた。するりと軽く動く。昨日あったガタつきは完全に消えていた。なんで急に直ったんだろう。利揮は戸を開けたり閉めたりを何度か繰り返した。

「ん？」

ふと、引き戸の下から薄い茶色をした小さなものがはみ出しているのに気づいた。しゃがみ込んで摘まみ上げる。

鉋《かんな》くずだった。

利揮はどこか戸惑いながら床に顔を近づけ、じっと敷居を見つめた。いきなりゾクッと全身が震えた。明らかに敷居が新しくなっている。付樋端《つけひばた》ではなくきちんと彫られた溝には埋め樫が施されていて、今どき珍しいほど丁寧な大工仕事だった。

「本当に助かったわ。お味噌汁は温いのがいいんでしょ？」

母が明るく言う。

「あ、うん」

利揮は生返事をしながら居間を振り返り、仏壇に向かってそっと笑いかけた。

白いほうの婆ちゃんが死んで親戚一同が集まったものの、黒いほうの婆ちゃんは自分の部屋でずっと泣いているだけで、みんなからいくら呼ばれても棺の置かれた応接間へ出てこようとはしなかった。

夜になるにつれて次々に訪れる弔問客の数が増え、誰もが黒いほうの婆ちゃんにもぜひ挨拶をと言うのだけれども、いっこうに部屋から出てこないのだからしかたがない。どうぞよろしくお伝えください、来たことをお知らせくださいとだけ言い残してみんな帰っていく。

伊輪《だりん》はどちらかといえば白いほうの婆ちゃんが好きだったし、これだけ大勢の弔問客が来るのだから、やっぱり白いほうの婆ちゃんには友だちが多かったのだなと母親を手伝って客に出す茶を淹れながら台所の隅で一人思った。

空気の流れのせいなのか、台所に線香の匂いが溜まりがちなので窓をわずかに開けてあったのだが、そこから外の冷気が流れ込んで伊輪はぶるると首筋を震わせた。

窓のすぐ外では蛙がグワグワと鳴いている。蛙たちは夕方になると一斉に鳴き始めるが、いつしか鳴き止んで、いつも伊輪が寝るころには虫の音だけが耳に入った。

最後の弔問客は天秤屋の番頭で、この人は何でも量りたがるからきっと棺桶の重さも目分量で量っていたのだろうが、それはともかく抹香を摘まむときの仕草が完璧で、きっと指先でお香の重さを感じ取っていたに違いなかった。

ふわりと香炉に落ちた抹香はパッと赤い色を見せてすぐ煙に変わる。伊輪はお香が赤く燃えるところをもっと見たいのだが、自分が何度もやるわけにはいかないから、その代わりに弔問客のお香をしげしげと眺めることで満足することにしていた。

もうすっかり疲れてしまってだらしなく座っている親戚たちに向かって丁寧に頭を下げたあと、やっぱり番頭も黒いほうの婆ちゃんにも挨拶したいと言い出した。

「黒は誰にも会わないと申しておりまして」

伊輪の父親が残念そうな口調で答えると、番頭はしばらく顎に片手を当てて何やら考え込んでいたが、やがて

「そうですか」

とだけ言って玄関へ向かった。父親についていった伊輪も玄関で番頭に頭を下げた。

番頭の黒い革靴には跳ねた泥がついていて、めざとく見つけた伊輪が靴拭きで拭い取ろうとしたのを番頭は手で止めて、泥がついたままの靴をゆっくり履くと、伊輪に向かって真面目な顔を見せた。

「黒いほうのお婆ちゃんによろしくな」

緊張しているのか口の端が硬くなっていて声がもごもごした。番頭がガラリと音を立てて戸を引くと、危険を察したのか、蛙たちがピタリと鳴くのを止めた。

天秤屋が帰ると家の中の空気が急に柔らかくなった。応接間へ戻ると、叔父さんや伯母さんは酔いが回って早口で何やら話し込んでは笑っているし、従兄弟たちは畳の上にごろんと手足を投げ出して横になっていた。

伊輪は台所の先まで行って離れへつながる渡り廊下をひょいと覗いた。ちょうど母が黒いほうの婆ちゃんの部屋の前でお盆を持ち上げるところで、婆ちゃんもご飯は食べたのだなと伊輪はホッとした。

「婆ちゃんは？」

戻ってきた母に尋ねると
「やっと落ち着いたみたいね。お茶が欲しいって」

そう言って疲れ切った顔で笑った。

「僕が持って行くよ」

茶を入れた急須と湯呑みを乗せた盆を床に置き、襖を少しだけ開けて声を掛ける。

「婆ちゃん、大丈夫？」

「ダー君？」

「お茶を持ってきたよ」

「ありがとうねえ」

黒いほうの婆ちゃんは、卓袱台《ちゃぶだい》に湯呑みを置いてゆっくりと茶を注いだ。しばらくの間、黙ってじっと茶の入った湯呑みを見つめていたが、やがて両手で湯呑みを持ち、ズズと音を立てて茶を飲み始めた。離れの部屋は田圃の中に突き出るような形になっているので、ぐるりと三方から蛙の鳴き声が聞こえている。

「婆ちゃんたちはずっと一緒だったの？」

「そうだよ。アタシと白はずっとずっと一緒だったんだよ」

黒いほうの婆ちゃんは遠くを見るような目になった。

「ふーん。いつから？」

「子供のころからだよ。それにこれからだってずっと一緒だよ」

「えー、でもさ」

だって白いほうの婆ちゃんは死んじゃったんだから、もう一緒じゃないじゃん。そう言おうとして伊輪はぐっと言葉を飲み込んだ。婆ちゃんの目はまだ遠くを見つめているようだった。

「そういえば、お客さんたち、黒婆ちゃんによろしくって言ってたよ」

話題を変えたかった。

「支配だからね」

「支配？」

「そう。白は従属で、アタシが支配だから」

婆ちゃんがいったい何を言っているのか伊輪にはよくわからなかった。きょとんとした顔をしているのに気づいたのか、黒いほうの婆ちゃんはククと鼻の奥で笑って、もう一口お茶を口に含んだ。

「ああ、ダー君のおかげでやっと笑えたねぇ」

ありがとうねと言って婆ちゃんは伊輪の頭にそっと触れた。

「アタシたちはずっと一緒なんだよ」

婆ちゃんはもう一度遠くを見る目になった。

水滴がついてすっかり曇った窓からは、いつもならはっきり見通せる向こう側の駅の明かりも、今日はぼんやりとしか見えなかった。蛙の鳴き声に混ざって、少しずつ甲高い夜虫の音が聞こえ始めていた。


白いほうの婆ちゃんを茶毘に付したのは翌日の午後早くで、黒いほうの婆ちゃんはやっぱり火葬場へは来なかった。どうして来ないのだろうかと、親戚たちは首を捻っていたが、伊輪にはなんとなくわかるような気がした。

あれこれと続く慣れない儀式を終えて、みんながようやく帰宅したのは夕方遅くになってからだった。白婆ちゃんは伊輪たちとは家族でも親類縁者でもなく、いつからか勝手に家に住みついていただけの関係で、もともとどこの誰かもよくわかっていなかったので、そのあたりの確認やら手続きやらに時間が掛かってしまったのだった。

「ただいま戻りました」

応接間での用事を済ませた母が台所のテーブルに荷物を置いて、離れの部屋へ向かうのを伊輪はぼうっとしたまなざしで見つめていた。たぶんもう黒いほうの婆ちゃんもいないんだ。伊輪はそんな予感がしていた。

「お婆さん、戻りましたよ」

襖を開けた母が叫び声を上げ、親戚たちはいったい何が起きたのかと足早に離れの部屋へ向かい、中をのぞき込んで顔を見合わせた。

みんなのあとからついていった伊輪は叔父や伯母の間に体を差し込むようにして、部屋の中に一歩足を踏み入れた。つんと焦げた匂いが鼻をついた。

黒いほうの婆ちゃんの姿は何処にもなく、ただ、何かの燃えたあとらしい黒く小さな塊が、部屋の中央でまだ燻っているだけだった。

窓にはあいかわらず水滴がたっぷりとついて曇り、外の景色はまるで見えなかった。

すぐに呼ばれた天秤屋が、慎重に黒い塊を銅の皿に載せた。大きな分銅から小さな分銅まで順番に一つずつ選びだしては調整しながら天秤のバランスをとっていく。

「六百七十七グラムですね」

やがて針が中央を指し、天秤屋が重さを告げた。

「六百七十七グラムですか」

何の抑揚もなく、父はただ数字を繰り返した。

「ええ。どうされますか？」

「ですから、それは」

父が迷うように自分の手に視線を落としたところで伊輪が声を出した。

「いっしょにしようよ」

「ん？」

「白いほうの婆ちゃんといっしょに」

ついさっき見たばかりだった。白いほうの婆ちゃんは真っ白な骨と灰になって、今は小さな容れ物に納められていた。あそこに黒いほうの婆ちゃんも入れたらいい。黒いほうの婆ちゃんも、もう真っ黒な塊になっているのだから。

「伊輪、子供は黙ってなさい」

母が険しい顔で伊輪を睨むように見た。

「いや、それがいいかもしれない」

叔父がぽつりと言った。

「そう?」

「うん、それがいい。そうしよう」

応接間から白いほうの婆ちゃんを容れた陶器が運ばれてきた。ポンと空気を飲み込むような大きな音を立てて蓋が開くと、なぜか甘い小豆の香りがふわりと漂った。

天秤の皿に乗った黒い塊がゆっくりと箸で容器の中へ入れられていく。すっかり入ったところで再び蓋が閉じられると、今度はバフと空気を吐き出すような音がした。

婆ちゃんが急に二人ともいなくなったのは寂しいけれども、これからも二人はずっと一緒なのだと思えば悲しくはなかった。

いつか僕にもずっと一緒になる相手が現れたら、やっぱり僕は黒より白のほうがいいな。よし、僕は白になろう。小さな陶器が運ばれていくのを目の端で追いながら、伊輪はそんなことを考えていた。

検温

店内に入るとアルバイトらしき若者が甲斐寺《かいでら》に笑顔を向けた。

「手指の消毒と検温にご協力お願いします」

「はいよ」

甲斐寺は機械に手を差し出し、噴出された消毒液を指の間にまでしっかりと行き渡らせた。きちんと消毒しておかなければ、ちょっとしたことであっという間にダメになるから、こういうことは念入りにやっておかなければならないのだ。

「この店、冷房が弱くないか？」

甲斐寺は店員に聞いた。妙に室内が暖かい気がする。

「まずは検温を」

店員は質問には答えず、手にした非接触型の検温器を見せる。やりとりは全部マニュアルで決まっているのだろう。アルバイトに聞いてもしかたがない。

「で、腕？　額？」

「あ、おでこでお願いします」

「はいはい、おでこね」

甲斐寺が片手で前髪を持ち上げると、店員は申しわけなさそうに軽く頭を下げた。

ピピ。

電子音が鳴り、店員は満足そうに頷く。

「八度です。大丈夫ですね。どうぞお好きな席にお座り下さい」

「は、八度だって？」

甲斐寺は目を剥いた。

「はい、八度ですが」

店員は何が問題なのかとでも言いたげな顔で、いま計測したばかりの液晶画面を甲斐寺に見せた。

確かに八度と表示されている。

「いや、大丈夫じゃないだろう。だって八度だぞ？　わかってるか？　八度だぞ？」

「えっ？　でも、三十七度を超えていなければ大丈夫だって店長が」

若者は急にしどろもどろになった。おそらく誰からも教わっていない状況なのだろう。

「いやいやいやいや、そんなのありえないだろ」

甲斐寺は思わず苦笑した。

「まったく困った連中だな」

そう言って頭を掻こうと腕を持ち上げた瞬間、肩からボロリともげた腕が床に転がった。

「うわあっ！」

店員が奇妙な声を上げる。

「だから冷房が弱いって言っただろ」

床に落ちた腕を拾い上げようと上半身を曲げた甲斐寺の顔から片目が落ちた。

「まったくよお。俺たちゾンビの体ってのはな、常に四度以下で冷蔵しておかないとすぐに腐っちゃうんだよ」

ボロボロと崩れ落ちながら、甲斐寺は大きな溜息をついた。

割れんばかりの拍手を受けて舞台袖から現れた首相は、あきらかに様子がおかしかった。就任式のときからおかしかったが、いま演台へ向かう姿はそれどころではない。同じ側の手足が同時に前へ出たり、一度前に出した足が後ろへ引っ込んだり、とつぜん斜め上を見たり、下げた足をいきなり大きく蹴り出したり、とにかくあらゆる動きがギクシャクしているのだ。

ガクガクと不自然に歩きながらもなんとか演台へ辿り着いたが、今度は両肩が吊り上がったままで、腕を動かすことができない。慌てて飛び込んできた補佐官が、肩に絡みついていたヒモを外すと、ようやく首相は安堵の顔を浮かべた。

「あー、国民のみなさん」

顎の下についている棒が上下するのと同時に、四角く切り取られた口がパクパクと動く。天井から垂れ下がっている細いヒモが数本くいっと強く引かれると、片方の腕がすっと持ち上がった。

「えー、この一年、いろんなことがありました」

別のヒモが引かれて、首相の頭が大きく頷くように動く。

「丁寧な説明を、と私は申し上げて参りましたが」

左右の腕から天井へと伸びるヒモが同時に引かれ、首相は両手を挙げる格好になった。そのまま腕がぐるりと頭の後ろ側へ回る。

「ああっ」

足先から伸びるヒモが何かに引っかかったらしく、首相は片方のつま先をピンと伸ばした。そのまま片足が高く持ち上がってバレエでいうアラベスクのようなポーズになった。見上げると、天井のキャットウォークでは、数人の男女がそれぞれ大きな十字型の吊り手を持って真剣な顔つきで舞台を見下ろしている。吊り手からぶら下がった何本ものヒモが、首相の体中に取り付けられているのだ。

彼らもなんとか首相をうまく動かそうとしているのだが、複数の操り手がそれぞれ自分のヒモを勝手に動かそうとするものだから、ぶつかりあってどうしてもうまくいかない。統一できていないのだ。

「総理」

会場に大きな声が響き渡った。顔なじみの政治記者である。

「いいですか総理」

今や手足が複雑に絡み合って動けなくなった首相は、それでも一本のヒモがうまく引かれて、顔を会場に向けることができた。口がパクパクと動いて、背中の辺りから声が出る。

「何でしょう？」

「丁寧な説明もいいですが、その前に」

記者は天井から垂れている何本ものヒモを指差した。

「もう、そういうしがらみを全て断ち切ったらどうですか？」

首相は何かを深く考えているようで、しばらく黙り込んだ。そうして記者に向かって静かに頷いた。

「あなたの仰る通りですね。こういうしがらみは、思い切って断ったほうがいい」

ブチ。ブチブチ。

やがて大きな音が鳴って、首相の全身にとりつけられていたヒモが切れ始めた。一本切れるたびに、それまで強引に持ち上げられていた関節から力が抜けて、ぶらりと垂れ下がる。

ブチ。ブチブチ。

ヒモはどんどん切れていき、ついに最後のヒモが首相の体から切り離された。

グシャン。

乾いた音を立てて、いきなり首相は床に崩れ落ちた。それまでしがらみのヒモだけに支えられていた体は重力に逆らうことができず、手足が折り重なって、どうやっても自力では動けそうにない。

ほんの数分前までこの国の首相だったマリオネットは、今や誰にも操られることのない、ただの人形になったのだった。

「ふん、私たちのヒモがなければ何もできなかったくせに」

「しかたがない。次の人形を探すだけだ」

「今度はちゃんとヒモを統一しましょう」

天井からじっと床の上を見つめていた操り手の男女たちは、しだいにつまらなそうな顔になり、やがてどこかへ消えていった。

正式なポーズ

帰宅すると玄関ドアの前に荷物が置かれていた。たいして大きくない封筒なのだから郵便受けに入れておけばいいのに、何故かわからないがわざわざ置き配にしてあるのは業者のこだわりなのだろう。

井塚《いつか》は無機質なラベルの貼られた茶色い封筒を拾いあげた。

「ああ、あれか」

思っていたよりもずいぶんと軽い。

部屋に入ると茶封筒の口を引き破るようにして中身を取り出した。印刷された小さな納品書と薄いポリ袋に入った一枚のＤＶＤ。てっきり動画の配信元を記した二次元バーコードか、少なくともメモリ媒体が入っていると思っていたが、まさかのＤＶＤである。

うちにはプレーヤーがあるからまだいいが、もうＤＶＤなんてあまり使われていないんじゃないだろうか。プレーヤーがなかったらどうするつもりなのか。

ぶつぶつ文句を口にしながら、井塚はテレビを点け、銀色に光る円盤をプレーヤーに入れた。制作会社のロゴマークが表示されたあと、映し出されたタイトルを女声がたどたどしい棒読みで読み上げた。

『いまさらのビジネスマナー講座』

井塚はいわゆるビジネスマナーをきちんと学んでいない。挨拶にせよ、電話の応対にせよ、名刺の渡し方にせよ、先輩たちの仕草を見よう見まねで身に着けただけだから、心の底ではどうも自信を持てないままでいる。そろそろ昇進する可能性もあるし、そうなると新人の指導をすることだってあるだろうから、ここらで一度しっかりビジネスマナーを学んでおこうと考えたのが先月のことで、たまたま見かけた通信講座に申しこみ、そのまますっかり忘れていたが、ようやく届いたのがこのＤＶＤなのだ。

井塚は椅子を引き寄せ、テレビの前に腰を下ろした。とりあえずどんなものなのか、最初の講座だけでも見てみよう。

しばらくするとタイトルが消え、画面に初老の男性が現れた。どこかで見たことのある男性だが、何者かはよくわからない。

「ビジネスには基本的ないくつかの重要ポーズがあります」

男性は嗄《しわが》れた声でカメラに向かってこれまたたどたどしい口調で話し始めた。明らかに目の前にある何かを読んでいるようで、視線がわずかにカメラから外れている。

いったいこの男性が何者なのか。どういう立場でビジネスマナーを教えるのか。井塚は首を傾げたが、まったく紹介がないまま、いきなり内容の解説が始まった。

「さて、これからご紹介するポーズは、職場生活の様々な局面で、あるいは接待の席で必ず必要になります、それでは、まずこちらをごらん下さい」

画面が切り替わり、体操用の白いジャージ服で上下を固めた男女が映し出された。二人ともすらりとした体型で、女性は正面を、男性は横を向いている。

——まずは腰をかがめましょう。このとき、膝のバネを上手く使って腰の位置が低くなるように意識します——

二人は軽く腰をかがめ、中腰になった。そうして中腰になった状態で上半身をゆっくりと前に傾けていく。

——そのまま上半身を前方に傾けますが、この角度は大きくても小さくてもいけません。角度が小さいと傲慢な印象を与えますし、大きすぎると謝罪をしているように見えてしまいます——

中腰のまま上半身を倒した二人は、まるで落ちている物を拾うような格好になった。

——上半身の角度は三十度から四十五度までに収めます——

いったい何のポーズなのか、これのどこがビジネスマナーなのか、今のところまるでわからない。

——上半身を適切な角度に傾けながらも、顔はうつむかないように気をつけましょう。まっすぐ正面を見る必要はありませんが、できるだけ顔を上げるようにします——

二人の姿勢が、これから滑走するスキージャンプの選手のような形に変わった。

――初めは大変ですが、すぐに慣れるので安心して下さい――

画面の端から解説の男性が入って来た。正面を向いて一礼をする。

――このポーズの基本は腰と頭の低さです――

そう言いながらぴたりと静止した体操着の二人のすぐ側に立った。

――ただし、謝罪するわけではありませんし、腰を低くするからといって、へりくだっているわけでもありませんから、誤解を招かないよう、高さや角度には十分な注意が必要になります――

先端に手の模型がついた長い指示棒で、男女の頭や腰を指し示した。

――この高さと角度。最初は難しく感じるかも知れませんが、練習すれば誰でも身に付けることができますから、諦めずに毎日コツコツと繰り返しましょう――

男性はカメラに向かって一礼をすると再び、画面の端へ消えていった。

――続いては手です――

スキージャンプの格好をした二人は、片手をすっと顔のすぐ近くに持ち上げた。

――顔の前のやや低い位置に片手を立てて出しますが、このとき、手だけを上げるのではなく、肩から腕全体を持ち上げるようにしましょう――

二人は一度手を下ろし、解説の通り一度肩をぐっと高く持ち上げてから、再び片手を顔の前に置き直した。

――肩が持ち上がることで相対的に頭の位置が低くなるため、頭の低さを効果的に演出することができるのです――

なるほど。肩を持ち上げれば頭が高いと思われずにすむわけか。井塚は大きく頷いた。椅子から離れ、自分も画面を見ながらテレビの前で中腰になって片手を前に出す。

――さて、片手の位置が決まったら、その手を軽く前後に揺するのと同時に、頭を軽く手の側へ曲げましょう。右手を出している場合は右側へ、左手を出している場合は左側です――

ピロロローン。

不意に、画面からチャイム音が鳴った。

――先生、どちら側の手を出すかはどうやって決まるのでしょうか？――

最初にタイトルを読み上げていた女声が、たどたどしい口調で質問をする。

「それはとてもいい質問ですね」

画面の右下に小さな枠が現れた。枠の中に男性がいる。

「このポーズは、ポーズを示す相手が自分の右側にいるときには右手を、左側にいるときには左手を出すのが基本です」

体操着の男女がすっと直立したあと、右手を出して右側を向き、いちど直立姿勢に戻ったあと、こんどは左手を出して左側に顔を向けた。

「このように、ポーズを示す相手には、手のひらではなく、手の甲を見せます」

「もちろん、状況によっては反対側の手を出しても構いませんが、基本は手の甲を見せることを心がけて下さい」

――わかりました。ありがとうございます――

井塚も立ったまま右手と左手を交互に出して、顔をそれぞれの側に向けてみた。どちら側を見るときも左手を出しているほうが首の動きは楽に感じるが、きっとこれも練習で上手くなるのだろう。

――それではこのポーズの最後です。決まりのセリフを口にしましょう――

画面にテロップでセリフが映し出された。

『ちょいとごめんなさい』

――さあ、上手く言えましたか？――

井塚は、中腰になって片手を前に出し、その手を前後に揺らしながら、首を軽く曲げて声を出した。

「ちょいとごめんなさい」

――このセリフにはいくつかのパターンがありますが――

画面に複数のテロップが表示される。

『ちょいと』『ちょっと』『どうも』

『ごめんなさい』『すみません』『前、通ります』

――いずれの場合も、片手を揺らし始めるのと、セリフを言い出すタイミングが揃うと美しいので、繰り返し練習して、できるだけタイミングがぴったり揃うように心がけましょう――


体操服の男女はポーズを取りながら、声を出さずに口だけを動かして、手とセリフのタイミングが揃っていることを見せている。

――それでは、私たちといっしょにもう一度始めからやってみましょう――

画面の中の二人がすっと直立姿勢に戻った。中腰になって、顔を前に向け、肩から持ち上げた片手を顔の前に置く。そして揺らし始めた。

「ちょいとごめんなさい」

「ちょっとすみません」

テレビの前に立った井塚も、画面の二人に合わせて何度も繰り返す。

「どうもすみません」

「ちょいと前、通ります」

井塚は得心がいったように深く頷いた。

「ああ、そうだったのか」

これまで、なんとなく先輩たちのマネをしていたけれど、具体的にはこうすればよかったのか。やっとわかった。

「ようし、今日はこれをマスターするぞ」

きっと先輩たちもここまで正確には知らないはずだ。こんどの宴会では、おれが完璧な「ちょいとごめんさない」のポーズを見せてやろう。そう考えると、つい顔が綻んでくる。

ニヤニヤと笑みを浮かべたまま井塚はＤＶＤの映像を先頭に戻し、再びポーズの練習を繰り返し始めた。

どこからでも切れます

薬罐《やかん》の底がカンカンと高い音を立てながら細かく振動すると、やがて緩んだ蓋の隙間から小さな泡の粒が噴き出し始めた。注ぎ口から立ち上る白い湯気が給湯室に広がる。

もうすぐ沸騰するというところで、古庄敏夫《こしょうとしお》はコンロに手を伸ばして火を止めた。すぐ隣では天豊建萌《てんでだめ》が食料棚の戸を開き、中を覗き込んでいる。

「やっぱりないや」

がっかりした口調で振り返った建萌は、両手にカップ麺を一つずつ持っていた。

「カップ麺しかありませんよ」

「おお。袋麺は誰か食べちゃったのか」

敏夫は振り向かずに答える。

「先週、残業したときにはあったんですけどね」

建萌は手に持ったカップ麺を軽く振りながら、キッチン台の上にきちんと並べて置いた。

「そりゃ、先週じゃなあ。やっぱりみんな袋麺が好きなんだな」

「古庄さん、なんで火、止めたんですか?」

「カップ麺なんだろ。先にいろいろやることあるじゃん」

そう。最近のカップ麺はやたらと調理方法がうるさいのだ。この袋は蓋の上で温めろだの、こっちの粉は先に入れろだの、この油は食べる直前に足せだのとやけに注意書きが多く、言われるままにバタバタやっていると、せっかく沸かした湯が冷めてしまうのだ。

「だから、ぜんぶ準備してから、沸騰させて注ぐんだよ」

「なんだか面倒ですよね。カップ麺なのに」

アルミ蒸着された蓋を剥がし、建萌はカップの中から次々に細かな袋を取り出していく。

「見てくださいよ。スープも二種類あるんですよ。先に入れるのと後に入れるの。もう意味がわかりませんよ」

「競争を繰り返しているうちに、手軽に食べられるっていうカップ麺の立ち位置を見失ったんだな、きっと」

「出た。出ましたよ、ほらこれ」

建萌は、黄色い調味油の入った小さな袋を敏夫に見せた。半透明をした袋の端には赤い小さな文字で「こちら側のどこからでも簡単に切れます」と書かれている。

「あっ」

目の端で袋の文字を読んだ敏夫は思わず声を上げた。

「それが入ってたか。切れるってやつな。それ、気をつけないとダメだぞ」

「わかっていますって。もう何度も失敗してますから」

建萌はニヤリとしながら肩をすくめた。

事前に入れるべきものをすべてカップに入れてから再びコンロに火を点けると、あっという間に薬罐の中の湯が沸騰し始める。

「よし、沸いたぞ」

敏夫は薬罐をコンロから下ろし、蓋が半分開かれた状態のカップに湯を一気に注ぎ入れた。乾燥した麺が水分を含んで元の姿へ戻っていくときのパリパリとした微かな音が鳴る。

湯がたっぷり注がれたところで建萌がカップ麺の蓋を戻し、その上に液体スープの入った小袋を乗せた。説明通りにつくるには、これを蓋の上で温めなければならないのだ。

二人はカップ麺を持って給湯室を出ると休憩コーナーのテーブルに腰を落ち着かせた。サーバーでグラスに水を入れ箸を並べる。あとは待つだけだ。

「古庄さんってずっと本社なんですか？」

カップ麺の横に置いたスマートフォンのタイマー画面を眺めながら建萌が聞いた。

「そう。でもたぶん来年あたりは工場に行くんじゃないかな」

「俺も工場がいいです」

「どうしてさ？」

「東京、苦手なんですよ。人が多いし」

そう言って建萌は首の後ろをボリボリと掻いた。

「ああ、なんとなくその気持ちはわかるなあ」

敏夫は組んだ両手に顎を乗せて窓へ目をやった。もうすっかり暗くなっているせいで、外の景色は見えず、その代わりにカップ麺のできあがりをぼんやりと待つ二人の姿が窓ガラスにはっきりと映っている。

ズンビキューンドドビッタタンズキュイーンタンビッタンドンビッタタンドンドドドン。

突然、激しいテクノミュージックがあたりに響き渡った。

「四分経ちましたあ」

建萌は素早く蓋を剥がし、箸でグルグルとカップの中をかき混ぜた。

「で、これですね」

油の入ったさっきの小さな袋を指先で摘まみ上げる。

「おい、気をつけろよ」

敏夫は声を大きくした。

「こっち側はどこからでも切れるんだからな」

手元にある自分の袋の端を指差す。

「わかってますって」

建萌はそう言いながら「こちら側のどこからでも簡単に切れます」と赤い文字で書かれている部分を両手の指先で摘まんだ。そのまま力を込めて袋を破ろうとする。思わず敏夫てきた。

粘っこい油分でベトベトにしたあと、襟首からシャツの中へ流れ込み、ズボンの裾から出

ベチャベチャベチャ。怒り狂った調味油が袋から飛び出し、建萌に襲いかかる。顔中を

プチ。小さな音がして袋が爆ぜた。

叫びながら建萌を止めようとしたが間に合わなかった。

「おい、ちょっと待て。よせ！」

の目が丸くなった。

脚を伝ってテーブルに戻ると、塊になって勢いよくカップ麺にぶつかっていく。倒れたカップから流れ出た麺や具材がテーブル中に散らばった。

「なんなんですか、これ！」

建萌が悲鳴を上げて立ち上がった。後ずさりした勢いで椅子が床に転がる。

「だから、そっちからだと切れるって書いてあるだろ！」

俊夫も大声を出す。

「なんでわざわざ切れるほうを破ったんだよ」

怒った調味油は扱いが難しいのだ。

「いや、でも」

「ほら見ろよ」

俊夫は足元の床を指差した。調味油はまだ床の上をヌルヌルと動き回っている。どうやら怒りは収まっていないようだった。だから注意しろと言ったのに。

「まさかこういうことだったなんて。本当にすみませんでした」

建萌は神妙な顔つきで頭を深く下げた。

「ま、まだもうひと袋、俺のぶんがあるから、そっちは上手く開けよう」

目を真っ赤にして落ち込んでいる建萌を見ているうちに、俊夫はどこか胸の奥に懐かしい気持ちが湧き上がってくるような気がした。俺も新人のころはそうだったな。わかったつもりで失敗してよく叱られたっけ。

「まあ、どこからでも切れるなんてさ、切れすぎだよな」

そう言ってにっこりと笑ってみせる。

そうして敏夫はテーブルの上に残っている自分のカップ麺にそっと目をやった。スープをたっぷりと吸った麺はずいぶんと膨れ上がって、今にもカップから溢れ出しそうになっている。

「やっぱり袋麺のほうがいいな」

ポツリと敏夫が言った。

「はい。俺も袋麺がいいです」

建萌もポツリとそう答えてから、床に転がっていた椅子を拾い直し、そっと腰を下ろす。

二人はそのまま五分ほど、カップの中の伸びきった麺をぼんやりと眺めていた。

ふと気がつけば、調味油の姿は消えていた。動きが止まって床のカーペットに吸われたのだろう。調味油のいた場所には直径三センチほどの染みが残っていたが、知らなければ気づかないほどの薄いものだった。

簡単に切れるってことは、気持ちが落ち着くのも早いってことなのだろうか。まあ、どっちにしても、カップ麺ってのは面倒だな。敏夫はふうっと大きな溜息をついた。

サイズ選び

カウンターの前に立ったまま、比嘉《ひが》は店員の後ろに掲げられているメニューを見上げた。

「あれってハンバーガーですか？」

そう言って看板を指差す。あまりこの手のファストフード店に来ることがないので、どうも勝手がわからないのだ。隣のカウンターでは同僚の井間賀《いまが》がさっさと注文を終えて支払いを始めている。

「一番基本のハンバーガーです。バンズとミートだけのシンプルなバーガーです」

カウンターの向こうで若い店員がハキハキした声で答える。

「あれが普通なんですか？」

「はい。ドカンバーガーが当店の基本です」

店員は比嘉の目をまっすぐに見つめながらそう言って、しっかりと頷いた。

若い女性に直視されて比嘉は一瞬ドギマギしたが、ぐっと手に力を込め直した。いや待て、これは罠なんだ。この大袈裟な頷きかただってテレビのCMを見ているみたいじゃないか。何から何までマニュアルで訓練された動きなんだ。騙されてはいけないぞ。

「じゃあそのドカンバーガーを一つ」

「サイズはいかがなさいますか」

「サイズ？」

「大、中、小があるんです」

店員はそう言って可愛らしく微笑むが、きっと内心ではサイズがあることも知らないのかとバカにして笑っているのだろう。でも、しかたがないじゃないか。そっちは毎日のようにいろんな注文を受けているかも知れないが、こっちは初めてなんだ。

「それじゃあ、中かな。中で」

「ドカンバーガーの中ですね、お飲み物はいかがなさいますか？」

トンと背中を叩かれた。驚いて振り向くと大きなトレーを持った井間賀が立っている。

「あっちに座ってますから」

と、店の奥を指差した。

井間賀はこの店に慣れているようだった。こっちがこんなに戸惑っているのに、先輩である俺を差し置いて、あっという間に注文を終えて席に着こうとしているのか。許さんぞ、井間賀。別件でたっぷり説教をしてやる。

「おお、すぐに行くよ。待っててくれ」

そう、待っていろ。俺は許さんぞ。

比嘉は静かに息を吸い直してから、カウンターの店員に視線を戻した。

「えーっと飲み物でしたっけね。それじゃあコーヒーを」

「サイズは？」

「サイズはねぇ、ホットで」

「ホットコーヒーですね。サイズはどうされますか。大、中、小とありますが」

比嘉の顔にさっと朱が差した。サイズを聞かれたのに俺はホットと答えてしまったのか。きっと間抜けなオヤジだと思われたに違いない。ああ、しくじった。この店員はさり気なく俺のミスをフォローをしてくれたようだが、この態度はなんだか恩着せがましくないだろうか。どこか怪しい。


「えーっと、コーヒーのサイズは小で」

「かしこまりました。サイドメニューのドカンポテトなどはいかがですか？」

ほら見ろ。恩に着せた代わりに追加オーダーの要求だ。こうやって稼ぎを増やそうとしているんだな。なんというか、小娘にしてやられた気分だ。だがしかたがない。俺も大人だからな。ここは一つ受けてやろうじゃないか。

「ポテトもいただこう」

「こちらも大、中、小があります」

また大中小か。それにしてもなぜこんなに選ばせるのだろうか。比嘉にしてみると単に面倒くさいだけだが、きっと選べることを好む客のほうが多いのだろう。

「わかった。だったらポテトは大だ。もうこの際だから大だ」

比嘉は無駄に大きな声を出した。

いいか。俺は罠だとわかっているんだ。わかった上でわざと騙されてやっているんだからな。勘違いするんじゃないぞ。

「ドカンバーガーの中、ホットコーヒーの小、ドカンポテトの大ですね。以上でよろしかったでしょうか」店員は笑顔で繰り返した。

「よろしかったよ。もちろん、よろしかったとも」

「それではお会計をお願いします」

会計を済ませる僅かな時間の間に、カウンターの小さなトレーには注文した商品がすでに並んでいた。さすがはファストフードだな。比嘉は妙なところに感心した。

「コーヒーの砂糖とミルクはどうされますか？」

「あ、それもください」

「大、中、小がありますが」

あらゆる商品にサイズがあるようだ。

「えーっと、じゃあ中で。両方とも中で」

ああ、なんて面倒くさいんだ。比嘉はこれ以上サイズのことなど考えたくもなかった。

トレーを持ってよろよろと店内を歩き、比嘉は井間賀の向かい側へ腰を下ろした。テーブルの横面には大、椅子には中と書かれている。どうやら座席にまでサイズがあるらしい。

「選ぶだけでくたびれたよ」

そう言って比嘉はコーヒーを啜る。もう井間賀を説教する気もなくなっていた。

「ここはバーガーもサイズを選べるのが特徴なんですよ」

自分の店でもないのに井間賀が得意そうに言う。

「他の店ではできないのか？」

「飲み物やサイドメニューにはあっても、バーガーでサイズを選べるファストフードは珍しいですね」

「選べるってのは良いのか悪いのか。俺にはちょっとめんどくさいなあ」

「何言ってるんですか比嘉さん。有名なコーヒーチェーンだったら、こんな程度じゃ済みませんよ」

「いいよ、俺は。そういう所にはいかないから」

「おじさんだなあ」

「もうね、サイズは中でいいよ。これからは何もかもぜんぶ中にするよ」

そう。すべてのサイズは中でいい。あらゆるサイズを中にしておけば間違いはない。

バーガーの包装紙をバリバリと剥がし、手に持ったところで比嘉はその手を止めた。バーガーをトレーに置き直して立ち上がる。

「どうしたんですか」井間賀が首を傾げた。

「ちょっとな」

比嘉は席を離れ再びカウンターへ近づいた。さっきの店員がこちらに気づいて軽く頭を下げる。

「すみません。トイレをお借りできますか？」

「はい。左手の奥にございます」

笑顔で答えているが、この笑顔だってどうせマニュアルなんだろう。俺にはわかっているんだ。だから聞かれる前に答えてやるよ。

続けて比嘉は言った。

「中だからね」

シューッと空気を吐き出す音を立てながら、左右からスライドしてきたドアが中央で静かにぶつかる。閉まりきる直前に一度速度が急に遅くなって、そこからぴったりと閉まり切るまでの間がなぜか能雅《よくが》は好きだった。

もちろんどれほどきっちり閉じられたドアも顕微鏡で見れば隙間だらけだから、厳密には完璧とは言えないのだが、能雅は顕微鏡を持ち歩いているわけでもないし、そこまで考えているわけでもないから構わない。

ドアの閉まる様子をたっぷりと味わってから体の向きをくるりと変えたところで、まだ上司の宅羽《やけば》が車両内に残っていることに気づいた。

「あれ？　課長って今の駅じゃなかったんですか」

天井から下りてくる空調の風は微かに刺激的な香りを含んでいるようで、能雅はふと夏のプールを思い出した。あの塩素の香りは二十五メートルを泳ぎ切ることのできなかった苦い記憶を伴って何時までも鼻の奥に残っている。

「家ね、ちょっとしたリフォームをしたの」

宅羽は困惑と照れの混じった微妙な表情で言った。都心からほど近い場所に小さいながらも庭つきの戸建てを持っていることは、どうしたって周囲から妬みの対象になりかねないから、できるだけ自慢に聞こえないようにと気を遣っているのだ。

「例のご自宅をですか？」

しばらく隣町に間借りすることになったのだという。

「そう、それで帰れなくて」

それには答えず、宅羽はゆっくりと首を斜めに傾けた。

「ああああ、なるほど。それじゃ、リフォームが終わるまでそちらに？」

ガタン。ガタン。ガタン。ガタン。

一定のリズムを保ちながら列車は高架を滑っていく。

「ほら、うちって昔、空き巣に入られたじゃない」

窓の外を流れる夜景に視線をやりながらぼんやりした口調で宅羽は言った。

「ああああ、ありました、ありましたね、そういうことも」

「それでね」

宅羽はそこで顔の向きを変え、能雅をまっすぐに見た。あまりにもまっすぐ能雅の目を見るものだから、能雅は無駄にドギマギした。

「もう絶対に泥棒が入って来られないようにってお願いしたの」

「絶対にですか？」

「うん。もう完璧にって」

「いいじゃないですか。蟻の子一匹入れない防御態勢。水をも漏らさぬ完璧な防犯対策。大事なことですよ」

能雅は大げさにうなずいた。

「それがね、そうしたら本当に誰も入れなくなっちゃったの」

ガッタン。カーブに差し掛かった列車が金属の軋む音を立てて大きく揺れた。家電量販店と居酒屋チェーンの派手なネオンサインが遠くでゆっくりと弧を描く。

「誰も、ですか？」

「そう、誰も。窓もドアもなくしたから」

「え？」

「ほら、だって完璧だから」

窓もドアもない家。入り口のない家。どこまでも壁に覆われているだけの家。能雅は目の前のドアをもう一度見た。ぴったりと閉じられたドアはいくら列車が揺れても急に開くことはない。それでもこのドアは再び開くことができる。

「確かに完璧ですね」

「うん。だからリフォームはとっくに終わってるんだけど、どうやっても家に入れないの」

それでしかたなく家族で間借りをしているのだ。

「壁を壊せば入れるんだけどね」

誰かが窓を開けたらしい。生ぬるい空気が空調の冷気を押しやるように車内へ流れ込んでくる。やがてプールの香りは油と炭の香りに置き換わった。

ガタン。ガッタン。ガッターン。

それまで一定に保たれていたリズムがしだいに遅くなり始めた。流れる夜景もゆっくりになり、高架近くにある看板の文字もはっきり読めるようになってくる。

「あ、着きましたね」

列車がゆっくりと停止した。止まった瞬間、それまで前方へ引っ張られていた体が急に解き放たれて軽く後ろ側へ傾く。

駅名のアナウンスと同時に、シューッと空気を吐き出す音を立てながらドアが開く。

「それじゃね。お疲れさま、また来週」

宅羽は胸の前で小さく手を振って、車両を降りていった。


その週末はひどい雨で、能雅は家からほとんど出ないまま過ごすことになった。

明けた月曜も朝方にはまだわずかに雨が残っていたものの、午後からは晴れるとの予報だったので、能雅は傘を差さずに出かけた。

出社して机の上を整えていると、すっと後ろに人影が差した。振り返ると予想通り宅羽課長がやけに嬉しそうな顔をして立っている。

「おはようございます」

「あのね」

そう言って宅羽は声を潜めた。

「リフォームしたって言ったでしょ？」

「ええ」

なぜ声を潜めるのかと能雅は怪訝に思いながら頷いた。

「雨漏りしたの」

「えっ？」

「雨が入るってことは、どこか入り口があるってことでしょ？」

声を潜めつつも宅羽は笑顔のままだ。どうやら水をも漏らさぬ工事とはいかなかったらしい。入り口があるというよりは施工ミスのような気もするが、宅羽はまるで気にしていないようだ。

「つまり完璧じゃなかった」

「そう。だからきっとどこかから入れるはずなの」

宅羽の目がキラリと光る。完璧でないことを喜んでいるのが妙におかしかった。

「でもどうして雨漏りしたってわかったんですか？　だって窓もドアもないのに」

「電話があったのよ」

「はあ」

「リフォーム会社の人から」

能雅は首をかしげた。窓もドアもない家。入り口のない家。どこまでも壁に覆われているだけの家。完璧に閉ざされているはずの家。

「その人はどうして雨漏りを知ったんです？」

「そりゃ家の中にいるからに決まってるでしょ」

何を当たり前のことを聞いているのだといった口調でそう言うと、宅羽は呆れた顔で首を左右に振った。

朝食

朝食のテーブルについて、甲斐寺《かいでら》は一度締めたネクタイを少し緩めた。向かい側ではべちゃべちゃになった娘の顔を妻が拭いている。最近、ようやく自分でスプーンを使うようになったのだが、テーブルに撒き散らしながら食べるのが楽しいようで、食べる量よりも顔や体につく量のほうが多いのだ。

テレビではベテランのアナウンサーとコメンテーターが、遠く離れた国で紛争が起きたと告げていた。みんな深刻そうな顔つきを見せているが、その表情の下では格好のネタが入ったと舌なめずりをしているのが、ありありとわかる。

トースターのベルが鳴って食パンが焼けたことを告げたので、甲斐寺はポットのコーヒーをカップに注いでから立ち上がり、キッチンの奥へ向かった。ちょうどいい焼け具合だ。パンを二枚皿に載せ、バターを取り出そうと冷蔵庫を空けた。

キイーンと耳鳴りに似た高音が頭の中に響き、次の瞬間、全身を激しく何かで殴られた。大きな花火を耳元で鳴らされたときのように、耳の中にはぶわんぶわんと曇った音が広がるばかりで何も聞こえない。

甲斐寺は四つん這いになっていた。

どれほど時間が経ったのかはわからない。気がついたときには、あたりは薄暗くなっており、キッチン中にもうもうと埃が舞っていた。崩れてきた天井の欠片が家電と一緒に床に落ちている。壁には大きな穴が空き、マンションの階段が見えていた。

「痛てて」

見るとシャツがざっくりと切れて、剥き出しになった腕から血が出ている。

いったい何が起こったのかはわからないが、とにかく娘と妻を。

甲斐寺は咳き込みながら、ダイニングへ戻った。甲斐寺の目が大きくなる。激しく崩れ落ちた天井と壁が辺り一面に散らばり、倒れたタンスの下から小さな足が覗いていた。その靴下には見覚えがある。甲斐寺の膝がガクガクと震え始めた。ふいに強い風が吹き、割れた窓ガラスがカラカラと音を立てて落下する。ベランダは半分どこかへ消えていた。

「うわあああ」

甲斐寺は叫びながらタンスを持ち上げようとするが、どうしても力が入らない。僅かに持ち上がるが、そのまま維持することができない。

「あああ」

手の力が抜けると、なんとか持ち上げていたタンスは、重い音を立てながら再び床に倒れた。その下から覗いている小さな足の先端が、途中で押し潰されたかのようにビクンと跳ねる。

いきなりサイレンの音が鳴り響いた。いったいなんだ。妻はどこにいるんだ。甲斐寺は呆然としたままベランダに近寄る。

キイーン。

またあの耳鳴りに似た音が聞こえた。

遠くビルの向こうから、こちらに向かって何かが飛んで来るのが甲斐寺の目に――

大事な話があるからすぐに帰ってきてほしいと祖母から拓也《たくや》に連絡があったのは、大学の夏休みも終わりに近づいて、秋からの就職活動に向けてそろそろ生活を立て直さなきゃいけないないなと思い始めた矢先のことだった。

どうしたのか、何があったのかとしつこく聞いても電話口の祖母は頑なに答えるのを拒む。こうなったときの祖母の頑固さはよく知っているので、拓也はついに根負けして帰ることにした。

東京から特急と在来線を乗り継いで四時間半、さらにそこからバスで四十分。ようやく帰り着いた故郷は相変わらず何もないままで、どうしてここを出たいと思ったのかを拓也はあらためて思い出した。

村を取り囲む山はたいした標高ではないが、それでも中途半端な盆地を作るには十分だった。薄い皿の底のような土地のほとんどが田畑で、人の住処は北側の山裾に集まっている。小山の中腹にも僅かな棚田が切り開かれ、その端にぽつんと小さな小屋がいくつか建てられていた。

古びたコンクリートに覆われた役場は二階建てで、共済への加入を勧める大きな垂れ幕が二階のベランダから吊されている。バスの中から見る限り、人の出入りはまったくなくて、ここでは何も行われていないことを表しているようだった。

「あれ？」

バス停を降りた拓也は首をひねった。

真新しい白い建物が二つ、畑の中に置かれた箱のように並んで建てられ、その向こう側ではどこまでも続くソーラーパネルがギラギラと太陽の光を跳ね返している。正月に帰ったときには、あんなものはなかったから、たった半年の間にできたらしい。旧く面倒な決まりごとだらけの村も、いや、だからこそ、こうした時流の流れには逆らえないのだろう。

小山の上には巨大な入道雲がかかっていた。東側の山向こうには海が広がっているのだ。この小さな山さえなければ、村は今とはまるで違っていただろう。

川沿いの土手をゆっくり歩きながら、拓也は村を見渡した。ほんのりと色づいた黄色い畑の中を青色のコンバインがゆっくりと走り、その後ろを犬が追いかけていた。

拓也は苦笑いをした。本当に何もないのだ。何もないし何も起こらない。ここでは永遠の退屈だけが繰り返されているのだった。若者たちは中学を卒業するとみんな村を出て、ほとんどは戻ってこないから、年々年寄りばかりになっていく。

もともと拓也は海沿いの町で生まれたのだが、幼い時分に両親をなくしたため、ここで祖父母に育てられたのだった。町に住んでいたときのことはほとんど記憶にない。拓也にとって故郷とはこの村だし、保護者とは祖父母のことだった。

「ただいま」

門扉の外から、箒で玄関口を掃いている祖母に声をかけると、祖母はびっくりした顔でしばらく拓也を見てから

「ああ、タクちゃん」

と、独り言のようにつぶやいた。

「うん。帰ってきたよ」

祖父母と会うのは正月以来だから半年ぶりなのだが、その間に祖母はずいぶんと年老いたように見えた。年老いただけでなく、なんだか体も小さくなったようで、玄関口にぶら下げられている大きな藁《わら》に全身がすっぽりと包まれてしまいそう

だった。

「ありがとね、急に」

祖母はそう言いながら急須の茶を湯呑みにたっぷり注いだ。

台所に置かれた黒檀の食卓は拓也が子供のころからずっと同じもので、記憶の中ではもっと大きな印象を持っていたが、こうやってみると大人が四人席に着けば隙間がなくなるほど小ぶりなものだった。

「いいよ。まだ夏休みだし」

拓也は笑顔で答える。何よりもこうやって呼ばれて帰れば、確実に小遣いがもらえるはずなのだ。奨学金とアルバイトで生活している拓也にとって、臨時収入の可能性を逃すわけにはいかなかった。

「それで話って何？」

聞きながら拓也は卓上の豆菓子を指先でつまんで口に放り込んだ。思いがけず懐かしい味が口の中に広がっていく。

「あ、これ。これって昔よく食べたよね」

「ほら、丸古《まるこ》さんところの豆菓子よ。タクちゃん好きだったから」

「ああ丸古食品か。このお菓子、すっかり忘れてたなあ」

「なんでも忘れていくんよね」

祖母はしばらく手元の湯呑みを見つめたあと、やがてよいしょと声を出して立ち上がり、流し台の前に立った。

「別においしくはないんだけど、なんだか食べちゃうよね、これ」

拓也は次々に豆菓子を口に入れる。

「昔からそうでしょ」

「だったっけ」

「少しだけにしておきなさい。あんまり食べ過ぎると夕飯が食べられんくなるからね」

「わかったよ」

流し台の向こうに置かれたラジオから人の声が聞こえてくるが、ボリュームが小さくて何を言っているのかはわからなかった。これは台所に立つ祖母だけが楽しむものなのだ。

壁にはよくわからないお守りが貼られ、ダイヤル式の黒電話の横には氏神様の手形が飾られている。ここへ拓也がやってきた日から、ほとんど変わらない暮らしが今も続いているのだ。

「夕飯は早めにしようかね」

「爺ちゃんは？」

拓也は祖母の背中に訪ねた。

「畑？」

胡瓜を切り始めていた祖母は包丁を握る手を止めて静かに振り返った。

「夕飯の時にね」

「大事な話ってそれ？」

祖母は目だけで優しく答えると、再びまな板の胡瓜に向かった。やっぱり二回りほど体が小さくなったようで、その後ろ姿を見ているうちに拓也は胸の奥がチリチリと痛むような気がした。

十八まで拓也が暮らしていた二階の部屋は、ここを出たときのまま残されていて、何もかもが新しいまま、同時に何もかもが古びていた。壁のポスターは日に焼けて色あせ、ナイフで切りつけた机の傷はくすんで見えなくなっていた。窓を開けると熱い湿気を含んだ風が部屋の中へ流れ込み、拓也は腹立たしさと懐かしさの混じった不思議な感覚に見舞われた。

遠くの畑がゆらゆらと揺らめいて見えるのは、例のソーラーパネルの跳ね返す熱が蜃気楼を起こしているからだろう。山に視線を移すと、棚田の隅にある小屋からのんびりと白い煙が立ち上っているのが目に入った。

棚田の隅でチラチラと何かが動いていたが、遠すぎて人なのか機械なのかはわからなかった。拓也は指先で目頭をこすった。きっと幼いころなら見えていたはずだ。大学へ進学してから急に視力が落ちたようで、このぶんなら、いずれ眼鏡がいるようになるのだろう。眼鏡をかけた自分の顔はまだ想像がつかなかった。

夕食前に祖父は帰ってきた。全身が泥だらけになっている。

「爺ちゃん、どうしたの？　すごい泥じゃん」

「まあな」

まず泥を落とすからと、祖父は玄関を上がらずそのまま裏の勝手口から風呂場へ向かった。

いつもは朗らかな祖父は畑仕事がきつかったのか妙に無口だった。ただ無口なだけではなく、どこか緊張もしているようで、拓也はそれが妙に気になった。

夕食のときにねと祖母に言われた話はなかなか話題に上らず、だからといって拓也から話を切り出すのもおかしいので、食事中は当たり障りのない会話をするばかりになった。

周囲にあるのは低い山ばかりだとはいえ、盆地は盆地だから、山の向こうに日が隠れると一気に暗くなっていく。まだ八月なのにさっさと訪れる夜が村を包み込むと気温も下がって、虫が鳴き始める。まもなくやってくる秋の気配がここにはすでに溢れていた。

旧い照明器具はスイッチを入れるとパチリと大きな音を立て、柔らかな白熱電球の光が台所にぼんやりとした影を落とした。

「ふう」

淹れ直した熱い茶を一口飲んでから、祖父は大きなため息を吐いた。湯呑みを置き、壁のカレンダーをちらと見やったあと、ゆっくりと拓也に顔を向けた。

「拓也はいくつになったんだ？」

「二十一だよ」

「そうか。そりゃ俺も年をとるわけだな」

あまり年齢を意識したことはなかったが、祖父母の家に引き取られたのが四つのときで、その数年後に祖父は還暦を迎えたわけだから、と拓也は指を折った。祖父はもう七十代後半になるはずだ。

「畑、きついんじゃないの？」

「いや、畑は大丈夫なんだがな」

祖父はそう言って、もう一口茶を口に含んだ。

洗い物を終えた祖母もようやく食卓についたものの、お茶のお代わりを淹れようかだの、お隣からもらった煎餅があっただのと忙しなく席を立ったり座ったりして、なんとも落ち着かなかった。

大学での暮らしぶりや就職活動のあれこれを話し、プロ野球の話をしたあと、祖父の政治批判をひとしきり聞くと、もう夜もずいぶん更けていた。

「じゃあ、そろそろ寝るか」

祖父が両膝に手を置いてのっそりと立ち上がる。

「ちょっとお父さん」

祖母は食卓の上で両手を組み、静かに声を出した。そっと顔を上げて祖父と拓也を交互に見る。

「うむう」

と、声にならない声を喉の奥で鳴らし、祖父は再び腰を下ろした。怒っているとも困っているとも区別のつかない複雑な顔つきのまま、煎餅の乗った小皿を手前に引き寄せた。

拓也は祖父が話し出すのをじっと待っていたが、結局祖父は何も言わないまま煎餅を手に取って無造作に齧った。

ガリと大きな音がした。

「堅いな」

祖父は一口齧った煎餅を皿に戻した。

「年をとると堅い煎餅は無理になる」

そう言ってから拓也の目を見た。

「いろんなもんが無理になるんだ」

急に祖父の両肩から力がすうっと抜けたように見えた。

「そりゃそうだろ。それが年をとるってことなんだからさ」

あまり実感のないまま拓也は答えた。祖父もまたずいぶんと小さくなったような気がした。たった半年の間に二人が急に老け込んだことに、拓也は言いようのない不安を覚えた。

コツン。

小さな音を立てて、祖母が湯呑みを置いた。

天井の蛍光灯がジリジリと雑音を立てている。古びた壁に落ちる電灯の影は、たぶん何十年も変わっていない。拓也の鼻の奥に、なんとも説明のできない懐かしい香りが広がった。

祖母が椅子を引き直した。

「タクちゃんは、うめ祭りは知ってるの？」

拓也の顔をのぞき込むようにして聞く。

「聞いたことはあるよ」

村にはいくつもの伝統的な風習があるが、中でも特に祭りは重要な行事で、毎年行われるものと数年おきに行われる例祭、そして数十年に一度行われる大祭祀がある。

「さすがに見たことはないけど」

うめ祭りは特に重要な大祭祀《だいさいし》の一つで、四十年近くかけて準備する必要があるため、拓也がまだ一度も見たことがないのも無理はなかった。

「今年なのよ。うめ祭り」

意を決したような口調だった。

「え？　そうなの？」

拓也の目が丸くなった。普段、村のことはすっかり忘れているとはいえ、いくつかの大切な行事くらいは頭に多少入っている。けれども、うめ祭りが今年だなんてまったく知らなかった。

「そうなの」

そう言ったところで祖母は沈黙した。何かを思い詰めたような目で、食卓に置いた自分の手をじっと見つめる。

「うめ祭り」

拓也はぽつりと口に出してみた。毎年の祭とは違って、何十年もの準備が必要な大祭祀はどうも実感がわかない。そんなに大きな祭りがあるのなら役場に垂れ幕が出ていてもおかしくないし、村全体にもそれなりの気配があっていいものだが、ここまで拓也は何も感じていなかった。それどころか、いつもよりも静かなくらいだ。

祖父は皿に戻した煎餅を再びつまみ上げた。そこに文字でも書かれているかのように、煎餅をじっと見つめている。

「うちが祀頭《まつりがしら》になったんだわ」

ぽつりと言った。

言ってから煎餅を卓の上に置く。

「えっ？　ええええっ？」

祭りを仕切る祀頭は、祭ごとに氏神様から指名されることになっている。一つの祭りが終わるたびに新たな祀頭が選ばれて、次の祭りの準備を始めるのだ。何年、何十年の間隔で開かれる大きな祭りの場合には、親子二代にわたって祀頭を引き継ぐことさえあった。

「いろいろあってなあ」

「何で？　だって、うめ祭りって大祭祀でしょ？そんなに急に祀頭になれるわけないじゃん。何十年前から準備しなきゃダメなやつでしょ？　誰かが指名されていたんでしょ？」

「そうなんだけどな」

祖父は目を瞑って鼻から静かに息を吐いた。

「もともと今年は平祭の年だったんだ」

「普通のやつだよね。屋台の出るやつ」

「うちは年寄りが二人だから楽できるようにと、わざわざ秋祭りの祀頭を当ててくれていたんだけどな」

祖父はぼんやり目を開けると壁のカレンダーに視線をやった。日本の山の写真が載っているだけの、何の特徴もない大判のカレンダーは、おそらく農協からもらったものだろう。

「流行病だとか大水だとか、あとは山火事とか、とにかく良くないことが続いているから今年は、急遽うめ祭りに変えると氏神様がおっしゃったんだわ」

祖父の視線につられて拓也も壁のカレンダーをじっと見つめる。今週末の日付に太いペンで黒々とした丸がつけられていた。


「でもさ、うめ祭りならとっくに指名されている祀頭がいるはずじゃん。その家がやればいいわけでしょ」

「それがね、そのままうちでうめ祭りの祀頭をやれって言われたの」

祖母が困ったように首をそっと振る。

「うめ祭りの祀頭は、井塚《いつか》のところだったんだけどな。井塚は知ってるな？」

「知らない」

小さな村なのでほとんどは顔見知りのはずだが、拓也は聞いたことのない名だった。

「そうか。あれが亡くなったあと息子の匡《ただす》が継ぐかと思ったんだが、息子は村を出て戻る気がないというもんだから、うめ祭りの祀頭がいなくなってしまったんだわ」

拓也は内心でうなずいていた。井塚匡が帰らないと言う気持ちは痛いほどよくわかる。ここには何もない。ここでは何も起こらない。永遠の退屈に閉じ込められないためには、ここを出るしかないのだ。

「それで今年の祀頭がそのままうめ祭りに人を出すことになったんだ」

「そんなの無理だろ」

思わず声が大きくなる。

「誰かと変わってもらおうよ」

「そりゃできねぇわな」

祖父が怒ったような声を出した。

「氏神様がうちに当てたんだから、うちで出すしかねぇだろ」

「でもお父さん」

「うるさい。もう寝る」

不機嫌そうな大声で祖母の声を遮ると、祖父は両手をパンッと食卓に叩きつけて立ち上がった。

自分の湯呑みを流し台に置いて、台所から出るところで振り返る。

「とにかくうちからうめ祭りは出すよりほかかねぇんだから」

誰に向かって言うわけでなく、まるで自分に言い聞かせるかのようにそう言ってから、祖父はのっそり台所を出ていった。

拓也は祖母に視線を戻した。祖母はぼんやりとした顔つきで、じっと目の前を見つめていた。ゆっくりと瞳は動いているものの、焦点はどこにもあっていなかった。

「爺ちゃんにうめ祭りなんて無理だよ」

そっと声を掛けると祖母は我に返ったらしく、すうっと両手を伸ばして拓也の右手を包み込むように握った。

「それでも役目は役目だからって」

祖母の目に薄《うつす》らと光るものが浮かぶ。

「練習しているみたいなの」

「ああ、それであの泥」

拓也はようやく納得がいった。全身を泥まみれにして帰ってきた祖父を見たとき、いつもの畑仕事にしては、やけにひどく汚れているなと思ったのだ。うめ祭りの練習ならば、汚れていたのもよくわかる。

「俺に大事な話があるって言ってたのはこのことなんだね」

「そうなの」

祖母はためらいがちにうなずいた。

「わかった。できるかどうかわかんないけど、爺ちゃんを説得してみるよ」

「そうじゃないの、タクちゃん」

拓也の手を包む皺だらけの両手に、弱々しいながらも力が入った。

「うめ祭りの祀頭をできればタクちゃんにお願いしたいの」

「俺に？」

思わず喉が裏返って、妙に高い声が出た。

「お父さんは年だから、埋められるなんてぜったいに無理でしょう」

うめ祭りは、荒ぶる神を宥めるために人柱を埋めていた古代の儀式から続く祭りで、祀頭に選ばれた者は、三日間、頭だけを残して土の中に埋められるのだ。

水と塩は与えられるが食べ物は一切もらうことができない。しかも、雨が降ろうと風が吹こうと三日間は埋められたままにされる。台風の多いこの季節に、うめ祭りをあえて行うのは、かつての人柱を踏襲しているのだ。

拓也は天井を見上げた。

たしかに七十代後半の祖父では取り返しのつかないことになりかねない。拓也はさっき祖父の出て行った台所の戸口を見た。小さなころから何度も見てきた光景だ。

そうだよ。何をためらうことがあるのか。ずっと世話になってきた恩を返すチャンスじゃないか。

「わかった。俺がやるよ」

そう言って拓也は祖母の手を優しく握り返した。

教室に戻って半袖短パンの体育着の上からジャージを着ると、さっきまでのみじめな自分の姿を少しは隠せたような気がして、伊輪《だりん》はようやくホッとした。

最後まで逆上がりができなくて、ニヤニヤ笑いを浮かべているみんなの前でずっと練習させられたことよりも、やれと言うだけでどうすれば上手くできるのかをさっぱり教えてくれない先生に腹が立ったし、そんな伊輪を指さして笑うことで街《まち》野《の》さんの気を引こうとする三千男《みちお》にはもっと腹が立った。

体が小さくて力はないし、走るのだって遅いし、ボールを投げられたら手よりも顔で受け止める回数のほうが多いから、伊輪にとって体育の授業はいつも苦痛の時間で、朝、時間割を見て体育があると、登校するふりをしたままどこか別の街へ逃げたくなったし、実際に登校中にお腹がひどく痛くなって家に帰ったこともあった。

「はあ」

伊輪は机に突っ伏して手を前に長く伸ばした。運動ができないことよりも、運動ができないことを街野さんに見られるのが辛かった。短い髪にすらりと長い手足で、男子よりも速く走る街野さんが伊輪をどう思っているかなんて考えたくもない。

「はああ」

伊輪はもう一度大きなため息を吐いた。ともかく今日の体育は終わったのだ。

四時間目は算数だから誰にも笑われずにすむし、今週は掃除当番じゃないから給食が終わればすぐ家に帰ってタロと遊べる。タロは伊輪が何をしても絶対に笑わない。真っ白で大きくて毛がフワフワのこの友だちは、いつだって伊輪の言うことを真剣な顔で聞いてくれるし、その間ずっと尻尾を優しく振ってくれるのだ。早く帰ってタロに会いたかった。

さっきまでの体育の気分が残っているからなのか、教室の中はまだガヤガヤと騒がしかったけれど、伊輪は気にすることなく算数の教科書とノートを机に並べたあと、筆箱の中から定規を一本取り出した。

片目を閉じてピンと立てた定規をじっと見つめる。それは伊輪だけの密かな遊びだった。

どこでもいいから、まず三つのポイントを決めるところからこのゲームは始まる。たとえば黒板の下にあるチョーク置き場の端、前の椅子の背もたれから飛び出しているボルト、そして教壇の角。そうやって選んだ三つのポイントが定規の上で一直線に揃えば一点が入る。さらにその直線を伸ばした先が街野さんの机の上を通過すればもう一点が入る。それを三回繰り返して全部で何点入るかを競うのだ。競うと言ってもこのゲームは伊輪が一人でやっているだけだから勝ち負けはないし、点数が入ったからといって、特に何も起こったりはしない。ただそれが伊輪にとっては面白いってだけのことだ。

一見、選んだ三つのポイントが直線上に並ばないように思えるときでも、顔の位置や角度を変えたり、つむる目を逆にしたりと、ちょっとした工夫をするときれいに並ぶことがあって、そうしたときには伊輪自身も驚き、嬉しくてつい大きな声が出てしまうこともあった。

以前、片目で定規を見ながらあれこれ顔の位置を動かしている伊輪の姿を見て、

「さっきから何してるの？」

と、聞いてきたのは、家が近所でよく一緒に登下校している俊貫《としぬき》だった。

「ゲームだよ」

「定規で？」

「うん」

俊貫は不思議そうな顔になった。俊貫の知っているゲームは文房具など使わない。

「どうやるの？」

「誰にも言わない？」

伊輪は声を潜めた。

「言わないよ」

一生懸命に説明したものの、どうやら俊貫はたいして面白いとは思わなかったようで、ふうんと軽く鼻を鳴らしただけで、それっきりこの秘密のゲームについて何も言わなかった。

伊輪は片手に持った定規の角度を変え、顔の位置を変え、座っている椅子を左右に動かし、つむっている目を左から右へ変えた。

残念ながら、チョーク置き場と椅子のボルトと教壇の角は、どうやっても一本の直線上には並ばなかった。

「ちぇ、〇点か」

黒板の上に備え付けられているスピーカーからチャイムのメロディが流れ始めると、教室のざわめきはすうっとおとなしくなって、やがてドアが開いて先生が入ってきた。誰も伊輪を笑うことのない算数の授業が始まった。


給食のあとすぐに帰ろうとした伊輪が足を止めたのは、教室の後ろで数人の男子に取り囲まれている俊貫の姿が目に入ったからだった。どう見てもあまりよい雰囲気ではなくて、いつもは校門を出たあたりで合流するのだけれども、この様子だとたぶんいっしょに下校するのは難しそうだった。

何がきっかけでそうなるのかは誰にもわからなかったけれども、ふだんはいっしょに仲良く遊んでいる男子グループの仲間たちから、突然、攻撃の対象にされる子が何人かいる。攻撃されるのはきまって伊輪や俊貫のように運動が苦手な子で、攻撃するのはもちろん三千男たちで、その立場が入れ替わることはけっしてなかった。

不穏な気配を感じ取ったのか、キャッキャと笑いながら帰り支度をしている女子のグループや、箒を持った掃除当番のみんなも、見ないふりをしながら目の端ではチラチラと教室の後ろを見ているようだった。

三千男が何やら命令すると男子の一人が俊貫を羽交い締めにして、別の男子が無理やりに靴を片方ずつ脱がせた。

先週、俊貫が父親に新しく買ってもらったばかりのスニーカーで、光を反射する素材でつくられたブランドのロゴマークがキラリと輝くのを、

「ほら、見てよこれ」

と、何度か伊輪も自慢されたものだった。

俊貫のスニーカーを手にしてしばらく眺めてから、三千男は、

「はん？」

と、声にならない声を出し、そのまま俊貫のそれを窓から外へ投げ捨てた。

「あっ」

「あ」

俊貫と同時に伊輪の口からも思わず声が出た。

それまでどこかざわざわしていた教室が一気に静かになる。女子たちの顔からも笑顔が消えて、みんな黙って教室の後ろを見つめている。

伊輪は小さく首を左右に振った。さっきまでまぶしいくらいに午後の光が差し込んでいた部屋の

中がなんだか急に薄暗くなって、すべてが白黒の世界になったような気がした。気温が下がったわけでもないのに、妙な寒気がしてブルッと背中を震わせた。

「靴下も脱がそうぜ」

「やれやれ」

男子たちの大きな笑い声は、ここではないどこか遠くから聞こえてくるようで、伊輪のすぐ目の前で起きていることとはまるで無関係のように感じられた。

「ほら、早く脱がせろよ」

そう命令した三千男は、得意そうな表情を浮かべた顔の向きを変えないまま、視線だけを教室の前へやった。

「さっさとやれよ」大声で命令を繰り返す。

視線の先には女子グループがいて、三千男が街野さんを意識していることは伊輪にもわかった。

どうやら三千男は乱暴に振る舞えば女子たちの気を引けると思っているようで、どうしてそんなふうに思うのかは伊輪にはまるでわからなかった。

「やめてよ」

バタつかせる足を強引に押さえ込まれ、靴下を脱がされた俊貫はついに抵抗の言葉を口にした。嫌がる俊貫を見て、男子たちの笑い声はいっそう大きくなった。

「次はズボンだな」

そう言って三千男は靴下を窓から投げ捨てた。

「やめてお願いだから」

俊貫の声に涙が混ざり始めた。助けを求めて教室中を見回す俊貫と目が合った。真っ赤になっていて今にも泣き出しそうだ。伊輪はポケットに入れた手をぐっと強く握った。

どうすることもできなかった。なんとかしてやりたいけれど、なんとかしたら今度は伊輪が攻撃の対象にされてしまう。

伊輪はリュックを背負い直した。家に帰ろう。ここにずっといて俊貫が攻撃されるのを見続けるよりは、さっさと帰ってあとのことは知らないほうがいい。見ていなかったのだから助けられなくてもしかたがなかったと、せめて自分を納得させられる。

「先生呼んでくる」

その場を離れようとした伊輪の耳に、囁くような微かな声が届いた。街野さんだった。女子たちが互いにそっと目配せをしている。

伊輪は教室から出ようとしたところで立ち止まった。背中につうっと嫌な汗が流れる。

先生に叱られたあと、三千男が怒りの矛先をどこへ向けるかわからない。俊貫や伊輪への攻撃がひどくなるかもしれなかった。

それどころか、もしも先生を呼んだのが街野さんだとバレたら。

さすがに直接仕返しすることはないだろうけれど、街野さんに嫌われたと感じた三千男が、やけになって街野さんの嫌がりそうなことをあれこれ始めるかもしれない。

ダメだ。とにかく街野さんに先生を呼んでこさせちゃダメだ。

伊輪はすっと振り向いて教室の中に体を向けた。そのまま数歩だけ教室の中を歩いてから大声を上げる。

「俊貫、きゃりろ」

喉がひっくり返って上手く声を出せなかった。すぐそばで女子がぷっと吹き出す。

「俊貫、帰ろう」

こんどは上手く言えたものの、自分でも恥ずかしいくらいに声が震えていた。

教室の後ろで俊貫を取り囲んでいた男子たちが

一斉に伊輪に顔を向けた。全員の動きがぴたりと止まる。その隙に、俊貫は膝まで下ろされていたズボンをなんとか元の位置へ引き上げた。

「は？」

三千男が例の声にならない声を出す。

「こいつは今オレたちと遊んでんだよ」

「ねえ俊貫、帰ろうよ」

それには答えず伊輪は同じ言葉を繰り返した。会話をするつもりはなかったし、三千男を見たら怖くて何も言えなくなってしまいそうだったので、伊輪は俊貫だけに視線を向けてしっかりと見つめた。あとは視界の端でぼやけていればいい。

「は？」

三千男は腰掛けていた机からひょいっと跳ぶようにして立ち、教室の中央に一歩足を進めた。殴られるかもしれない。伊輪は足がすくんでそれ以上は前に進めずにいる。膝の下がガクガクと震えていた。

「俊貫、お前、オレたちと遊ぶより伊輪と帰りたいのか？」

ゆっくりと振り返った三千男は何の感情もこもらない淡々とした口調で聞いた。

「え？」

俊貫の口がぽかんと開いたままになる。

「お前さ、帰りたいなら帰ってもいいよ」

「え？」

三千男がいったい何を考えているのかわからず、俊貫の目がキョロキョロと忙しなく動いている。

それまで俊貫を取り囲んでいた男子たちも困ったような顔をして、俊貫と三千男を繰り返し見ている。彼らにはわからないかもしれないけれど、伊輪には俊貫の気持ちがよくわかった。ここで帰ったら明日からの攻撃がひどくなるのではないだろうか。本当に帰してもらえるのだろうか。

きっとそう考えているに違いない。

「でもズボンは脱いだままな」

男子たちがまた一斉に俊貫を羽交い締めにして、ズボンを脱がし始めた。

「やめてください。お願いだから」

大声で叫ぶが誰も手を緩めようとはせず、ニタニタと笑いながら、わざとゆっくりズボンを脱がそうとしている。

「わかった、わかったら許してください」

何がわかったのかはわからないが、それまで必死で抵抗して真っ赤になっていた俊貫の顔から不意に色みが消えた。すっと体から力が抜けると、そのままズボンを引き下ろされて、ぺたりと床に座り込んだ。

「もう許してください。渡師《わたし》の秘密を教えるから」

そう言って俊貫は泣き始めた。

俊貫にまっすぐ指をさされた伊輪の全身にぞわぞわっと鳥肌が立つ。人は自分の身を守るためになら、こんなにも簡単に友だちを裏切るのか。伊輪はゴクリとつばを飲み込んだ。

別に腹が立ったわけじゃなく、あたりまえの事実にただ驚いたのだった。もしも逆の立場なら、自分も同じことをするのだろうなと伊輪は思った。

「へえ」

三千男は顎を突き出すようにして伊輪を見下ろす。

「おまえ、秘密があるんだ」

両手でドンっと胸を小突かれた伊輪は、三千男から顔を背けて肩をすくめた。

「ほら、言ってみろよ」

三千男はニヤリと笑ってから俊貫のそばにしゃがみ込む。

「渡師は定規を使ってゲームをしているんだ」

誰の席かはわからないが、俊貫は机の中をまさぐって定規を取り出した。

「これで」

片目をつむって定規を目の前にピンと立てた。

そうして例のゲームについて、あの伊輪だけの個人的な秘密のゲームについて、しどろもどろになりながら説明を始めたものの、もともと本人がそれほどよくわかっていないのだから、上手く説明できるはずがなかった。

「わけがわかんねぇよ」

三千男は不満そうに口を歪め、片手を大きく振って俊貫の手を払いのけた。定規が弾け飛んで遠くの床に落ちる。

「おまえが何を言ってんだかぜんぜんわかんねぇ。なんで三つの点なんだよ。え？」

しゃがみ込んだまま吐き捨てるように言って顔を伊輪に向けた。

「二つの点を直線でつなぐのは簡単だから」

ぼそりと答える。

「はあ？」

「二つの点を一番短短くつなげるのは直線なんだよ」

「うるせぇ。わかんねぇんだよ、バカ」

三千男はのっそりとした動きで立ち上がった。ゆっくりと体を左右に揺らしながら伊輪に近づいてすっと止まる。

ガシャン。

いきなり大きな音を立てて机を蹴った。蹴られた机が倒れて隣の机にぶつかり、さらに大きな音が教室の中に響く。

「それの何が秘密なんだよ」

ガシャン。もう一度机を蹴る。

「その、その線が、直線が街野さんの机を通ったら点が入るから」

俊貫の声にはどこか媚びるような甘え声の成分

が含まれていた。今この瞬間だけでも三千男の機嫌をとって攻撃の対象から外して欲しいと思っているのだろう。

「へえ。そうなのか」

細かなルールはわからなくても、どうやら街野さんが得点にかかわるゲームだとは三千男も理解したようだった。薄気味悪い笑みを顔に貼り付けて伊輪の耳に顔を近づける。

「おまえ、街野さんが好きなんだろ」

三千男が馬鹿にした口調でへへと笑うと、ほかの男子たちも慌てて一斉に笑った。

「え？　どうなんだよ？」

伊輪の体が硬直する。

自分では力を入れているつもりはないのに、全身の筋肉がギュッと縮んで痛かった。

男子たちはニヤニヤ笑っている。体も小さくたいして運動もできない伊輪が街野さんを好きだなんてお笑いでしかない。

三千男が街野さんを好きなのは、わざわざ誰も言わないけれどみんな知っている。たぶん自分を強く見せたくてやっているのだろう。教室に街野さんがいると三千男の声は大きくなるし、乱暴な振る舞いも増えるのだった。

けれども街野さんが三千男をどう思っているかは、少なくとも伊輪にはよくわからなかった。体育の授業では運動ができる子どうしで同じグループになることが多いけれど、普段の教室ではどちらかといえば、街野さんは三千男を避けているように見える。

さっきだって先生を呼んでこようとしたくらいなのだ。

三千男は伊輪の顎をつかみ、無理やり自分の方へ顔を向けさせた。

「答えろよ」

暗く濁った目をしていた。その目は伊輪がどう答えるかをとっくに決めつけているようだった。何でも自分の思い通りにならないと気がすまないのだ。

「好き、だよ」

伊輪はまっすぐに三千男の、その暗い目をのぞき込んだ。ポケットの中では痛いほどきつく握った拳がブルブルと震えている。

教室の前で固まっている女子グループを目の端でチラリと見た。どうやらみんな目を丸くしているように見えたが、街野さんの表情だけはよくわからなかった。

「はあ?」

伊輪の返事が予想外だったのか、何かに怯えたような冷たい色が三千男の瞳に浮かんだ。狭い額と眉間に深い皺が寄る。

「マジかよ」

「僕は街野さんが、好きだ。でも、それって俊貫と関係ないじゃん」

伊輪の顎をつかんだ三千男の手にぐいと力が入った。もうどうにでもなれ。殴るなら殴ればいいさ。僕は言いたいことを言うだけだ。

「丸古《まるこ》君は、本当は自分が街野さんを好きなくせに、何で僕に聞くの?」

「ああ?」

「丸古君だって街野さんが好きなんでしょ」

三千男の顔がだらしなく緩んだ。どうやら伊輪の言うことが理解できていないらしい。

「ふざけんな、好きじゃねぇよ、あんな女」

一瞬、教室の中にざわめきが広がり、すぐに収まった。

「よかった。じゃあ僕が街野さんを好きでもいいよね」

恐怖に膝をガクガクと震わせたまま、それでも伊輪はできるだけ明るい声を出した。やがて、伊輪の顎をつかんでいた手がふっと離れた。三千男がぼんやりとしている。

「ほら、俊貫、帰ろう」

あっけにとられている男子たちの間に分け入って、片手を差し出す。

「でも俺は」

涙でぐちゃぐちゃになった顔を伏せている俊貫の手を強引につかんでグイッと引き起こした。俊貫は伊輪の手を強い力で振り払った。勢い余った手が椅子の背に当たってバチンと嫌な音を立てた。

「帰ろう」

男子グループの輪をすっと抜け出した伊輪は、しっかり背筋を伸ばし、教室の前に向かって歩き始める。後ろから俊貫がついて来ているかどうかはわからなかったし、それはもうどっちでもよかった。

さっき弾け飛んだ定規が床に落ちていた。伊輪はゆっくりと拾い上げて目の前に掲げる。定規の端がちょうど黒板の前に集まっている女子グループに重なった。一本の定規が伊輪と街野さんを結んでいた。

「二つの点を一番短くつなげるのは直線なんだ」

伊輪は近くの机にひょいと定規を置いて、そのまま教室のドアへ向かった。

さっきまでのあの不穏な気配はとっくにどこかへ消えて、教室の中はもうすっかり元通りになっていた。女子グループはキャッキャと笑い、掃除当番は床に箒をかけるために机を移動させ始めていた。

女子グループのそばを通り抜けようとした瞬間、それまでみんなと楽しそうに話していた街野さんが、急に振り向いた。

「渡師君、かっこよかったよ」

聞き間違いかと思ったほど、小さな小さな囁き声だった。

伊輪は自分の耳と頬がカッと熱くなるのを感じた。きっと顔は真っ赤になっているに違いない。赤くなったところを街野さんには見られたくなくて、わざと顔を伏せた。

周りの女子たちは不思議そうな顔で街野さんを見ていた。どうやら何と言ったか聞き取れなかったらしい。街野さんは彼女たちに向かって軽く左右に首を振った。

伊輪は何も答えず正面を見たままゆっくりとドアに向かい、教室から出た。

長く暗い廊下を静かに歩き、校舎を出てグラウンドへ続くコンクリート製の広い階段の上に立ってから、伊輪はようやく大きなため息をついた。

「ふあああああ」

どうやらずっと自分が息を潜めていたらしいことに、そこで初めて気づいた。

「ごめん」

すぐ後ろから俊貫の声がした。

「やっぱり点は三つより二つのほうがいいよね」

伊輪はそう言って一気に階段を駆け下り、鉄棒へ向かって走った。今ならできそうだ。

「いええええい」

叫びながらカバンを脇に投げ捨てて鉄棒に飛びつき、しっかり両手で棒を握ると勢いをつけて足を後ろから前へ大きく振り上げた。

バタン。

手が鉄棒からすっぽ抜けて、勢い余った伊輪は激しい音を立てて背中から地面に落ちた。まるで体を内側から殴られたみたいで息ができない。なんとか痛みをやりすごそうと体を丸めてしばらくその場でじっとする。

「大丈夫？」

慌てて駆け寄ってきた俊貫が心配そうな顔でのぞき込む。

「ははは」

伊輪は笑い始めた。バタンと両手両足を広げて大の字になり、空を見上げる。

できると思ったのにな。

「あははは」

流れてきた雲に遮られた夕日が再び優しい顔をのぞかせるまで、伊輪は空を見上げたまま笑い続けていた。

浅生鴨 あそう・かも

作家、広告プランナー。1971年、神戸市生まれ。たいていのことは苦手。ゲーム、レコード、デザイン、広告、演劇、イベント、放送などさまざまな業界・職種を経た後、現在は執筆活動を中心に、広告やテレビ番組の企画・制作・演出などを手掛けている。主な著書に『伴走者』、『どこでもない場所』、『ぼくらは嘘でつながっている。』『すべては一度きり』『たった二分の楽園』など。近年、同人活動もはじめ『異人と同人』『雨は五分後にやんで』などを展開中。座右の銘は「棚からぼた餅」。

浅生鴨短篇小説集　三万年後に朝食を

2023年11月20日　第一刷発行

著者　浅生鴨
発行者　小柳学
発行所　株式会社左右社
〒151-0051
東京都渋谷区千駄ヶ谷3丁目55-12 ヴィラパルテノンB1
TEL03-5786-6030　FAX03-5786-6032
HTTP://WWW.SAYUSHA.COM
装画　ナミサトリ
装幀　名久井直子
印刷・製本　創栄図書印刷株式会社

ISBN978-4-86528-387-7